月亮与六便士

[英] 毛姆 著

刘勇军——译

W. Somerset Maugham

The Moon and Sixpence

南海出版公司

第一章

我得承认，刚认识查尔斯·斯特里克兰那阵，我压根儿就没觉得他有什么过人之处。不过现在却鲜有人质疑他的伟大。我所谓的伟大，与鸿运当头的政客或者功绩卓著的军人所成就的伟大并不一样。他们的地位没准是沾了职位的光，跟本人并没有多大关系。一旦环境变迁，这种伟大也许会大打折扣：下台的首相往往被视为夸夸其谈的演说家，不能领军作战的将军充其量不过是个平淡无奇的市井英雄。但查尔斯·斯特里克兰真是个了不起的人。你也许不喜欢他的画，却不大可能一丁点兴趣都没有。他的作品会让你的心湖骤起涟漪,吸引你的注意力。他沦为别人笑柄的日子早已一去不返，现在，无论是维护他，还是赞美他，都不会被打上古怪反常的标签。如今，世人接受了他的缺点，还认为那是他的优点的不可或缺的补充。尽管他的艺术地位有待商榷，崇拜者对他的颂扬以及批评者对他的嗤之以鼻或许都反复无常，但有件事毋庸置疑：他是个才华横溢的人。在我看来，艺术最让人感兴趣之处就在于艺术家的个性。倘若艺术家性格奇特，即便他浑身上下都是缺点，我也不会介意。我觉得，相比格列柯，委拉斯开兹是个更加高明的画家，但委拉斯开兹的画司空见惯，我们早已审美疲劳，而那位克里特岛画家[①]的作品中则透着情色和悲戚之美，如同永恒的祭品一般，将他那神秘的灵魂呈现出来。画家、诗人、音乐家这些艺术家皆是通过崇高或美好的作品来满足人们的审美，但这同人类的性本能有相似之处，都有野性粗犷的一面：艺术家将作品展现在你面前，同时也将比作品更伟大的人格展现出来。

探索艺术家的秘密跟痴迷侦探故事有异曲同工之妙：一切都是谜，这倒同宇宙有几分相似，好就好在答案无迹可寻。即便是斯特里克兰最微不足道的作品，也能让人看到他那怪异、备受煎熬和复杂的个性；那些对他的画不感冒的人也断然不会漠视他的作品，原因恐怕就是如此。正是因为这点，人们才会对他的生活和性格好奇不已。

斯特里克兰去世四年之后，莫里斯·于雷在《法兰西信使报》上发表了一篇文章，那位默默无闻的画家才不至于被人忘却。这篇文章开了先河，后来的作者多多少少都受了他的影响。很长一段时间以来，法国没有哪个评论家可以跟于

---

① 西班牙画家格列柯原籍希腊克里特岛。

雷相提并论。他的评论自然给读者留下了深刻的印象，在当时看来，他对斯特里克兰的赞美似乎有夸大之嫌，但后来的舆论却佐证了他的判断，后人对查尔斯·斯特里克兰的评论也大多基于他的观点。随后，斯特里克兰声名鹊起，他的一生成为艺术史上最富传奇色彩的故事。不过，除非斯特里克兰的作品涉及画家的性格，否则我可没打算品评他的作品。不过，对于一些画家的观点我可不敢苟同。他们傲慢地认为，凡夫俗子哪里懂得绘画，外行想要表达对画作的欣赏，那就什么也别说，只管乖乖地掏出支票簿。只有艺术家才能理解艺术的说法真是荒谬至极。艺术是情感的表露，用情感表达的语言应该能为所有人理解才对。不过，我得承认，倘若评论家对艺术技巧一知半解，鲜能给出公允的评价。对于绘画，本人确实是个门外汉，所幸我无须献丑，因为我的朋友爱德华·莱格特先生不仅写得一手好文章，而且是一位令人敬仰的画家，他在一本小书[①]里对斯特里克兰的画作进行了详尽的讨论。该书的优美文风堪称典范，不过，如今他的这种写作方式在英国远不如在法国那般讨喜。

莫里斯·于雷在他那篇著名的评论里简单地概括了查尔斯·斯特里克兰的生平，意在吊足好事者的胃口。他对艺术的热爱从不掺杂个人情感，这么做实则是想唤起有识之士去

① 《一位当代画家：对查尔斯·斯特里克兰画作的评论》，作者：爱尔兰皇家联合学院爱德华·莱格特，1917年，马丁·塞克出版。

关注一名前无古人的天才画家。但于雷本人是一位极为出色的新闻工作者，他不会不知道只有“人情味”十足，才会更容易达成目的。而过去那些跟斯特里克兰相交过的人，那些在伦敦就认识他的作家，或是在蒙马特咖啡馆见过他的人，惊奇地发现：一个碌碌无为的画家居然是当初失之交臂的天才。现在，有关他的文章接二连三地出现在法国和美国的杂志上，有的是简单的回忆，有的是对其作品的鉴赏，这更是让斯特里克兰声名远播。公众的胃口被吊足了，好奇心却得不到满足。这个主题大受欢迎，魏特布雷希特·罗特霍尔茨不辞辛劳，在一篇专题论著①中洋洋洒洒地列举了一系列颇具权威的篇目，让人印象十分深刻。

人类天生具有制造神话的特性，对于那些出类拔萃的人物，人们对发生在他们身上的奇闻逸事往往好奇心极强，编造出一个个传奇故事，然后对此深信不疑，达到近乎狂热的地步。这其实是浪漫主义对平庸生活的一种抗议。因此，一些传奇故事顺理成章地成为铸就不朽英雄的通行证。瓦尔特·罗利爵士之所以能被人们铭记在心，是因为他曾将披风铺在地上，让童贞女王②走过，而不是因为他把英国的名号带到了那些尚未开化的国家，而那些喜好讽刺挖苦的哲学家对这样的逸事只会哑然失笑。查尔斯·斯特里克兰在世的时候，

---

①《查尔斯·斯特里克兰，生平及其作品》，作者：哲学博士雨果·魏特布雷希特·罗特霍尔茨，1914年，莱比锡施温格和哈尼斯出版。

② 英国女王伊丽莎白一世的称号。——译者注

只是个名不见经传的小人物，他没有结交多少朋友，树敌倒不少。那些帮他著书立说的人必须借助丰富的想象力才能弥补他原本不太丰富的生活素材，想必也不足为奇了。很显然，尽管人们对斯特里克兰的生平不甚了解，但这些事迹对于浪漫主义的文人却已然足够。他的生活中有不少古怪恐怖的事，他的性格中也有粗暴蛮横的一面，再加上他悲戚多舛的命运，久而久之，人们便从这类详尽的事实中催生出了一个传奇故事，即便是明智的历史学家对这样的故事也不会予以抨击。

但身为历史学家的罗伯特·斯特里克兰牧师却偏偏不是这样的历史学家，他公开申明自己写下这本传记[①]就是因为人们对他父亲的后半生误解颇多，他要“清除一些甚嚣尘上的误解”，说什么“这种误解给生者造成很大的痛苦”。外界广泛流传的斯特里克兰的生平逸事，的确给这个体面的家族带来不小的尴尬。我读这本传记权当消遣，却也暗自庆幸，因为这本书实在无趣得很。斯特里克兰先生被描绘成了一个体贴的丈夫，一位慈祥的父亲，一位性格善良、作风正派的勤勉之人。还别说，如今的教士真是学到了一种饰垢掩疵的惊人本领，但在解读他父亲那些不适合一个孝顺儿子记住的生平事迹时，罗伯特·斯特里克兰牧师表现出的精明敏锐，待时机成熟时一定能让他在教会中获得无上声望。我仿佛看到

① 《斯特里克兰：其人其作》，作者：画家的儿子罗伯特·斯特里克兰，1913年，海涅曼出版社出版。

他强健的小腿上已经裹住了主教特有的高帮鞋。这样的事情十分危险，但或许也算得上勇气可嘉，因为斯特里克兰之所以声名鹊起，大抵是因为人们普遍接受了他的传说。他的画作吸引了很多人，或是因为人们对他性格的厌恶，或是因为人们对他突然离去的同情。可他儿子这本原本出于好意的传记却给父亲的崇拜者泼了一盆冷水。其父一幅重要的画作《撒玛利亚的女人》[①]曾在九个月前被一位颇有名望的收藏家拍得，但因为这位收藏家突然辞世，画作再度在佳士得拍卖行被人购下，而相比九个月前，这幅画的价格竟然降低了二百三十五英镑，而这次拍卖恰逢斯特里克兰先生的传记刚刚出版，这样的事情显然不是巧合。要不是人们对传奇故事偏爱有加，对这本让他们的好奇心跌入谷底的传记嗤之以鼻的话，单凭斯特里克兰先生本身的功底和匠心独具显然无法力挽狂澜。幸而不久，罗特霍尔茨博士的论文问世，总算打消了所有艺术爱好者的疑虑。

罗特霍尔茨博士是那种不相信人性本善的历史学家，而是觉得人生来比这恶劣得多。比起那些不怀好意，把富有传奇色彩的人物刻画成早就设定好的谦谦君子，以迎合看客的作者，他们这种历史学家的著作显然能带给读者更多的欢愉。在我看来，如果把安东尼和克丽奥佩特拉的关系描绘成只有经济利益，

---

① 根据佳士得拍卖行的目录描述，画作中是一位裸体女人，女人是社会群岛上的一位土著，躺在一条小溪的边上，身后是棕榈树、香蕉树等热带风光。画作的大小为60×48英寸。

我定会非常遗憾；如果有人劝我把提比略当成如乔治五世一般毫无瑕疵的君主，显然需要大量的实证——感谢上帝，幸亏目前证据不足。罗特霍尔茨博士在评论罗伯特·斯特里克兰牧师那本天真的传记时用的词句，不由得让人对那位牧师心生同情。传记中为了维护父亲的体面而省略的地方被他打上了虚伪的标签，一些拐弯抹角的词句则被他毫不客气地斥责为连篇谎话，作者对某些事情的沉默不语则被这位评论家怒斥为背叛。作品中的这些缺陷从普通作者的角度来看，的确应该被人诟病，但作为主人公的儿子，倒也情有可原。不仅如此，就连盎格鲁-撒克逊人也受到了牵连，罗特霍尔茨博士一通大骂，说什么这类人都是假正经、骗子，皆是自命不凡、欺世盗名之徒，只会花言巧语、弄巧成拙。我个人认为，斯特里克兰先生在反驳坊间流传甚广、有关他父母之间的“不快”之事时，实在过于轻率。他引用了查尔斯·斯特里克兰从巴黎寄回的一封信，称妻子为“了不起的女人”，但罗特霍尔茨博士也将那封信复制了，那段原文如下：“我的妻子该受到上帝的谴责，她真是个了不起的女人。我希望她下地狱。”即便在教会势力鼎盛时期，他们也不敢贸然用这种方法处理不利证据。

罗特霍尔茨博士是查尔斯·斯特里克兰的狂热崇拜者，他若想为斯特里克兰正名本也无可厚非。但他目光如炬，一眼便可看穿隐藏在率真外表下的卑劣动机。罗特霍尔茨博士不仅是一位艺术研究者，还是一名精神病理学家，对人的潜意识了解透彻。没有哪个神秘主义者能像他一样通过普通的事情探索出事物本身的玄妙。神秘主义者能看到那些不可言喻的东西，而精神病理学家也能看清那些无法用言语表达的东西。这位博闻强记的作家孜孜不倦地搜寻着每一件令英雄颜面扫地的琐事，令人拍案叫绝。每次他将斯特里克兰某件不仁不义的事情摆上台面时，都会对这位画家生出一份同情；每次他找出某件有所遗漏的故事来驳斥罗伯特牧师的拳拳孝心时，他都会像宗教法庭的法官审判异教徒一般欣喜若狂。任何鸡毛蒜皮的小事都逃不过他的眼睛，倘若查尔斯·斯特里克兰有一笔洗衣服的钱没有付清，那他也会将这件事情详细记录；如果他欠了人家半克朗，那他这笔债款的来龙去脉绝不会有半点遗漏，这点读者诸君大可放心。

第二章

有关查尔斯·斯特里克兰的文章可谓汗牛充栋，我似乎没有必要赘述。但是，为画家树碑立传终归要看他的作品。我自然要比其他人更熟悉他的为人，第一次跟他见面时，他还不是画家；他在巴黎穷困潦倒之际，我常和他相见。但是，如若不是因为战争的风险让我去了塔希提的话，我想我绝不会把这些回忆记录下来。众所周知，他正是在那里度过了生命中最后几年光景，我在那里遇到过不少对他熟稔的人。后来我发现，他悲剧人生中那段最寂寂无名的日子，我再清楚不过。如果人们坚信斯特里克兰是伟大的，那些跟他有过亲身接触的人的叙述显然就不会多余了。如果有人对格列柯的熟稔如同我跟斯特里克兰一样，那他所写的格列柯回忆录定然弥足珍贵。

不过我可没打算以此多做辩解。我不记得是谁说过这样的话：要想修心养性，人们每天须做两件他不喜欢的事情。要说此人还真是个聪明人。我把这话当成训诫，每天都会一丝不苟地遵循，因为我每天都要起床，都要睡觉。但我的性子里天生就有点苦行主义的意味，每个礼拜我都会让我的肉体经受一次更为严苛的苦修。《泰晤士报》的文学副刊我一期也没落下。想到有那么多书可以写下来，作者又对书的出版翘首以盼，等着这些书的又是怎样的命运，这种苦行僧式的磨炼还真是有益身心。一部作品要从浩如烟海的书籍中脱颖而出是多么渺茫啊！即便成功了，那也可能只是刹那辉煌。且不知作者为写成这本书花费了多少心血，才能让读者放松几个钟头，或是调解其单调的旅途。不才如我斗胆根据书评得出定论，许多书都是不错的，而且写得极为细致。不少书都是作者绞尽了脑汁才完成的，有的书甚至穷尽了作者一生的心血。不过，我倒是从中得出了教训，作者应该从写书中寻找乐趣，从思想的重压中解脱出来，对其他的事情都应当淡然处之，无论是褒奖还是非难，成功还是失败。

战争来临时，也带来了一种新的态度。年轻人转而求助于我们老一代人过去都不甚了解的神灵，如此也就不难看出新一代追寻的方向。年轻人察觉到力量和骚动，已经懒得敲门，而是直接冲了进来，一屁股坐上我们的位置。空气中充斥着喧嚣的喊叫声，一部分老年人模仿起了年轻人古怪滑稽的姿态，竭力说服自己，他们的时日还未到头。于是乎，他们也抖擞精神，大声嚷嚷，但他们发出的呐喊却是那样的空洞。如同楚楚可怜的放荡女子，虽然韶华已逝，却希望凭借描眉画鬓、涂脂抹粉，凭借那恣意轻狂来挽回青春的幻影流光。聪明一点的人则会摆出端庄的姿态，淡然一笑中带着一份宽容的嘲讽。他们还记得当年也曾将位居宝座的一代人踏于脚下，看到年青一代这般鼓噪，这般傲睨一切，他们仿佛看到了这些高举火把的莽夫不久也会让位于人。任谁也不会盖棺定论。尼尼微盛极一时之际，新福音书却已变得老旧。那些慷慨激昂的豪言壮语像是从未被人说起，其实早已是陈腔滥调，如同来回晃荡的钟摆，总会周而复始地循环。

人生漫长，有时人会从他功成名就的光景中进入一个全然陌生的新世纪，这时，好事者自然会看到人间喜剧中那幕最奇特的景象。比如，现在谁会想起乔治·克拉布呢？在他的时代，此君享负盛名，当时人们一致认为他有旷世之才——这样的共识在日趋复杂的现代生活中并不常见。克拉布写诗的技巧师从亚历山大·蒲柏一派，他曾用双韵体的形式写了不少道德故事。后来法国大革命爆发，拿破仑四处征战之时，诗人开始吟唱新的诗歌。克拉布先生仍以双韵体写他的说教故事。我想他必定看过年轻人写的那些风靡一时的新诗，而且我还能想象他一定觉得那些诗歌皆是糟粕。当然，多数新诗的确如此。但济慈和华兹华斯写的颂歌，柯勒律治写的一两首诗，还有雪莱写的一些诗，确实让人耳目一新。克拉布先生早已风光不再，但他依然我行我素，继续写他的道德故事。我倒也偶尔看过我们这个时代的年轻人写的诗篇。如若说他们中某位的才能超过热情奔放的济慈和超凡脱俗的雪莱也说不准，有人已经出版过必定会流芳百世的作品。当然，这种事情我也无法断言。我羡慕他们的那份优雅，尽管他们还很年轻，却已满腹经纶，倘若我仍然说他们前途无量，那显然要贻笑大方。我惊叹于他们巧妙的文风，但是，尽管他们辞藻丰富（从他们掌握的词汇来看，像是在襁褓中便翻阅过罗杰的《词汇宝库》)，但于我而言这算不得本事，在我看来，他们了解的东西过多，感觉却太过想当然。他们拍我后背的那股热诚和扑向我怀里的那份激动，是我消受不起的。他们的激情在我看来似乎有些苍白，而他们的梦想也有些平淡。说实话，我不喜欢他们，想必我也是早已过时。我仍会继续用双韵体写我的道德故事，但是如果除了自娱自乐，还有别的非分之想，那我必定是个十足的傻瓜。

第三章

但这一切都是题外话而已。

我写第一本书的时候还非常年轻，却因为机缘巧合引起了不小的轰动，各色人等都想与我结识。

初次踏足伦敦文学界时，尽管有些羞怯，但也算热切，回忆起当时的情景，多少带些哀情愁思。自那以后，我许久没去过伦敦。如果现在的小说中描绘的场景是真的，那里定是发生了翻天覆地的变化。文人骚客的聚集地已有变化，切尔西和布鲁姆斯伯里代替了汉普斯特德、诺丁山门、高街和肯辛顿。过去，年纪不到四十就可能成为了不起的人物，而现在超过二十五岁仍会被人当成笑柄。我觉得那时候我们在表达自己的情感时有些许羞愧，因怕人嘲笑，我们都会有所收敛，不让人觉得自己是多么自命不凡。我倒也不相信当时放荡不羁的文化人会有那般洁身自好，却不记得那时候的文艺界会有今日这般淫乱不堪。如今，我们往往会对自己的荒诞之举缄默不语，却不认为这种做法是多么虚伪。我们讲话时断然不会“出口成脏”。当然，那时候女性的地位尚未完全独立。

我住在维多利亚车站附近，记得当年去某些热情好客的文人家做客时，要乘坐巴士兜很大的圈。因为我这人有些腼腆，往往会在街上徘徊一番才会鼓起勇气按响门铃。然后，我会惶恐地被人领进一间密不透风、满屋子都是人的房间。有人会在那些名人面前一一介绍我，他们会针对我的书说些恭维的话，这让人极不舒服。我感觉他们觉得我也会妙语连珠，但每次等到聚会结束后，我都想不出一句。为了掩饰自己的窘态，我会装作给人倒茶水、涂黄油，将切得不成样子的面包递到人们手上。我不希望任何人注意我，这样，我才能毫不拘束地看着这些名流雅士，聆听他们妙趣横生的话语。

我记得当年有不少身材魁梧、腰杆挺得笔直的女人，那些女人长着大鼻子，目光贪婪，穿着犹如甲胄的衣服；我还想起来一些身材瘦小，如同老鼠一样的老处女，这些人说话时柔声细语，目光中透着精明。我总喜欢看她们戴着手套吃奶油吐司，在她们认为没人看见的时候，就会偷偷地在椅子上揩手，这一幕让我很是钦佩。不过，主人的家具可就遭殃了，但轮到主人去她们家做客时，应该也会对她们的家具施以报复吧。有些人穿着入时，她们说怎么也不明白，为什么写小说的非要穿不那么时兴的衣服。如果你有副好身材，为何不尽量展现出来？你在小脚上穿上一双时髦的鞋子也绝不会妨碍编辑用你的“东西”吧。但也有人觉得这只是轻佻之举。有些人或是穿着“艺术气质十足的布料”，或是戴着复古的首饰。男人很少在外表上哗众取宠，他们会尽量打扮得不像个作家。希望被人当成深谙世故之人，无论去到哪里，都能被人当成大公司的管理人员。他们看起来总是稍显疲态。我以前从来没接触过作家，却发现他们还真是奇怪，总觉得这些人都不那么真实。

我当时总觉得他们的谈话精彩绝伦，他们的同行刚一转身，就会被他们批评得体无完肤，听到他们幽默辛辣的言辞，我总是惊诧不已。较之其他人，艺术家倒有他们的优势，他们可以竭力讽刺友人的相貌、性格，还可以讥笑他们的作品，他们的评论恰如其分，侃侃而谈，本人真是自叹弗如。那时候的谈话还真是一种需要下功夫的艺术，一句机敏的应答远比锅底荆棘的爆裂声动听得多。当时，格言警句还不是无趣的人冒充机敏的呆板工具，一些温文尔雅之人随便闲聊几句就会字字珠玑，可惜我不记得当年那些妙趣横生的话了。但我记得他们谈论起出版业的细微处时，就不会那么舒服了。我们在谈论完一本新书的优点后，自然会谈到这本书会售出多少，作者又会得到多少预支的稿酬，凭这本书他一共能得到多少收益。然后我们还会提到各家出版商，比较一番，谁更大方，谁又是铁公鸡，我们还会争论该把书交到版税丰厚的出版商手里，还是更擅长做“推销”的出版商手里，让作品发挥出它全部的价值。有的出版商广告做不到点子上，有的却深谙此道；有的出版商会顺势而为，有的却因循守旧。然后我们还会谈论版权代理人以及他们为我们拓展的门路，我们自然也会谈起编辑和他们喜好的作品，谈论他们一千字愿意付多少稿酬，结款的时候是痛快还是拖拉。对我来说，这些事情都极具浪漫气息，像是为这种颇为神秘的兄弟会情谊平添了一丝亲切。

第四章

那段时期，对我最好的当数罗丝·沃特福德了。她既有男性的聪明才智，又有女性的任性乖张，她写的小说匠心独具，令人心潮难以平复。我正是在她家里认识了查尔斯·斯特里克兰的太太。当时，沃特福德小姐举办了一个茶会，她的小房间里人满为患。所有人好像都在交谈，而我却默默无言地坐在一旁，感觉十分别扭，三五成群的客人们都在心无旁骛地聊着各自的事情，我自然不好意思打搅他们。要说沃特福德小姐还真是体贴的主人，她注意到了我的窘境，走到我跟前。

“你可以去跟斯特里克兰太太谈谈，”她说，“她对你的书赞不绝口。”

“她是做什么的？”我问。

我知道自己孤陋寡闻，不过我想，如果斯特里克兰太太是一位知名作家，那我在跟她谈话前最好先了解清楚。

罗丝·沃特福德目光一垂，故意摆出一副一本正经的样子，为她接下来的回答造势。

“她经常举办午宴。如果你在她面前稍微吹吹牛，她一定会邀请你。”

罗丝·沃特福德平素有些玩世不恭，她会把生活当成小说的灵感，把芸芸众生当成她创作的素材。如果有人欣赏她的才能，慷慨招待过她，那她定会投桃报李，不时邀请她们到她家做客。这些人对名流的崇拜让她既觉得好笑，又有几分不屑，不过，她落落大方，将一位有名望的女文人应有的端庄范儿表现得淋漓尽致。

我被领到斯特里克兰太太面前，我们谈论了十分钟，除了她的嗓音甜美外，我并未发现她有什么特别之处。她在威斯敏斯特有套寓所，那里可以俯瞰尚未完工的大教堂。因为与他们住在同一个社区，所以，我们之间自然觉得更加亲近了。对于那些住在泰晤士河和圣詹姆斯公园的人来说，军用品店可谓联系他们之间的纽带。斯特里克兰太太问了我家的地址，几天后，我便收到了参加她家午宴的邀请。

我的应酬并不多，自然乐于接受这样的邀请。我到达时，还稍稍迟到了，因为我担心去得太早，就围着大教堂走了三遍，等我到达那里后，发现客人均已到齐。沃特福德小姐也在，还有杰伊太太、理查德·特文宁和乔治·路德。这些人全是作家。那时是早春时节，天气不错，我们的心情都不错，天南地北地聊着天。沃特福德小姐很纠结，她年轻的时候崇尚唯美主义风格，常着一身灰绿色衣装，手里拿着一朵水仙花前去赴宴；年岁渐长后反而更率性了，常穿一双高跟鞋和巴黎风格的连衫裙，戴一顶新帽子。这令她心情相当不错。我从没听过她那么刻薄地评论我们共同的朋友。杰伊太太很清楚，说些不着调的话才能将人最机智的一面抖搂出来，因此，她老是用近乎耳语的声音说着一些足以令雪白的台布泛起红晕的话。理查德·特文宁也按捺不住，净说些古怪离奇的谬论。乔治·路德知道自己的连珠妙语早为众人皆知，无须再展示自己的才华，所以，他每次张口只是往嘴里塞吃的。斯特里克兰太太话语不多，但她倒有个优点，总能引导大家的谈话不至于偏离方向，每次停顿的时候，她都会恰到好处地发表一番评论，这样，话题又会回到正轨。时年，她三十七岁，个子很高、身材丰满，却并不显胖。她长得不算漂亮，但那张脸很是讨喜，八成是她那双褐色的眼睛衬托出来的。她的肤色很不好，一头黑发梳得十分别致。她是所有女人中唯一没有化妆的，跟其他人一番比较后，她似乎显得更加朴素、自然。

餐厅是当年时兴的风格，布置得相当简洁。白木制成的护墙板很高，上面贴着绿色的墙纸，墙纸上一幅惠斯勒的蚀刻画，镶嵌在精致的黑框里。孔雀图案的帘子笔直地垂着，绿色的地毯上灰白色的兔子在茂密的林间嬉戏，这一风格显然是受到威廉·莫里斯的影响。壁炉架上放着蓝色的代夫特陶瓷。那段时期，伦敦起码有五百间餐厅以这种一模一样的风格装饰，简洁、雅致，只是有些单调。

离开斯特里克兰太太家，我跟沃特福德小姐一起走。那天天气不错，她戴的新帽子令她兴致盎然，于是我们决定漫步穿过公园。

“这样的聚会还真不错。”我说。

“你觉得菜式还可以吧？我告诉她，如果你希望作家到你那儿做客，就得把他们招呼好了。”

“这主意不赖，”我回答道，“可是她为什么想跟作家交往呢？”

沃特福德小姐耸耸肩。

“她觉得他们很有趣，但她只不过是想迎合潮流罢了。我觉得她的头脑有点简单，真是个可怜的人，她觉得我们都很了不起。不过，话说回来，她乐意邀请我们吃午饭，而且我们又没什么损失。我就喜欢她这点。”

现在回想起来，在那些喜欢附庸风雅的人中，斯特里克兰太太算得上最无心机的一位了，为了让猎物到手，那些人不惜亲登汉普斯特德的不染凡尘之所，甚至遍寻切恩街寒酸简陋的画室。斯特里克兰太太年轻的时候，在乡下过着恬静的生活，从莫迪图书馆借来的书不仅让她读到不少当地的浪漫故事，也有让她心驰神往的伦敦传奇。她对阅读兴趣浓郁。（这在他们这类人中实在少见，那些人更感兴趣的是作家和画家本人，而非他们写的书、作的画。）她生活在自己营造的小天地里，感受着现实世界从未有过的自由。跟作家结识后，如同亲身踏足于舞台之上——过去，她只能在舞台另一侧的角灯处远远眺望台上的表演。如今，她激动不已地看着他们，仿佛自己的生活圈子也大了许多，因为她现在不仅可以亲自款待他们，而且频频拜访这些深居简出的人家。她接受了这些人游戏人生的生活方式，却一刻也不想按照他们的方式调整自己的行为。他们在道德上怪诞不经，穿着奇装异服，谈着荒诞无稽的谬论，这一切让她哑然失笑，但对她的信条却无一丝一毫的影响。

“她有丈夫吗？”我问。

“有啊。他在市里做事，好像是什么证券经纪人，无趣得很。”

“他们夫妻感情好吗？”

“可以说相敬如宾。如果你去他们家吃晚饭，还能见到他。不过，她很少请人吃晚饭。斯特里克兰先生话不多，对文学或艺术一丁点儿兴趣都没有。”

“为什么这么好的女人都会嫁给这种无趣的男人？”

“因为有脑子的男人才不会娶好女人呢。”

我一时语塞，想不出什么来反驳她，便问斯特里克兰太太有没有孩子。

“有的，她有一个男孩和一个女孩，两个孩子都在上学。”

这个话题只能到此为止，我们开始谈论别的事情。

第五章

那年夏天，我跟斯特里克兰太太见面的次数比较频繁。我不时去她的寓所吃午饭，参加茶会，她家的午饭向来不错，茶会更是热闹。我们十分投缘。当年，我还很年轻，或许她想要引领初出茅庐的我走上艰难的文学之路，但于我而言，每次遇上不称心的琐事，她都会耐心倾听，而后通情达理地劝说我一番，这让我十分高兴。斯特里克兰太太天生富有同情心。善解人意本是一种不错的本领，却很容易被其拥有者滥用，因为他们如果察觉朋友有什么不幸之事，便会像食尸鬼一样猛扑过去，把他们的心思一股脑派上用场。同情心像油井一样喷薄而出，往往令对方窘迫不已。人的内心本就痛苦不堪，我可不能做那些再往伤口上撒盐的事。斯特里克兰太太却对自己的优势运用得十分自如，你会觉得接受了她的同情反倒是帮了她的忙。我当时因为年轻，一时冲动便将这件事跟罗丝·沃特福德讲了，她这样对我说：

“牛奶的味道不错，特别是加入几滴白兰地，但奶牛却恨不得早早地把奶挤出来，想必是肿胀的乳头怪不好受的。”

罗丝·沃特福德说起话来真是尖酸刻薄，在这点上无人能及，但话说回来，谁说的话也没有她说的这般在理。

还有一件事让我对斯特里克兰太太很有好感。她将自己的家打理得非常雅致。她的寓所总是很整洁，房间里摆着花，给人一种身心愉悦的感觉。客厅里用作窗帘的印花棉布虽然图案古板，但色泽亮丽，相当漂亮。在文艺的小餐厅里吃饭也让人愉悦。她家的桌子看起来不错，两个女仆落落大方，长得也很清秀，菜肴更是做得极好。不难看出斯特里克兰太太是一位相当能干的家庭主妇，而且显然是一位令人称道的母亲。客厅里挂着她的儿子和女儿的照片。儿子名叫罗伯特，十六岁，在拉格比公学念书。一张照片中的他穿着一件法兰绒衣服，头戴板球帽；另一张照片中他穿着燕尾服，系着立领。他遗传了母亲光洁的额头和深邃的眼睛，看起来很干净，给人一种健康、端正的感觉。

“我知道他不算太聪明。”一天我正在看着照片的时候斯特里克兰太太说，“但我知道他很不错，性格也很好。”

她女儿十四岁，跟她妈妈一样，有一头浓密的黑发，犹如瀑布般地披在肩膀上，表情和蔼可亲，一双眼睛沉着、安静。

“他们两个都像你。”我说。

“是啊，我也觉得他们更像我，而不像他们的爸爸。”

“你为什么从来不让我见他？”我问。

“你想见他吗？”

她轻轻一笑，笑容是那样的甜蜜，脸上泛起红晕。像她这种年纪的女人居然这么容易脸红实在少见，也许她身上的纯真正是她最大的魅力。

“你知道他不是文学界的人。”她说，“俗人一个。”

她说这话并没有贬低他的意思，语气很亲切，像是由她亲口说出丈夫的最大缺点正是想保护他，不希望朋友说出有损他的话来。

“他在证券交易所上班，是一位标准的证券经纪人。我估摸他会让你无聊得要命。”

“他会让你无聊吗？”我问。

“谁叫我是他的妻子呢，本来就很喜欢他。”

她再次笑了，想掩饰自己的羞怯。我想她可能怕我说出挖苦她的话来，换作罗丝·沃特福德，她准会嘲笑一番。斯特里克兰太太犹豫了一会儿，那双眼睛也更显温柔。

“他不会假装自己是什么天才，其实他在证券交易所也没怎么赚钱，但他的心地特别善良。”

“我应该会非常喜欢他。”

“下次我单独邀请你跟我们一起吃晚饭吧，不过，我可得提醒你，你可是自愿冒这个风险的，到时候要是觉得特别无聊，可别怨我。”

第六章

但是，等到我终于有机会跟查尔斯·斯特里克兰见上面，我与他也不过只有一面之缘而已。一天早上，斯特里克兰太太差人捎来一张字条，说她要举行晚宴，有个客人爽约了，问我可不可以填补这个空缺。字条上是这样写的：

我得提前告诉你，到时候你一准会闷得要死。这样的茶会打一开始就无聊得很，但是如果你真要来的话，我肯定会很开心。到时候我们两个聊一聊也不打紧。

我只能欣然接受。

斯特里克兰太太把我介绍给她的丈夫时，他心不在焉地跟我握了握手。不过，斯特里克兰太太的心情不错，转身对他说了一句玩笑话：

“我邀请他来，是想告诉他我真的有丈夫，否则他都要怀疑了。”

斯特里克兰礼貌地笑了笑，像是原本并不觉得这笑话好笑，假意迎合一样，也没说话。这时，有新客人来了，主人要去招待，把我晾在了一边。等到客人都到齐，只等宣布晚饭开始的时候，我一边同一位要我“陪同”的女人闲聊，一边心想，生命本就苦短，文明人将自己的才智浪费在无聊的应酬上实在令人费解。比方说今天的聚会，我就不明白女主人为什么要不辞辛劳招待这些客人，而这些客人又为什么会不厌其烦地前来赴宴。参加聚会的一共有十个人。他们见面时态度并不热情，分手时给人一种如释重负的感觉，纯粹是为了完成社交义务而已。斯特里克兰夫妇“亏欠”许多人的饭局，他们本来对这些人并无兴趣，却不得已邀请他们前来，而这些人也会接受邀请。为何如此？是因为吃饭时夫妻对坐太无聊，为了让用人放个假，抑或是没有拒绝的理由，或是因为他们先前“欠”下了这顿饭？

餐厅里拥挤得让人感觉不适。客人中有皇室法律顾问和他的夫人，有政府官员和他的太太，还有斯特里克兰太太的姐姐和姐夫麦克安德鲁上校，以及一位下议院议员的妻子。正是那位议员发现有事不能离开议院，我这才获邀。参加聚会的人来头不小。女人们因为知道自己都是体面之人，也没怎么好好打扮一番；因为知晓自己的社会地位，也没想着去讨好他人。男人们也都是有头有脸的人物。反正这些人无不流露出一种志得意满的感觉。

为了让宴会有气氛一些，大家说话的声调比平日高了不少，房间里确实有些热闹。但大伙并没有共同谈论一件事情，都在跟邻座的人交谈。喝汤、吃鱼、吃主菜的时候跟右边的人交谈，吃烤肉、甜品和开胃小菜的时候跟左边的人交谈。他们谈论的无非是政治环境、高尔夫球、各自的孩子和最新上演的戏剧，还谈论了皇家艺术学员的画、天气和他们的假期计划。谈话声没有停止过，声音越来越大。斯特里克兰太太的宴会相当成功，她大可得意一番了。她的丈夫也表现得很有礼貌。也许他并没有怎么说话，在宴会即将结束的时候，我总感觉他身旁两个女人的脸上都有些疲乏，想必她们认为他有些无聊吧。有那么一两次，斯特里克兰太太焦急地将目光投向她的丈夫。

最后，她起身陪着两位女士离开房间。斯特里克兰跟在后面关上门，然后走到桌子一头，坐在那位皇室法律顾问和政府官员中间。他再次将葡萄酒传过来，并递给我们雪茄。法律顾问称赞说酒的品质相当不错，斯特里克兰告诉我们他是从哪里买来的。我们开始谈论葡萄酒和烟草。法律顾问跟我们说了他正在忙活的一个案件，那名上校则谈论起了马球的话题。我没什么可说的，便一言不发地干坐在那里，试着礼貌地表现出对他们的话题感兴趣的样子。因为我知道这些人跟我毫无关系，所以我干脆心安理得地打量起斯特里克兰。他的块头比我想象的大。我不知道为什么会把他想象成一个身材纤弱、相貌平平的人，其实他身材魁梧，手脚都很大，身上穿的晚礼服有些笨拙，多少让人觉得他只是一个马车夫，特地打扮一番来出席这样的场合。他四十来岁，不算英俊，但也不丑，因为他的五官长得不错，只不过比普通人的要稍微大些,所以才会给人一种笨重的感觉。他的胡须刮得光光的，光秃秃的大脸看着怪不舒服。他的头发稍微带点红色，剪得很短，眼睛很小，有些让人分不清是蓝色还是灰色。他整个人看起来很普通，难怪斯特里克兰太太提起他时有些尴尬。对于想在艺术和文学界占得一席之地的女人来说，他自然帮不上忙。而且他显然没有社交天赋，当然啦，也并非每个人都要有这样的本事。不过，他甚至也没什么可跟普通人区别开来的乖僻邪谬。他只不过是一个忠厚老实、了无生趣的人罢了。人们可以钦佩他的人品，却不愿跟他打交道。他实在无趣得很。他可能是一位可敬的普通人，一位好丈夫、好父亲，一个诚实的证券经纪人，但你没必要在他身上浪费时间。

第七章

日复一日，平淡无奇的夏季接近尾声，我认识的人纷纷离开。斯特里克兰太太也带着家人去诺福克海岸度假，孩子们可以去海边玩耍，丈夫则可以去打高尔夫球，我们彼此道了别，计划秋天再见。但我留在城里的最后那天，从商店出来的时候，我见她带着儿子和女儿。跟我一样，她也在离开伦敦前进行着最后的大采购，我们又热又累，于是我建议去公园里吃冷饮。

我想斯特里克兰太太很开心让我看看她的孩子，所以，她欣然接受了我的邀请。两个孩子比照片里更可爱，看来斯特里克兰太太为他们感到自豪是有缘由的。我当时年纪不大，他们在我面前并不拘谨，欢快地谈论各种话题。两个孩子长得很漂亮，看起来很健康，我们待在树荫下感觉颇为惬意。

一个小时后，他们三人挤在一辆出租马车里回家了，我百无聊赖地朝俱乐部走去。兴许是因为我感觉有些孤独，想起刚才那一家人的幸福生活，不免有些羡慕。他们的感情似乎很好，彼此讲些旁人听不懂的小笑话，时不时忘情地大笑。也许从能言善辩的标准去评判查尔斯·斯特里克兰，他的确有些呆板，不过单就所处的环境而论，他的才智绝对绰绰有余，而这不仅是一个人成功的通行证，更是幸福快乐的源泉。斯特里克兰太太是个讨人喜欢的女子，她爱自己的丈夫。我能想象他们的生活，无灾无祸，日子过得踏实、体面，还有两个端庄、可爱的孩子，他们注定会弘扬良好的家风和地位。夫妻两个会在不知不觉中慢慢变老，看到一双儿女长大成人。到了适当的年龄他们的儿女便会结婚生子，漂亮的女儿将来会做个贤妻良母，生出健康活泼的孩子；而帅气的儿子也会成为英气逼人的男子汉，没准会成为一名军人。最后，这对夫妻开枝散叶后就会体面地隐退，子孙承欢膝下，过着充实、幸福的生活，到时寿终正寝，入土为安。

这一定是世间无数夫妻的剧本，这样的生活模式虽然平凡，但也不啻为恩惠，会让人想起一条缓缓流过的小河，蜿蜒流过绿草如茵的牧场，在郁郁葱葱的树荫庇护下，汇入汪洋大海。但大海是那样的平静、淡然、波澜不惊，你会突然感觉隐隐不安。也许这只是我的胡思乱想，但即使在当时这样的想法也非常强烈，我总觉得芸芸众生如此度过一生总有什么不妥。我承认这种生活的社会价值，也知道这是一种有条不紊的幸福生活，但我却有一腔不甘平庸的热血，渴望踏上一条更为放荡不羁的险途。而这种从容的快乐让我感到莫名惶恐。我内心渴望过上更为惊险的生活，只要我能做出改变，我指的是那种无法预知的改变和刺激，我便准备踏上怪石嶙峋的山峦和凶险莫测的海滩。

第八章

回头读到我对斯特里克兰夫妇的描述，我总觉得把夫妻两个写得太过虚无缥缈。要让书中的角色栩栩如生，我必须把他们的性格特征刻画出来，但我并没有赋予他们这样的性格。我不晓得这是不是我的错，不过，我仍在绞尽脑汁地回忆他们与众不同的特征，好让他们鲜活地出现在书中。我觉得如果能详尽描述他们说话的特征和某些古怪的习惯，便能突出他们的特征。之前我写的这些，令他们如同老旧的挂毯上的人物，无法从背景中分辨出来，从远处看，挂毯中的人物已完全融入背景中，所以，你也只能看到一团还算讨喜的颜色。我唯一的借口就是他们本来就只给了我这种印象。社会本来就只是个有机体，而许多人只是这个有机体的一部分，生活在这个有机体内，依附于它的存在，他们本身就是虚无的。他们如同身体里的细胞，不可或缺，然而，只要他们健康地存于体内，就会淹没于这巨大的整体里。斯特里克兰在中产阶级中并不显山露水。女主人和蔼可亲，热情好客，无伤大雅地痴迷于一些小有名气的文人墨客，男主人有些无趣，在仁慈的上帝的安排下，兢兢业业地过活，还有两个漂亮、健康的孩子。没有比这更平凡的一家子了。我也不晓得他们有什么引得好事者侧目的地方。

我后来想起这些林林总总的事情，便会扪心自问，难道当初是因为我头脑迟钝，才丝毫没有察觉查尔斯·斯特里克兰有异于常人的地方？也许吧。如今过了这么多年，我也懂得了不少人情世故，但即便我初见斯特里克兰夫妇时便有了现在的阅历，相信我对他们的判断也不会有所改观。不过，因为我现在已经知晓人是那样无法预料，如若是今天听到那则消息，断不会像那年初秋我返回伦敦的时候那般惊讶。

回到伦敦后还不到二十四小时，我便在杰明恩街遇见了罗丝·沃特福德。

“今天怎么乐成这样，”我说，“有什么开心的事吗？”

她笑了笑，眼底闪出一种幸灾乐祸的光芒，这样的眼神我早已熟悉。不消说，她肯定听说了哪位朋友的丑事，这位女文人的嗅觉灵敏得很。

“你见过查尔斯·斯特里克兰夫妇，对吧？”

不仅仅是她的脸，她的整个身体都跃动着快活的因子。我点点头。我怀疑那个可怜的家伙不是在证券交易所赔了老本，就是被公共汽车从身上碾过去了。

“这也太可怕了吧，他居然丢下妻子跑了。”

沃特福德小姐一定觉得在杰明恩街的路边讲这个故事会有失偏颇，所以她像个艺术家一样，把赤裸裸的事实抛给我，而后却宣称对细节并不知情。我可不认为这么微不足道的环境因素会影响到她的口才，那会冤枉她的。但她执意不讲。

“我告诉你我什么都不知道。”面对我激动的问话，她如是回答道，然后她调皮地耸耸肩，“不过我相信伦敦某家茶室肯定有位姑娘已经把工作辞了。”

她冲我笑了笑，一本正经地告诉我跟牙医有约，然后扬扬得意地走了。这样的消息与其说让我不安，不如说让我很感兴趣。那时候，我很少能拿到亲身经历的第一手资料，所以，我认识的人遭遇书里才有的事情时，当然兴奋不已。坦白说，随着时间的推移，我早已习以为常。但当时听到这个消息时，我有点吃惊。斯特里克兰肯定已经四十岁了，我觉得这个年纪的人还会在感情上出轨真是恶心。当时我年少轻狂，觉得如果一个男人陷入爱河，且不使自己成为笑柄，绝不能超过三十五岁。所以，这个消息给本人也造成了小小的困扰，因为我之前在乡下的时候就给斯特里克兰太太写了信，把我返回伦敦的日期告诉她，我还加了一句，除非她另有安排，否则我会在某天去她家喝茶。今天便是约定的日子，但我并没有收到斯特里克兰太太的回信。她到底想不想见我？她极有可能因为心情烦乱把我的信忘到九霄云外了。我也许该有自知之明，不去赴约。不过，话又说回来，她兴许不想让我知道这事儿，如果让她察觉出我已经听说了这个奇怪的消息，这样的行为实在太过轻率。她人这么好，我既不愿意伤害她的感情，又担心冒昧去她家让她平添烦恼，这让我很纠结。我想她肯定很痛苦，我不愿看到一个人受苦，自己又帮不上什么忙。但我又特别想知道斯特里克兰太太会如何处理这事，这样的想法让我有些惭愧。我一时真不知道怎么办才好。

最后我有了个主意：干脆当作什么事情也没发生一样前去赴约，大可先叫女佣前去通报一声，看斯特里克兰太太是否方便见我。这样的话，如果她想把我打发走，也是可以的。但是，我在跟女佣讲述我事先准备的说辞时，觉得特别不好意思。我在昏暗的过道里等回信的时候，鼓足了勇气才没有逃之夭夭。女佣终于回来了。兴许是我想多了，但从女佣的神情猜测，她应该已经完全知晓这家人的变故了。

我跟着她进入客厅。部分百叶窗拉了下来，房间里有些昏暗，斯特里克兰太太背对光坐着。她的姐夫麦克安德鲁上校站在壁炉前面。想必我的到来让他们有些意外，斯特里克兰太太让我进来只是因为她忘记另行安排约会的日子了，说不定上校因为我的打扰很恼火呢。

“我不确定你是不是在等我。”我故意轻描淡写地说。

“我当然在等你啦。安妮马上会端茶来。”

即便房间里的灯光不好，我也能察觉斯特里克兰太太的脸都哭肿了。她的皮肤本就不太好，现在更是面如土色。

“你还记得我的姐夫吧？上次晚宴的时候你们见过，就在度假之前。”

我们握了握手。我觉得很不好意思，不知道说什么好。幸好斯特里克兰太太出来为我打圆场，问我夏天一个人干了什么，她提出了话题，我总算也能接上茬了，终于等到女佣端上茶。上校要了一杯苏打威士忌。

“你最好也来一杯，艾米。”他说。

“不了，我还是喝茶吧。”

这显然是家门不幸的开场白。我假意没去在意，尽量同斯特里克兰太太聊天。上校仍然站在壁炉的前面不发一言。我在想，不知道多久才能体面地离开，心中不免思忖，不知道斯特里克兰太太为什么还会让我进来。屋子里没有花，夏天收起来的一些小饰品也没有重新摆上来，本来亲切舒适的房间给人一种阴郁呆板的印象，让人觉得怪怪的，像是隔壁躺着一个死人。我把茶喝完了。

“要抽支烟吗？”斯特里克兰太太问道。

她四下寻找烟盒，但是并没找到。

“恐怕是没有了。”

她突然失声恸哭，匆匆离开客厅。

我被吓呆了，烟这种东西向来都是由丈夫置办的，现在却没了，想必是勾起了她对丈夫的回忆，平日里她早已习惯的小小慰藉突然变成了一种陌生的感觉，这让她胸口猝然一紧。她意识到过往的生活已经一去不返，自然也就顾不上体面的社交礼仪了。

“我敢说你很想下逐客令。”我起身对上校说。

“我想你一定听说那个人渣把她抛弃的事了吧。”他突然发火。

我犹豫了一会儿。

“你知道人们就喜欢八卦，”我说，“我也不大清楚，只是听人说他们家出事了。”

“那家伙跑了。他跟一个女人去了巴黎，甩了艾米，一个子儿都没留。”

“实在抱歉。”我说，不知道还能说什么。

上校将威士忌一饮而尽。他身材高挑，约莫五十岁，胡子耷拉着，一头灰发，眼睛是淡蓝色的，嘴唇毫无生气。我记得上次跟他聚会的时候，觉得他的脸透着一股傻气，当时他吹嘘说，离开部队前，他每个礼拜会打三次马球，而且一打就是十年。

“我想斯特里克兰太太现在肯定不希望我在此打扰。”我说，“请你转告她，我非常抱歉。如果能为她做点什么，我非常愿意效劳。”

他并没有理会我。

“我也不知道她将来怎么办，还有两个孩子。他们难道要靠空气生活吗？都十七年了。”

“什么十七年？”

“他们结婚十七年了啊！”他生气地说，“我从来都不喜欢那小子。就因为他是我的连襟，我这才一再容忍。你以为他是什么正人君子？她压根儿就不应该嫁给他。”

“事情没可能挽回了吗？”

“她只需要做一件事情就可以了：跟他离婚。你之前进来的时候我正跟她说这事呢。‘把你的离婚申请递上去，亲爱的艾米，’我说，‘就算是为了你自己，为了孩子也好。’他最好别让我碰上了，否则我一定把他揍个半死。”

我忍不住想，麦克安德鲁怕是没本事揍人，因为斯特里克兰身材魁梧，这点令我印象很深刻，不过，我什么也没说。一位义愤填膺的正义人士，却没有能力教训恶人，实在是件痛苦的事。我决定再次向他告辞，这时，斯特里克兰太太回来了。她擦干了眼泪，还在鼻子上补了粉。

“我没能控制住自己的情绪，实在抱歉。”她说，“幸好你还没走。”

她坐下来。我完全不知道说什么才好，只是不好意思讨论跟自己毫不相关的事情。那时我还不知道女人有个共有的毛病，喜欢跟任何愿意聆听的人倾诉自己的隐私。斯特里克兰太太像是在竭力克制自己。

“大家是不是都在议论这件事情啊？”她问。

她早已认定我知道了她家遭遇的不幸，我不由得吃了一惊。

“我刚刚回来，就只见到了罗丝·沃特福德。”

斯特里克兰太太拍了拍手。

“那你把她的话一字不漏地告诉我。”见我犹豫，她坚持要我讲，“我很想知道。”

“你知道别人是怎么谈论的。她的嘴向来都没个把门的，对吧？她说你丈夫把你抛弃了。”

“就这些？”

我说了假话，没有向她转述沃特福德说她丈夫跟一个茶馆里的女孩私奔的事。

“她没有说跟谁走了吗？”

“没有。”

“我只想知道这个。”

我有些糊涂了，但不管怎样我知道自己该走了。我跟斯特里克兰太太握手道别时告诉她，如果有用得着的地方，我一定尽力。她脸上挤出一丝笑意。

“非常感谢，我不知道谁还能帮我。”

我不好意思对她表示同情，便转身同上校告别，但他没有跟我握手。

“我也准备走了。如果你要前往维多利亚街，我跟你一起走。”

“好的，”我说，“走吧。”

第九章

“这事太可恨了。”我们刚走到街上，他立马说。

我这才意识到，他跟我一起走，其实就是想跟我说他跟小姨子一起讨论了好几个钟头的话题。

“我们还不知道那个女人是谁，”他说，“只知道那个人渣去巴黎了。”

“我以为他们夫妻的关系很好呢。”

“是很好。呵呵，你刚进屋前，艾米还说他们结婚后就没拌过嘴。你了解艾米。这样的好女人打着灯笼都难找。”

既然他在我面前透露了这么多秘密，我觉得不妨问几个问题。

“你是说她之前就没有收到半点风声？”

“一点迹象都没有。他八月份还带着她和孩子去了诺福克，跟平日里一样，没有任何异常。我和我妻子也跟他们一起待了两三天，我还跟他打了高尔夫。他九月份回到城里，让他的合伙人去度假了，艾米则留在了乡下。他们在乡下租住了六个礼拜，租约快到期的时候，她写信把返回伦敦的具体日期告诉他了。他的回信是从巴黎寄出来的，说什么他已经拿定主意，不想和她一起生活了。”

“他是怎么解释的？”

“老兄，他哪里还有什么解释。那封信我看了，不超过十行字。”

“可这样也太奇怪了吧。”

这时，我们正好要过马路，来往的车辆打断了我们的谈话。麦克安德鲁上校透露的情况似乎完全说不通，我怀疑斯特里克兰太太有什么苦衷，隐瞒了一部分事实。两个人都结婚十七年了，做丈夫的不可能平白无故地离开妻子，这里面一准有隐情，让斯特里克兰太太怀疑她的婚姻并不美满。这时，上校追了上来。

“当然啦，除了老老实实地承认跟一个女人私奔了，他肯定找不出别的理由了。我想他肯定会觉得她迟早会自己弄清楚。那家伙向来都是这样的人。”

“斯特里克兰太太打算怎么办？”

“首先是找出证据。我要亲自跑一趟巴黎。”

“那他的工作怎么办？”

“这正是他狡猾的地方。去年他就开始慢慢抽身了。”

“他离家出走的事有没有告诉他的合伙人？”

“一个字都没提。”

麦克安德鲁上校对证券这档子事不怎么在行，我更是什么都不懂，所以我也不明白斯特里克兰留下了一个什么样的烂摊子。从我了解的情况看，那个被他晾在一边的合伙人暴跳如雷，扬言要跟他打官司。看来要将这事解决妥当，他个人不掏出四五百英镑恐怕不行。

“幸亏寓所的家具都在艾米的名下。这些东西会归她所有。”

“你之前说她一个子儿都没有了，是真的吗？”

“当然是真的啦。她手上也就两三百英镑，再加上那些家具。”

“那她要怎么过活啊？”

“天晓得。”

事情似乎越发复杂了，上校怒气冲冲，嘴里骂骂咧咧，我非但没有听清楚，反而被他搞糊涂了。幸亏上校看到军用物品店上的大钟时，突然记起跟人约好去俱乐部打牌，便撇下我，从圣詹姆斯公园穿了过去。

第十章

一两天后，斯特里克兰太太遣人给我送来一封短信，问我吃完晚饭后可不可以去见她。我发现她一个人在家，一袭黑衣，衣着极为朴素，不由得让人想起她遭遇的不幸。尽管她经历了感情的巨大伤害，但她仍然没有忘记按照自己的理解穿上合乎礼节的衣服，这让不谙世故的我非常惊讶。

“你之前说过，只要我求你帮忙，你都会愿意效劳。”她说。

“没错。”

“你能去巴黎看看查理吗？”

“你是说我？”

我吃了一惊，立马想到我只见过他一次。我也不知道她到底要我怎么做。

“弗雷德愣是要去。”弗雷德指的是麦克安德鲁上校，“但我觉得他去那儿不合适。他只会令事情雪上加霜。除了你，我也不知道托付谁了。”

她的声音有些颤抖，我觉得即便我稍微犹豫一下也会很残忍。

“可是我跟你丈夫都没说过几句话，他不认识我，十有八九会叫我直接滚蛋。”

“这对你又没什么坏处。”斯特里克兰太太笑着说。

“你到底想要我干什么？”

这次她没有直接回答。

“他不认识你正好。你看，他跟弗雷德从来都不对付，觉得弗雷德是个傻瓜，他不理解当兵的，到时候弗雷德肯定会气得七窍生烟，两个人难免会吵起来，到时候帮不上忙不说，还会令事情一发不可收拾。如果你说你是代表我去见他的，他不会不听你的。”

“我认识你的时间也不长，”我回答道，“除非知道事情的来龙去脉，否则这事没法处理——其实我也不想打听跟我无关的事——你自己为什么不亲自去那里见他？”

“你忘了他又不是一个人在那儿。”

我不再说什么了，想象自己去见查尔斯·斯特里克兰的情形：我先递上名片，他进入屋子，两根手指夹住我的名片：

“请问有何贵干？”

“我来这里想谈谈你太太的事。”

“是吗？等你年纪再大点，就会学会不管别人的闲事了。如果你的头稍微往左边转过去，就会看到一扇门。祝你午安。”

我完全可以预见到，到时我只得灰溜溜地出门。早知道就等到斯特里克兰太太把这件棘手的事处理好再回伦敦了。我偷偷瞥了她一眼。她正陷入沉思中，过了一会儿，她抬头看着我，重重地叹了一口气，笑了笑。

“这件事情实在太突然了，”她说，“我们结婚十七年，我做梦都没想到查理是这样的人，居然会有外遇。我们夫妻的感情向来不错。当然，我有不少兴趣爱好跟他不一样。”

“你知道那人是谁吗？”我也不知道该怎样措辞，“我是说跟他一起走的那人是谁？”

“不知道。好像没有一个人知道。要说这事还真奇怪。通常来说，要是男人爱上了一个人，人们总会看到他们出双入对吧，比如一起吃个午饭什么的，做妻子的总会有朋友向她透露什么。我没有察觉到任何征兆，什么都没有。他的信如同晴天霹雳。我一直以为他很幸福。”

她的眼泪簌簌地流下来，可怜的女人，我很为她难过。但过了一小会儿，她慢慢平静下来。

“反正不能让人家看笑话。”她拭干眼泪说，“现在唯一能做的就是想个最好的解决办法。”

她继续有一搭没一搭地说着话。一会儿说最近发生的事，一会儿说他们初次见面和结婚的事，不一会儿，他们两人生活的画面清晰地出现在我的脑海里。我之前的猜测是对的。斯特里克兰太太的父亲在印度做过文官，退休后住到了英国偏远的乡村，但每年八月他都会带着一家人到伊斯特本换个环境，她也正是在那里认识了斯特里克兰。当年她二十岁，斯特里克兰二十三岁。他们一起玩耍，一起在海滨散步，一起听黑人流浪歌手唱歌，在他向她求婚前的一个礼拜她就决定非他不嫁了。后来他们在伦敦生活，先是在汉普斯顿，他赚了一些钱后，他们便搬到了城里，还养育了两个孩子。

“他一向都很喜欢两个孩子。即便他讨厌我，我觉得他也不会狠心离开孩子。这完全说不通啊：即便是现在，我都不敢相信这是真的。”

最后，她终于让我看了他写的信。其实我一直很好奇，只是不敢问她要来看。

亲爱的艾米：

我想你会发现家中一切都已安排妥当。你嘱咐安妮的事我已转告，你和孩子们回家后会发现晚餐已经准备好。我不会来接你们了。我已下定决心不再跟你一起生活，明天早上我就会去巴黎。我一到那里便会将此信寄回，决心已下，我不会再回头。

查尔斯·斯特里克兰

敬上

“没有一句解释，也没有丝毫的悔意。你不觉得很不近人情吗？”

“照这样看，这封信的确很奇怪。”我说道。

“那就只有一个解释，他已经变心了。我不知道让他鬼迷心窍的女人是谁，但她把他变成了另外一个人。显然他们在一起不是一天两天了。”

“你为什么这么认为？”

“是弗雷德发现的。我丈夫说他每个礼拜有三到四个晚上要去俱乐部打桥牌。弗雷德认识里面的一个会员，有一次他同那人说查尔斯很喜欢打桥牌，那人觉得很惊讶，他说他从没在打牌的房间见过查尔斯。现在算是真相大白了，我以为查尔斯真去打桥牌了，没想到是跟那个女人在一起。”

我沉默了一会儿，然后想到了两个孩子。

“这样的事情很难向罗伯特解释吧。”我说。

“噢，我从来没向他们中的任何一个透露半句。你也知道，我们回城的第二天他们就得回学校了。我表现得很镇静，说他们的父亲到外地办事去了。”

听到这样一个突如其来的消息，还得表现出若无其事的样子，实在不易，而且还要收拾东西，打发孩子开开心心地去上学，花费的精力一样也不少。这时，斯特里克兰太太的声音再次哽咽了。

“他们该怎么办呀，可怜的孩子，我们该怎样活下去啊？”

她尽量克制自己，我看到她的手如同痉挛般地一下紧扣在一起，一下又松开，想必非常痛苦。

“如果你觉得对你有用，我当然可以去巴黎，但你总得告诉我到底要我干什么吧。”

“我要他回来。”

“可是听麦克安德鲁上校的意思，你已经决定跟他离婚了。”

“我永远都不会跟他离婚。”她突然扯着嗓子喊道，“请你转告他，他永远也甭想娶那个女人。我跟他一样固执，永远也不会跟他离婚。我得为两个孩子着想。”

我想她加上最后一句话是向我解释她的态度，不过，我觉得这种想法与其说出于母爱，不如说是源自一种非常自然的嫉妒心理。

“你还爱着他吗？”

“我也不知道。我只希望他回来。如果他能回心转意，过去的事情就让它过去吧。毕竟我们都是老夫老妻了，我也不是个心胸狭窄的人。过去我还不是被蒙在鼓里？所以我并不介意他做了什么。但他必须知道，他爱上别的女人这档子事也不会长久。如果他现在能回来，什么事情都能平息下来，也不会有谁知道。”

看到斯特里克兰太太对外面的流言蜚语如此介怀，我不由得打了个寒战，因为那时我不知道别人的意见会怎样左右一个女人的生活。现在回想起来，这种小道消息为他们至深的情感蒙上了一层阴影。

斯特里克兰住在哪里并非秘密。他的合伙人曾将一份言辞激烈的信寄往银行，奚落对方隐藏行踪。斯特里克兰在回信中，以辛辣、幽默的措辞告诉合伙人在哪里可以找到他。他显然住在旅馆里。

“我从来没听说过这个地方。”斯特里克兰太太说，“不过弗雷德门儿清。他说那里非常昂贵。”

她的脸涨得通红，脸色很难看。我想她肯定在想象丈夫住在豪华的套房里，频频出入高级餐厅，她的脑子里正浮现着丈夫白天观看赛马，晚上去看戏的场景。

“像他这样的年纪，可不能老过这样的生活。”她说，“他毕竟已经四十岁了。要是年轻人，我还能理解，像他这样的年纪那就太可怕了，他的两个孩子都没成年呢，而且他的身体也吃不消。”

愤怒和痛苦在她的内心挣扎。

“告诉他，家人迫切希望他回来。家里什么都一样，但又什么都不一样了。没有他，我根本活不下去，我宁愿一死了之。你跟他说说过去的事，说说我们一起经历过的事。如果孩子们问起来，我要怎么说？他的房间还跟他离开时一模一样。我们都在等他回来。”

到时候我应该说些什么，她都交代了。她甚至连斯特里克兰到时候可能会说什么话，我该怎么周全地回答都说了。

“你会尽你所能帮我做这件事吗？”她可怜巴巴地说，“把我现在的情况告诉他。”

我看出来了，她希望我使出浑身解数博得他的同情。她的眼泪簌簌地往下掉，我被深深地触动了，斯特里克兰的冷酷无情让我义愤填膺，我答应她一定会想方设法把他带回来，并且同意第二天或者第三天就动身，我还保证如果事情没有进展，我会一直待在巴黎。此时天色已晚，我们两个都因为情绪激动而疲惫不堪，最后，我向她告辞。

第十一章

前往巴黎的旅途中，我仔细想了想这份差事，不免有些担心。现在因为不用目睹斯特里克兰太太伤心欲绝的样子，我考虑事情的时候反而更加冷静了。之前我发现她的一举一动有些矛盾，不由得有点蒙。她十分痛苦，但为了让我同情，她的痛苦多少有点表演的成分。很显然，她早就准备大哭一场了，因为她预先准备了很多手帕。尽管她的这种深谋远虑让我佩服，但现在回想起来，却感觉她的眼泪没那么感人了。我也弄不清她这么迫切地希望丈夫回来是因为爱他，还是因为害怕别人乱嚼舌根。我怀疑令她肝肠寸断的情伤是否也有虚荣心受到伤害的缘故，对于年纪轻轻的我来说，觉得这样的事情有些卑鄙，这种疑虑也让我内心极为不安。我当时还没觉察到人性是多么矛盾，不知道真挚的情感中会有多少矫揉造作，高贵优雅中会有多少卑劣低贱，也不知道罪孽中会有多少良善仁慧。

但我这次的行程显然有冒险的意味，临近巴黎时，我的情绪逐渐高涨起来。我也从剧中人的角度看着自己，一个信任的朋友托我将她出轨的丈夫带回到他不计前嫌的妻子面前，其实我挺荣幸的。我决定第二天傍晚就去找斯特里克兰，因为我本能地觉得，应该精心选定某个特定的时间。倘若要在感情上说服一个人，在午饭之前很少能成功。我自己倒也想过浓情蜜意的事，但每次都是喝完下午茶才会憧憬那些幸福的婚姻。

我在自己下榻的旅馆打探了查尔斯·斯特里克兰的住所。那是一家叫“比利时旅馆”的旅馆。但令我奇怪的是，门房居然从没听说过这地方。之前听斯特里克兰太太的语气，总觉得那是豪华奢侈的大酒店，坐落于里沃利大街后面。我们查了一下旅店指南，叫这个名字的旅馆只有一家，位于梅因路上。旅馆并非上等人居住的地方，甚至不是体面人出入之所。我不由得摇了摇头。

“肯定不是这家。”我说。

门房耸耸肩，巴黎再没有别的旅馆叫这名了。我突然觉得是斯特里克兰有意隐瞒了地址。他给合伙人的地址也许是在捉弄他。我也不知道为什么会这么想，但我总觉得这样的做法符合斯特里克兰的幽默感——将一个怒不可遏的证券经纪人骗到巴黎一条穷街陋巷中，进入一个声名狼藉的房子里，让他洋相百出。不过，我觉得最好还是去看看。第二天六点钟，我便叫了一辆出租马车，前往梅因路。不过我在拐角处便下了马车，觉得还是应该步行去旅馆，先在外面看看再进去。街道上有些小店铺，一看就是为穷人服务的，走到一半的时候，左手边就是那家名为“比利时旅馆”的旅馆。先前我落脚的旅馆就已经很普通了，但跟这间比起来，简直是奢华至极。那是一幢破旧不堪的高楼，许是多年没有粉刷了，相比之下，两边的房子倒显得又干净又整洁。脏兮兮的窗户全都关着。斯特里克兰肯定不会放弃过往的荣誉，抛妻弃子，跟那个不知名的美女在这样的地方偷腥。我不禁怒从中来，感觉被人摆了一道，我差点连问都不问就准备转身离去，之所以进去完全是想对斯特里克兰太太有所交代，告诉她我已尽力。

旅馆的门在一家店铺的旁边。门开着，进门处有块牌子，上面写着：前台设在二楼。我沿着狭窄的楼梯走了上去，在楼梯平台处发现一个用玻璃围住的小隔间，里面有一张桌子，几把椅子，外面还有一条长凳，值夜班的门房可能会在上面将就过夜吧。里面没有人，但我在电铃下面发现写有“侍应”的字样。我按了一下铃，不一会儿，一名侍应出现了。他是个年轻的小伙子，眼珠子溜来溜去，一脸的不高兴。他穿着一件衬衣，脚上穿着一双绒毡做的拖鞋。

我不知道为什么会在打听斯特里克兰的时候装作很随意的样子。

“斯特里克兰先生住这儿吗？”我问。

“六楼，三十二号房。”

我惊得下巴都掉了，一时没有回话。

“他在房间吗？”

侍应瞧了瞧前台的一块木板。

“他没有把钥匙留在这里，你自己上去看看吧。”

我想最好还是再问一个问题，便用法语问道：

“太太也在这里吗？”

“只有先生在。”

我上楼的时候，侍应满是狐疑地看着我。楼道很暗，又不通风，充斥着一股发霉的臭味。三楼有个穿睡衣的女人，头发乱糟糟的，我经过的时候，她打开门，一言不发地看着我。终于到了六楼，我敲响了三十二号房门。里面有声音，门开了一半，查尔斯·斯特里克兰站在我面前，他没有说话，显然不认得我。

我报上名字，尽量装作很轻松的样子。

“你不记得我了？六月份的时候我有幸跟你吃过晚饭。”

“请进，”他快活地说，“很高兴见到你。请坐。”

我走了进去，房间很小，挤满了法国人称之为路易·菲利普式的家具。房间里有张大木床，一床红色的鸭绒被乱七八糟地堆在床上；一个大衣柜，一张圆桌，一个很小的脸盆架，两把包着红色棱纹平布的软椅。里面的东西全都又脏又旧，压根儿就看不到麦克安德鲁上校信誓旦旦痛斥的那种奢华生活。斯特里克兰将堆在椅子上的衣服扔到地上，我坐了上去。

“你找我有什么事吗？”他问。

在这样一间小房间里，斯特里克兰比我印象中还要高大。他穿着一件诺福克式的旧外套，看上去好几天没刮胡子了。我上次见他时，他打扮得很光鲜，不过看起来很拘谨。现在他尽管邋里邋遢的，却自在得很。我不知道他听了我事先准备好的一番话后会作何感想。

“我是受你妻子之托来看你的。”

“我正准备在晚饭前出去喝一杯，你也一起去吧。对了，你喜欢喝苦艾酒吗？”

“还可以。”

“那就走吧。”

他戴上一顶早该洗刷的圆顶礼帽。

“我们可以一起吃饭呢。记得吗，你还欠我一顿饭。”

“当然记得。就你一个人吗？”

这么一个重要的问题，却极其自然地被提了出来，我不免有些得意。

“噢，对了，说实话，我已经三天没跟人讲话了。我的法语不是很灵光。”我在他前面走下楼梯的时候，不禁在想那位茶点店的小姑娘去哪儿了。是他们吵架了，还是他的新鲜劲已经过了？看眼下的情形，真的很难相信，他处心积虑了一年却只落得这般田地。我们走到克里希大街，在一家大咖啡馆摆在人行道上的桌子旁边找了个座位。

第十二章

这个时候，克利希大街人头攒动，如果能发挥一下丰富的想象力，就能在熙熙攘攘的人群中发现许多庸俗爱情故事中的角色。比如说小职员和女店员；比如从巴尔扎克小说中走出来的老古董；还有专门利用人性的弱点赚钱谋生的男男女女。在巴黎一些窄街陋巷，总会看到熙来攘往的人群，那些人充满活力，让你血脉偾张，上演一出出令人始料不及的戏码。

“你对巴黎熟悉吗？”我问。

“不熟悉。我们度蜜月的时候来过，打那以后我就没再来。”

“那你到底是怎么找到这家旅馆的？”

“是别人推荐给我的。我想找家便宜的。”

苦艾酒上来了，我们煞有介事地将水倒在溶化的糖上。

“我想我最好还是把我来这里的原因告诉你吧。”我尴尬地说。

他的眼中闪着光芒。“我想迟早都会有人来的。我收到了艾米的很多信。”

“那你肯定知道我想说什么。”

“我一封也没看过。”

我点燃一支烟，让自己有时间思考。我现在真不知道怎么完成人家托付给我的差事了。我本来准备了一套极具说服力的言辞，装可怜也好，义愤填膺也罢，但在克里希大街，这样的一套说辞显然格格不入。这时，他突然咯咯笑起来。

“这是一份苦差事吧？”

“噢，我也不知道。”我答道。

“听着，你赶紧把该说的话说出来，这样我们就能度过愉快的一晚了。”

我有些踌躇。

“你难道就没想过你妻子很痛苦吗？”

“她将来就会习惯了。”

他麻木的态度简直让我无法用语言描述，以致我自己都乱了方寸。但我还是尽量没有表现出来。我拿出了身为牧师的亨利叔叔惯用的语气，每次他去央求哪位亲戚向助理牧师候选人协会捐款的时候，总是这副腔调。

“那我就直说了，你不会介意吧？”

他笑着摇了摇头。

“你这样做对得起她吗？”

“对不起。”

“难道你对她有什么不满？”

“也没有。”

“你们结婚十七年，你又挑不出她任何毛病，这样离开她你不觉得很荒谬吗？”

“是很荒谬。”

我惊讶地瞥了他一眼。无论我列数他的什么罪状，他都照单全收，这种先发制人的策略让我无从招架。这倒让我难办了，且不说他的举动本来就滑稽可笑。我本来准备对他动之以情，晓之以理，好好劝导一番，如果有必要的话，我还可以训诫他一顿，甚至可以发一通脾气，极尽挖苦之能事。但是，过错方毫不犹豫地就把犯下的罪行悉数揽下，那要规劝的人还有什么用呢？在这方面我没有经验，因为换作是我，矢口否认不就完了。

“你还有什么要跟我说的？”斯特里克兰说。

我装模作样地对他撇了撇嘴。

“如果你都承认了，那我也没什么好说的了。”

“我觉得也没什么好说的了。”

我觉得我在处理这件差事上实在有些蹩脚，本能地有些恼怒。

“岂有此理，你总不能一个子儿都不留给你的女人吧？”

“为什么不能？”

“她要怎么过活？”

“我都养了她十七年了，为什么她现在就不能换种活法，自己养活自己呢？”

“她不行。”

“那总得让她试试。”

当然，针对这个问题，我有很多种回答方式。我可以谈谈女性的经济地位，谈谈男人在结婚后约定俗成的义务，反正还有许多方式可以辩解，但我觉得只须切中要害就行。

“你还爱她吗？”

“一点儿都不爱。”他答道。

无论从哪方面讲，这都是一件极其严肃的事，但是他的回答却有着一种玩世不恭、厚颜无耻的意味。我拼命咬着嘴唇，这才没笑出来。我提醒自己，他的行为真的令人憎恶。我终于摆出一副大义凛然的样子。

“该死的，你得想想自己的孩子吧。他们可从来没做过对不起你的事，也不是他们求你把他们带到这个世界上来的。如果你这样不管不顾，他们肯定会流落街头的。”

“他们养尊处优很多年了，比大多数孩子都要幸福得多。再说了，会有人照顾他们的，真到了紧要关头，麦克安德鲁夫妇会供他们上学。”

“可是，你难道不喜欢两个孩子吗？他们那么可爱。你真的不想再跟他们有任何关系了吗？”

“他们小的时候，我的确很喜欢，但现在长大了，我对他们也没什么特殊的感情了。”

“你也太没人性了。”

“可不是。”

“你怎么一点也不觉得惭愧？”

“我不惭愧啊。”

我得再换个法子。

“所有人都觉得你就是个不折不扣的贱人。”

“随便他们怎么想。”

“人们这么讨厌你，鄙视你，难道你真的无动于衷吗？”

“无所谓。”

尽管我提出的问题条条在理，但他近乎轻蔑的简短回答却让我的问题显得那样荒谬。我考虑了一会儿：

“我在想，如果一个人知道他都众叛亲离了，还能这么心安理得地活下去吗？你真就一点都不在乎吗？无论是谁，多多少少总有点良心，你迟早都会受到良心的谴责。如果你的妻子死了，你就不后悔吗？你迟早会遭报应的。”

他没有回答，我给他留了一点时间，好让他开口。不过，最后还是我打破了我们之间的沉默：

“你有什么好说的？”

“就一句：你就是个蠢货。”

“不管怎样，赡养妻子这事到时候可由不得你。”我的自尊心莫名地受到了伤害，生气地反驳道，“我想法律也会保护他们的。”

“难道法律就能从石头缝里榨出钱来？我没钱，也就一百来英镑了。”

我比之前更糊涂了。不过从他住的旅馆看，他的经济状况的确非常窘迫。

“那你把这笔钱花完了该怎么办？”

“再去赚呗。”

他相当冷静，眼里闪烁着嘲讽的微笑，让我觉得自己说的全是蠢话。我顿了顿，想想接下来要怎么说。但这次是他先开了口：

“艾米为什么不能再嫁呢？她相对来说还很年轻，也还算漂亮。我到时候还可以帮她介绍，她是个不错的妻子。如果她想跟我离婚，她需要什么借口我都可以给她。”

现在轮到我发笑了。他非常狡猾，但是显然这就是他的目的，让人以为他很狡猾。因为某些原因，他必须将他和某个女人私奔的事情隐瞒下去，他利用各种铺垫想要掩饰这个女人的下落。我当即回答道：

“你妻子说无论你要什么花招，她都不会跟你离婚。她早就拿定主意了，你就省省吧。”

他惊讶地看着我，这样的表情显然不是在假装。他不再笑，而是非常严肃地说：

“可是，老兄，我压根儿就不在乎。不管她离不离婚，我才不管哩。”

我笑了。

“哦，得了吧，你还是别把我们当傻子了，谁都知道你跟一个女人私奔了。”

他有些惊讶，跟着突然大笑起来。他笑得很大声，坐在我们旁边的人都转头望过来，有的人也跟着笑起来。

“我不觉得这有什么好笑的。”

“可怜的艾米。”他咧嘴笑道。

跟着他的脸上露出鄙夷不屑的神色，还带着一丝苦涩的意味。

“女人的脑子也太简单了！爱情，她们就知道这个。女人都以为男人离开她们只是因为有了新欢。你觉得我会有这么傻吗，为了一个女人抛家舍业？”

“你是说你并不是因为别的女人才离开你妻子？”

“当然不是啦。”

“你发誓？”

我不知道为什么会这样要求他，我真是太天真了。

“我发誓。”

“那你到底为什么离开她？”

“我想画画。”

我直勾勾地盯着他看了老半天，真是难以理解。我想这人准是脑子进水了。你们肯定记得，我当时还很年轻，理所当然地把他当成了中年人。当时我除了惊讶什么都不记得了。

“可是你都四十岁了呀。”

“所以我才觉得再不画画就晚了。”

“你以前画过吗？”

“我打小就想成为画家，但父亲把我叫去做生意，他说搞艺术的赚不了钱。一年前我开始画了一点，去年我经常去上夜校。”

“你太太误认为你去俱乐部打桥牌了，其实你是去学画画了？”

“没错。”

“你为什么不告诉她？”

“我觉得最好还是别让她知道。”

“你会画了吗？”

“还不行。不过我将来准行。所以我才来到这里。伦敦没有我想要的东西，这里说不定有。”

“你觉得像你这种年纪的人现在才开始学画画，还能闯出什么名堂吗？大多数人在十八岁就开始学了。”

“我可以比我十八岁的时候学得快。”

“你为什么觉得你有画画的天赋？”

他一时没有回答我的问题，而是盯着过往的人群，但我觉得他根本就不是在看他们。他的回答也是没头没脑的一句：

“我就得画画。”

“你这不是完全在碰运气吗？”

他看着我，眼睛里有些异样的东西，叫我觉得怪不舒服的。

“你多大了？二十三岁吗？”

在我看来，这样的问题跟我们谈论的话题毫不相干。如果我想去碰运气，那也无可指摘，但他青春不再，他本是一个有头有脸的证券经纪人，家中有妻子和一双儿女。如果我要去碰运气还正常，于他而言就有些荒唐了。但我还是希望劝导的时候尽量对他公平一些。

“当然，奇迹倒不是没可能，你将来可能会成为一名出色的画家，但你必须承认，这样的机会真的非常渺茫。如果到了你不得不承认你把事情弄得一团糟的时候，那就得不偿失了。”

“我就得画画。”他重复道。

“假如你将来撑死只能成为三流画家，那你觉得放弃现在的一切到底值不值得？毕竟在别的行当中，即便你不是出类拔萃的人物，也没多大关系；即使你做得也就还算过得去，也能舒舒服服地生活。但艺术家就不同了。”

“你他妈的真是个蠢货。”他骂道。

“我不明白你为什么这么说，除非你的意思是说，我把这么明显的道理说出来是在干蠢事。”

“我都跟你说了我就得画画，这事根本由不得我。如果一个人掉进了水里，他游泳的本事是好是坏并不重要，要紧的是他得从水里出来，要不他就会淹死。”

他的声音中透着一股真挚的情感，连我也不由自主地被感动了。我感觉像是有一种强大的力量在他的内心挣扎。这股力量非常强大，盖过一切，像是也违背了他自己的意愿。而我却无法理解。他像是中了邪，我感觉那玩意儿会突然将他撕得粉碎。但他看起来又是那样正常。我好奇地打量着他，但他一点也不觉得尴尬。他穿着那件旧诺福克外套坐在那里，戴着那顶脏兮兮的礼帽；裤子松松垮垮的，手也不干净，下巴上的胡子没刮，上面还留有红色的胡楂；一双小眼睛，大得出奇的鼻子让他的脸显得有些粗笨。他的嘴很大，厚厚的嘴唇给人一种肉欲的感觉，我不知道陌生人会把他当成什么人。不，我可没法给他下定论。

"你不会再回到你妻子身边了吗？"我终于开口道。

"永远都不会了。"

"她愿意既往不咎，跟你重新开始。她也决不会责备你。"

"让她去死吧。"

"别人把你当成一个不折不扣的人渣，你也不在乎吗？她和你的孩子到时候要靠乞讨为生，你也不在乎吗？"

"一点也不在乎。"

我沉默了一会儿，为了让我接下来的这句话更有气势，我故意一字一顿地说：

"你就是一个彻头彻尾的浑蛋。"

"好了，你把要说的心里话都说完了，我们去吃饭吧。"

第十三章

我相信得体的做法就是拒绝他的邀请。我当时的确很气愤，我知道也应该把这种愤怒表露出来。如果我能回去向他们汇报，告诉他们我断然回绝了跟这种品行的人一起吃饭，起码麦克安德鲁上校会给我竖大拇指。但是我害怕我装得不像，到时候连道貌岸然的样子也做不出来。再说了，我无论怎么义愤填膺，在斯特里克兰身上也绝不会管用，到时说出这样的话来反而尴尬了。只有诗人和圣徒才会深信在沥青路面上辛勤地浇灌能开出百合花来。

我付了酒钱，接着我们去了一家廉价的餐馆，那里食客很多，气氛不错，我们痛快地吃了晚餐。我是因为年轻，他是因为早已没心没肺，所以我们的胃口都不错。后来，我们还去一家酒馆喝了咖啡和利口酒。

我来巴黎该说的话都已说完。虽然我觉得我这样半途而废有背叛斯特里克兰太太之嫌，但斯特里克兰的冷漠让我无力抗争。只有女人才会满腔热情地把同样的事情重复三遍。我倒安慰起自己来，若能发掘斯特里克兰内心的想法，对我还是有用的。而且我本身就对这件事很感兴趣。但这事做起来并不容易，因为斯特里克兰并不是一个能说会道的人。他在表达自己的意思时似乎有些困难，像是不能用语言这种媒介自如地表达他内心的想法。你得透过陈腔滥调的言辞、粗鄙的俚语、模棱两可的话以及未完成的手势猜测他真实的意图。但是，尽管他说不出个所以然来，我总觉得他的性格中有样东西，让人觉得他并不无趣，可能是真诚吧。他似乎对初次见识的巴黎并不是太关心（我没算他跟妻子来度蜜月的那次），巴黎新奇的景象并没有让他感到惊讶。我到巴黎不下百次，但每次都会兴奋不已，每次走到街上都让我觉得会有奇遇。斯特里克兰自始至终都能坦然自若。现在回想起来，我想他早已对周遭的事情熟视无睹，只会注意那些令他的灵魂波澜骤起的东西。

当时还发生了一件有几分荒唐的事。酒馆里有不少妓女，有的跟男人坐在一起，有的独自坐在那里。我们进去后不久，我就发现有个妓女往我们这边瞄过来。她跟斯特里克兰四目接触，冲他妩媚一笑。我想斯特里克兰并没有注意到她。过了一小会儿，她走到酒馆外面，但很快又回来了，她经过我们的桌旁，非常礼貌地问我们是否可以买酒给她喝。她坐下来，我便开始跟她聊起来，但是，她的兴趣显然在斯特里克兰身上。我向她解释，说他懂不了几句法语。但她仍然试图跟他说话，一边用手比画着，一边说着外国人常说的蹩脚的法语，不知道什么原因，她似乎觉得他会更懂这种半拉子法语。后来，她还说了几句英语。有的话她只能用法语解释，便叫我翻译，急切地问我他回话的意思。斯特里克兰的脾气相当好，甚至觉得这事有些搞笑，但他对人家的态度却极其冷漠。

"我想她看上你了。"我笑道。

"我并没觉得多有面子。"

如若换作是我，我应该会感到窘迫，决不会如他这样心平气和。她的眼睛像是会笑，嘴也很好看。她很年轻。我也不知道她看上了斯特里克兰哪点。但她丝毫没有掩饰内心的渴望，还一个劲儿地要求我帮她翻译。

"她想你把她带回家。"

"我不会带女人回家。"他答道。

我尽量把他的回答翻译得很委婉，但我总觉得这样拒绝并不礼貌，于是，我解释说他没有钱才会拒绝。

"但我喜欢他，"她说，"告诉他这是为了爱情。"

我把这句话如实翻译了，斯特里克兰不耐烦地耸了耸肩。

"让她去死吧。"他说。

他的态度清楚地表明了意思，女孩突然将头一扬，估摸她那张涂脂抹粉的脸也都红了。她站了起来。

"这位先生真不懂礼貌。"她用法语说。

随即她便走出了酒馆。我也觉得有些生气。

“我觉得你根本没必要这样侮辱她，”我说，“毕竟人家都看上你了。”

“这样的事情让人恶心。”他粗声粗气地说。

我好奇地打量着他。他脸上的确有一种厌恶的表情，这是一张粗犷、性感的脸。我想那个女孩正是被他粗犷的外表所吸引。

“我在伦敦想要什么女人都有，我不是为这个到这里的。”

第十四章

回英国途中，我反复想着斯特里克兰的事。我试着理出头绪，想着怎样告诉他妻子，但怎么都不尽如人意。我想象得出，她肯定不会对我满意，我对自己都不满意。斯特里克兰这个人让我费解，我不明白他的动机。我问他当初为什么立志成为画家，他并没有同我讲清楚，或者是无心告诉我。我完全不懂他为什么这么做。我曾试图这样说服自己，他心中有一种姗姗来迟的叛逆精神，但要想反驳这点却一点都不难，他过去从来没在单调的生活中流露出任何不耐烦。如果他是因为没办法忍受无聊的生活，而决心做一名画家，只想冲破这种令其烦闷不堪的桎梏，这倒可以理解，也是人之常情。但我感觉他绝非平常之辈。最后，因为我自己是一个浪漫的人，便想了一个解释，尽管这个解释有些牵强，我却觉得是当时唯一能让我满意的解释。那就是：我怀疑他的灵魂深处有一种根深蒂固的创作本能，却被他的生活境遇掩盖，然而这种本能却在不断地膨胀，如同活体组织里不断长大的癌细胞，最后，他被这种本能完全征服，无从抵抗。如同杜鹃把蛋下在别的鸟巢里，等到幼鸟孵化出来的时候，会把跟它同巢的鸟儿挤出去，最后还会将孵化它的鸟巢毁掉。

但让人奇怪的是，这种创作的本能竟会抓住一个无趣的证券经纪人，令他身败名裂，让那些指望他过活的人遭受这种无妄之灾，俨然上帝的圣灵也会抓住那种有钱有势的人一般，对他们不依不饶，直到让他们屈服，最后不得不放弃尘世的欢愉，抛弃深爱他们的女人，心甘情愿地遁入空门，过着凄苦的生活。皈依的形式有很多种，也有很多种实现的方式。有的人需要某种大变故，如同石头被狂暴的激流冲得粉碎；但有的人需要循序渐进，恰似水滴石穿的过程。斯特里克兰则兼有盲信者的直接和信徒的狂热。

但老实说，让他鬼迷心窍的这种激情是否能画出好作品还未可知。我问他在伦敦夜校上课的同学如何看待他的画，他咧嘴笑道：

“他们觉得那就是一个笑话。”

“你在这里的画室上过课吗？”

“上过。那个讨厌的家伙今天早上还来过，我是说老师，他看了我的画后，皱着眉头走了。”

斯特里克兰咯咯地笑起来，他似乎一点也没气馁，别人的意见全然左右不了他。

在我跟他打交道的这段时间里，正是这种满不在乎让我处处碰壁。人们说不在意别人的看法时，往往是在自欺欺人。通常来说，他们之所以能够我行我素，只是认定别人看不出他们的异常行为罢了。最好的情况是他们敢于违背大多数人的意愿自行其是，但之所以如此是因为他们得到了几位友邻的支持。如果一个人违背传统在他们同辈人中早已司空见惯，那么他做出在世人眼中有悖常理的事并不难。他的自尊心反而会空前膨胀，届时，他既可以标榜自己多有勇气，又可以不必承担任何风险。但是渴望获得别人的认可，恐怕是文明人最根深蒂固的一种本能。一名违背传统的女人，要是被千夫所指，她会恨不能立即躲在尊严体面的庇护之下。如果有人告诉我他丝毫不在意别人的意见，我断然不会相信。这不过是无知的虚张声势罢了。他们认为别人不会发现他们的微小过失，所以无须害怕人们会指摘他们。

但这个人却是真的不在乎人们如何看待他，所以，礼规传统对他来说毫无约束力。他就像一个全身抹了油的摔跤选手，你无论如何也甭想抓住他。这就给了他一种自由，让人恨得咬牙切齿。我记得我跟他说过这样的话：

"听着，如果所有人都跟你一样，那这个世界也就完了。"

"你说这样的话真是够蠢的。并不是每个人都像我这样，绝大多数人都会非常满足他们做的那些平常事。"

我真想讽刺他一句。

"你显然不会相信这一句格言：为人处世者，须使自己的一举一动成为世人楷模。”

“我听都没听过，胡说八道吧。”

“是康德说的。”

“我才不管是谁说的呢，反正就是胡说八道。”

要在这样的人面前跟他说些人要讲良心的大道理根本不可能，好比巧妇难为无米之炊。我将良心视为守护者，社会要存续下去，全凭它来维护这套珠规玉矩。良心好比在我们心头站岗放哨的警察，监督我们不要做出违法的事情。良心好比潜伏在我们自我意识中的间谍。因为人们过于看重别人对他们的认可，特别害怕舆论对他们的指责，到头来就会引狼入室。而良心则会为他放哨，一丝不苟地维护主人的利益，如果有人萌生了想脱离大众的意愿，它会毫不留情地将其扼杀掉。它逼迫主人让社会利益凌驾于个人利益之上，这是连接个人和大众之间的强大纽带。人们也会说服自己，大众的利益高于个人利益，心甘情愿地让自己沦为奴隶。如此，他自个儿便能坐在德高望重的宝座之上，好比朝臣赞颂安于自己肩头的权杖一样。他的良心能如此敏感地做出反应，让他自豪不已。如若有谁弃良心于不顾，那么他就会觉得再怎么苛责也不为过。身为社会中的一分子，他很清楚，自己已经无力抗争自己。看到斯特里克兰对自己必然会引起指责的行为无动于衷，我仿佛看到了一个畸形的怪物，被吓得连连后退。

那天晚上我向他道别时，他最后跟我说的话是这样的：

“告诉艾米，到这里找我是没用的。我反正也会换旅馆，她找不到我了。”

“要我说她甩掉你未尝不是好事。”我说。

“老兄，我倒希望她能看清楚这点，但女人实在蠢得很。”

第十五章

回到伦敦时，我发现早就有一封急信在等我，叫我吃完晚饭就赶紧去斯特里克兰太太那儿。我发现她跟麦克安德鲁上校和他妻子在一起。斯特里克兰太太的姐姐长得跟她挺像的，但看起来比她衰老一些，样子看起来很精明，像是整个大英帝国都在她的兜里揣着。高级官员的妻子都是这样的范儿，自视高人一等。她精神抖擞，尽管教养不错，却丝毫不能掩饰某些偏见：如果你只是一名士兵，在她眼里可能连小店员都不如。她讨厌近卫军，觉得这些人狂妄自大，也不屑于跟他们的妻子交谈，觉得她们极不负责。她穿着不怎么入时却价格不菲的衣服。

斯特里克兰太太非常紧张。

“好吧，把你的消息告诉我们吧。”她说。

“我见到你丈夫了。恐怕他已经拿定主意，不打算回来了。”

我顿了顿说，“他想画画。”

“你什么意思？”斯特里克兰太太大声说，惊得下巴都快掉了。

“你一直不知道他有这样的爱好？”

“他准是疯了。”上校也大声说。

斯特里克兰太太蹙起眉头，在努力回忆什么。

“我记得我们结婚前，他经常带着一个颜料盒到处跑，但他画的那些画甭提有多差劲了，我们还时常笑话他呢。他丝毫没有这方面的天赋。”

“绝对是借口。”麦克安德鲁太太说。

斯特里克兰太太仔细思忖着。她显然不明白我刚才告诉她的消息。现在，她已经将客厅收拾过了，家庭主妇的本能战胜了心情的沮丧，房间里并没有像遭遇变故后我第一次来这里时那样冷清了。那时，这里如同放租很久的房间。但是，我在巴黎见过斯特里克兰后，便很难想象他会融入这种环境中。我觉得他们也不难察觉斯特里克兰身上的气质与这里格格不入。

“可是，如果他真的想成为一名画家，为什么不早说呢？”良久，斯特里克兰太太开口道，“我想对于他的这种抱负，我不会不近人情的。”

麦克安德鲁太太抿着嘴唇。我想她肯定从来没赞同过妹妹喜欢结交文艺家的喜好。一说到“艺术”二字，她便满是不屑。

斯特里克兰太太继续说：“要是他真有才能，我会第一个鼓励他，也不介意做出牺牲。而且比起证券经纪人，我更愿意嫁给画家。要不是为了孩子，我什么都不会在意。即使住在切尔西破旧的画室里，我也会跟住在这间寓所里一样快乐。”

“亲爱的，我真是受不了你。”麦克安德鲁太太说，“你不会真相信他的那种鬼话吧？”

“但是我觉得这是真的。”我委婉地指出。

她又好气又好笑地看着我。

“一个四十岁的男人不会抛家舍业地去做一名画家，除非外面有女人了。我想他肯定是认识了你的哪个艺术界的朋友，被她迷昏了头。”

斯特里克兰太太苍白的面颊上倏地泛起红晕。

“那是个什么样的女人？”

我犹豫了一会儿，我知道他们的问题不啻于一枚炸弹。

“没有女人。”

麦克安德鲁上校和他的妻子发出难以置信的声音，斯特里克兰太太腾地站了起来。

“你是说你压根儿就没见到她？”

“根本就没有女人，你叫我去见谁？就他一个人。”

“太可笑了。”麦克安德鲁太太喊道。

“我早知道应该亲自去一趟，”上校说，“信不信我三下两下就能把那个女人找出来。”

“我也希望是你过去，”我没好气地答道，“到时候你就知道你所有的假设都是错的。他并没有住在豪华酒店，而是住在一间十分脏乱的小房间里。他并不是离家去过逍遥快活的日子，他身上几乎没什么钱了。”

“你觉得他会不会做了我们不晓得的事情，只是怕警察找他麻烦，这才偷偷摸摸地躲起来？”

这样的看法又让所有人心中燃起了希望，但根本不是那么回事。

“如果真是这样的话，他用不着这么傻，把地址给他的合伙人。”我不客气地反驳道，“有件事我可以肯定，他并没有跟人私奔，也没有爱上哪个女人。他压根儿就没有动过这样的念头。”

他们没再说什么，静静地想着我刚才说的话。

“如果你说的是真的，”麦克安德鲁太太终于开口道，“事情倒也没有我想的那么糟。”

斯特里克兰太太瞥了她一眼，但是什么话也没说。她的面色十分苍白，纤细的黑眉低垂着。我不大明白她脸上的表情，这时，麦克安德鲁太太继续道：

“如果这只是他一时心血来潮，到时候他会缓过劲来的。”

“你为什么不去找他啊，艾米？”上校试探性地问道，“你完全可以跟他去巴黎待上一年，我们会照顾孩子们的。我敢说他到时候就会厌倦了，迟早会屁颠屁颠地回伦敦，到时候也不会有什么损失。”

“要是我的话就不会这么做，”麦克安德鲁太太说，“他想怎么折腾，我都随他去。到时候他自然会夹着尾巴灰溜溜地回家，安安心心地过日子。”麦克安德鲁太太冷冷地看着她的妹妹，“可能是你跟他一起生活的时候，有时不怎么动脑子，男人是种奇怪的生物，你得知道怎么去驾驭他们。”

麦克安德鲁太太在男人的问题上，跟其他女性的观点一致，觉得男人只是动物，总会抛弃喜欢他的女人，但是，如果男人真的做出这种事来，更应该责怪女人才对。心灵自有其理路，是理性所不知晓的。①

斯特里克兰太太的目光在我们身上慢慢逡巡。

“他再也不会回来了。”她说。

“哦，亲爱的，记住我们刚才说的。他过惯了舒服日子，习惯了有人照顾他的生活。你想他能在那寒酸的小旅馆里，那种破烂的房子里待很久吗？再说了，他又没什么钱，一准会回来。”

“只要他跟别的女人私奔了，我想他肯定会回来的。我不相信那样的事情能折腾出什么结果来，他不出三个月就会厌倦她。但是，如果他离家出走不是因为外面有人了，那就真的完了。”

“噢，我觉得你说的这些太难以捉摸了。”上校说。品性这种东西是他这号人所不能理解的,所以他干脆用“难以捉摸”这样的词来表达自己所有的不屑，“你别那样想，他会回来的，就像桃乐茜说的，我敢说，让他在外头放纵一下也没什么大

① 原文为法语，出自17世纪法国数学家、哲学家帕斯卡。——译者注

不了。”

“可是我不想让他回来。”她说。

“艾米！”

斯特里克兰太太的火气一下上来了，因为突然发怒，那张脸气得煞白，看起来冷冰冰的。她说话的时候就跟放连珠炮似的，几乎没有喘气。

“如果他真是疯狂地爱上了某个人，跟她走了，我还可能原谅他。我觉得这事挺正常的，我真不应该怪他，觉得可能是别人把他勾引走了。男人的心肠很软，而女人又不知廉耻。但现在的情况不一样，我恨他，现在我永远也不会原谅他了。”

麦克安德鲁上校和他的妻子开始一起劝她，他们都感到很诧异，说什么她这样想真是疯了，他们不明白她为什么会这样想。斯特里克兰太太没有办法，只得向我求援。

“你难道也不明白吗？”她大声喊道。

“我也说不好。你是说如果他真为了一个女人离开你，你还能原谅他，但如果他为了自己的某个念头离开你就不行？你觉得你还能对付前者，而对于后一种理由，你就无能为力了？”

斯特里克兰太太不那么友好地看了我一眼，但是并没有回答。或许我触及了她的痛处。跟着，她用低沉、颤抖的声音说：

“我从来不知道自己会像恨他一样恨一个人。你知道吗，我一直在安慰自己，不管这件事会折腾多久，他最后还是会要我的。我知道等他弥留之际，他会叫我回到他身边，我也准备过去。我会像母亲一样照顾他，最后我会告诉他，这样的事情并不打紧，我会永远爱他，无论他做了什么事情我都会原谅他。”

女人总喜欢在她们所爱的人到了弥留之际才表现得宽宏大量，这点总让我觉得有些惊惶。有时候就好像她们嫌男人的寿命太长，害怕这么精彩的戏码会拖得太久。

“但是现在——什么都完了。我只会把他当成一个毫不相干的陌生人，不会对他有任何感情了。我希望他死的时候穷困潦倒，饥寒交迫，身边一个朋友都没有；我希望他染上恶病，全身烂掉。我已经受够他了。”

我想干脆趁这个机会把斯特里克兰的想法说出来。

“如果你想跟他离婚，你要什么由头他都非常愿意给你。”

“我为什么要给他自由？”

“他并不想要自由，只是觉得对你更方便。”

斯特里克兰太太不耐烦地耸耸肩。我觉得我对她有点失望。那时我觉得人的性格应该是统一的，现在却发现这样一个可爱的女人报复心居然这么重，我难免有些心伤。我那时还没意识到人的性格会这么复杂。现在我才明白：渺小和伟大，恶毒和善良，仇恨和爱意是可以在同一颗心里并行不悖的。

我也不知道是不是应该说点什么安慰一下斯特里克兰太太那颗饱受屈辱的心，我想我总该试试。

“呃，我不大确定你丈夫是不是要为自己的行为负责。我觉得他像是换了个人。他像是被某种力量附身了，这种力量要借助于他达成目的，他如同落入蜘蛛网上的苍蝇，已经无力抗争。就像有人在他身上施了咒语。我想起了曾听到过的一些奇怪的故事，说是一个人的灵魂进入另一个人的身体里，把以前的灵魂赶了出去。灵魂在人的身体里并不稳定，常会发生神秘的变化。如果是在过去，他们会说查尔斯·斯特里克兰准是鬼上身了。”

麦克安德鲁太太将衣服的下摆抚平，金手镯滑落到手腕上。

“我觉得这一切也太牵强了，”她不悦地说，“我不否认，也许艾米对她的丈夫有点想当然了。如果她不是老忙着自己的事，肯定会觉察到异常的情况。如果亚力克心里藏了什么秘密，凭我的机灵，我不相信一年多还发现不了。”

上校的眼里一片茫然，那一脸无辜的样子当真无人能及。

“查尔斯·斯特里克兰就是个冷血的畜生，谁也改变不了这样的事实。”她眼神严厉地看着我，“我可以告诉你他为什么抛弃妻子，纯粹是自私的表现，再也没有别的解释了。”

“这的确是最简单的解释了。”我说。可我心里却想，这等于什么都没解释。后来，我说我累了，便起身告辞，斯特里克兰太太也没打算留我。

第十六章

后来发生的事证明斯特里克兰太太是个非常有个性的女人。无论她内心有多痛苦，她都埋藏在心里。她很精明，知道如果老是在人前唠叨她的不幸，人们肯定很快就会厌烦了，她会尽量不让人看到自己楚楚可怜的样子。因为同情她的不幸遭遇，她的朋友都会热情款待她，每次出去的时候，她都会表现得非常得体。她很勇敢，但又不是太做作，她开心时又不会表现得明目张胆。她似乎对别人遇到的麻烦更感兴趣，而不是述说自己的不幸。每次谈到自己的丈夫时，她总是说他很可怜。她对斯特里克兰的态度起初也让我不解。一天，她对我说：

“你知道吗，你说查尔斯身边没人，我相信肯定是你弄错了。从我得到的消息来看，当然啦，我不能告诉你消息来源，我知道他不是一个人离开英国的。”

“真要是这样的话，他肯定是个天才，半点痕迹都没露出来。”

她别转目光，脸上微微泛红。

“我是说，如果有人跟你谈起这事，如果他们说他跟人私奔了，你就不要反驳了。”

“我当然不会反驳。”

她改变了话题，像是这样的事情对她来说完全是一件鸡毛蒜皮的小事。不久我发现她的朋友之间流传着一个奇怪的故事：他们说斯特里克兰迷上了一个法国的女舞蹈家，他最初是在帝国剧院看芭蕾舞的时候见到她的，后来便陪她去了巴黎。我不知道这些传闻是怎么甚嚣尘上的，但说来奇怪，这件事为斯特里克兰太太赚了不少同情分，同时也让她赢得了不少声誉。这对她接下来要从事的行业也不是没有好处。麦克安德鲁上校之前说她已经身无分文，也并没有夸张。她必须尽快为自己找一个谋生的方法。斯特里克兰太太认识不少作家，她决定好好利用这点，说干就干，她开始学习速写和打字。她受到的教育程度让她比一般的打字员效率更高，她的不幸遭遇也为她招来了不少生意。她的朋友还答应给她派活，而且还会上心地把她推荐给其他人。

麦克安德鲁夫妇没有子女，家境又不错，便承担了抚养孩子的责任，斯特里克兰太太只需要养活自己就行了。她把房子租了出去，变卖了家具，然后在威斯敏斯特找了两个小房间安顿下来，现在她面对着一个全新的世界。她非常能干，肯定能干出一番事业。

第十七章

这件事过去大约五年后，我决定去巴黎小住一段时间。伦敦的生活让我越发腻烦，我已厌倦每天都做同样的事情。我的朋友都过着一成不变的生活，他们已经没办法给我任何惊喜。跟他们见面的时候，他们想说什么话我都知道，就连他们的风流韵事也都是些陈词滥调，无趣得很。我们如同往返于起点站到终点站的有轨电车，连乘客的数量也能基本上猜出来。井然有序的生活让我恐慌。我退掉了我的小公寓，卖掉了为数不多的家当，决心开始一种全新的生活。

临行前,我去拜访了斯特里克兰太太。我有日子没见她了，发现她有了不少变化，不仅因为她老了，瘦了，多了些皱纹，我觉得她的性格也变了。她的生意不错，在切瑞里街有了一间办公室。她现在很少自己打字，只会花时间校对店里四位女孩的稿子。她总有办法将稿子弄得特别讲究，使用大量的蓝色和红色墨水，再用草纸将稿子装订起来，乍一看就像各种浅色调的波纹绸。她的口碑也做出来了，打出来的稿子既整洁，又准确，生意做得如火如荼。但是她觉得靠这种方式谋生还是有失身份，总喜欢提醒人家她的出身很好。每次跟人谈话的时候，她总会主动提起她认识什么人，让你知道她的社会地位并没有下降。谈起她经营打字业务的胆识和本事时她会有点羞怯，但一说起转天晚上她要去住在南肯辛顿的皇室法律顾问那里吃晚饭，便会眉飞色舞。她会兴高采烈地告诉你她儿子在剑桥大学念书的事，每次说到她女儿初登社交界就有应接不暇的舞会时，她会乐不可支。不过，我觉得我这句话问得真够蠢的。

“她会不会跟你做一样的行当？”我问。

“噢，不会，我不会让她做这个的。”斯特里克兰太太回答道，“她很漂亮，我相信她一定会嫁个好人家。”

“我早该想到，这样肯定也会对你有所帮助。”

“有人建议让她上台演戏，但是我肯定不会同意，尽管我认识许多大戏剧家，我明天就能给她安排一个角色，但我可不希望她跟形形色色的人混在一起。”

斯特里克兰太太这种自以为是的态度让我心生寒意。

“你听说过你丈夫的消息吗？”

“没有，从来没听说过，怕是已经死了。”

“我去巴黎说不定能遇见他，如果我有他的消息，你想知道吗？”

她犹豫了一会儿。

“如果他真的穷困潦倒了，我还是愿意向他伸出援手的。我给你点钱吧，等他需要的时候，你可以慢慢给他。”

“你真好。”我说。

但我知道她这样做并不是出于善心。有人说苦难会让人变得高风亮节，其实不然，有时幸福的生活才会让人的情操变得高尚，苦难在大多数情况下只会让人变得心胸狭窄，苦大仇深。

第十八章

事实上，我在巴黎待了不到两个礼拜就见到斯特里克兰了。

我很快在达姆路一幢房子的五楼找了一间小公寓，还花了几百法郎从一家旧货店买了几样家具，总算安顿下来了。然后我同门房商量了一下，叫他每天早上给我煮咖啡，替我收拾房间。之后我就去拜访我的朋友德克·施特罗夫了。

德克·施特罗夫是这么一个人：不同性格的人在想起他的时候会有不同反应，有人会轻蔑地一笑，有人会尴尬地耸耸肩。他天生就很滑稽。他是个画家，却实在有些蹩脚。我是在罗马认识他的，至今仍然记得他的画。他仿佛对平庸的事物有着与生俱来的热情，骨子里喜欢艺术。他会给在西班牙广场贝尼尼阶梯上徜徉的模特作画，丝毫不在意这些模特本身就已经美得像一幅画了。他画室里的画画的全是那种蓄着胡须、戴着尖尖的帽子、眼睛生得很大的农民，衣服破破烂烂的顽童以及穿着亮丽裙子的女人。有时候，画中人会在教堂巨大的阶梯上闲逛，有时候会在碧空下的柏树林中流连，有时候会在文艺复兴风格的喷泉旁谈情说爱，有时候会伴着牛车在原野上漫步。这些画都画得那样的细致，着色是那样的真实，照片也不过如此。住在美第奇别墅的一位画家称他为“巧克力盒绘画大师”，瞧过他的画，你可能会认为莫奈、马奈等印象派画家从来都未曾出现过。

“我从来不会假装自己是一个伟大的画家，”他说，“没错，我不是米开朗基罗，但我有自己的东西。我的画卖得出去。我会把浪漫的情怀带进各种人家。你知道吗？不仅有荷兰人买我的画，还有挪威、瑞典和丹麦人买我的画。而且买我画的人大多是商人和有钱的生意人。你可能不知道那些国家的冬天是什么样，他们那儿的冬天特别长，又阴又冷。他们喜欢看我画中的意大利，他们希望意大利就是这个样子，那也是我来这个国家之前所想象的意大利。”

我觉得这是永远印在他脑海里的幻象，晃得他的眼睛看不到真相。不管现实是多么残酷，但他眼中的意大利到处是传奇的侠盗，风景如画的废墟。他画的是他的理想——尽管他的理想很贫乏，很庸俗，也很陈旧，但仍是理想，这正好赋予他的性格一种独特的魅力。

正是因为我有这种感觉，德克·施特罗夫在我眼里跟别人不一样，我并不认为他是一个笑柄。他的同行从不掩饰对他作品的嘲弄，但他却能将自己的腰包赚得鼓鼓的，而那些人却毫不犹豫地从他身上揩油。他很大方，而那些手头拮据的人一方面嘲笑他居然会天真地相信他们编造的悲情故事，一方面又会厚颜无耻地向他借钱。他很重感情，但他容易被撩动的感情却总是显得很荒唐，让人觉得虽然你接受了他的善心，却不会心存感激。从他手里拿钱就好比从小孩手里抢钱一样容易，因为人们觉得他是个傻蛋，所以瞧不起他。我想一个对自己的手法非常自豪的扒手，如若见到一个粗心大意的女人将一个装满首饰的手袋留在出租车上，肯定会莫名地恼火。他生来就是个笑柄，但他天性敏感，别人经常拿他开玩笑，不论是恶意的还是无心的，都会让他痛苦不堪。但他又从来不会停止制造笑料，倒像是有意将自己暴露在他们面前一样。他不断受到伤害，但他脾气很好，从来不会怀恨在心:即使被毒蛇咬伤，也从来都不会吸取教训，疼痛刚刚消失，他又会温柔地将毒蛇放在怀里。他的人生就是一幕以喧嚣的闹剧写就的悲剧，因为我没有笑话过他，所以他对我心存感激。因为我愿意聆听，他常会将长串的烦恼事向我倾诉。最可悲的是，他的这些烦心事总是那么滑稽，他越是讲得悲惨，你越是想笑。

但是，尽管施特罗夫是一个蹩脚的画家，却对艺术有着敏锐的鉴赏力，跟他一起去画廊是一种难得的享受。他的热情是真挚的，对画作的评论也是入木三分。他是个天主教徒，不仅能鉴赏古典画师的作品，而且对现代画家的作品也能产生共鸣。他能很快发现一些天赋不错的新人，也从不吝惜对他们的褒奖。想必没有哪个人对画作的评价能比他中肯了。他比大多数画家都有教养，却不像他们中大多数人一样，对相关的艺术一无所知。他在音乐和文学上的造诣让他对绘画的理解不仅深刻，而且别具一格。对于我们这样的年轻人，他的建议和指导真是难能可贵。

离开罗马后，我跟他一直有书信来往，大约每两个月我就能接到他用怪异的英文写的长信，看到他的信，我总能想起他唾沫四溅、热情飞扬又手舞足蹈的谈话方式。在我去巴黎之前，他同一位英国女子结婚了，现在他就住在蒙特马尔的画室里。我四年没见他了，也未曾见过他的妻子。

第十九章

我事先没有告诉施特罗夫我要来访，按响他画室的门铃后，开门的是施特罗夫本人。他一下没有认出我来，然后又惊又喜地大叫一声，把我拉进屋子。受到他这样热情的欢迎还真是叫我挺开心的。他的妻子坐在炉边做针线活，我进去后，她连忙起身，施特罗夫把我介绍给她。

“你不记得了吗？”施特罗夫对她说，“我时常跟你说起他的。”然后他又对我说，“真是的，你来了怎么也不事先通知一声。你来这儿多久了？打算待多久？你为什么不早一个小时来，那时候我们还能一起吃晚饭呢？”

他像放连珠炮似的问了我一大堆问题，让我坐在椅子上，像拍打靠垫一样拍着我的背，又是叫我抽烟，又是叫我吃蛋糕，还叫我喝酒，一刻也不叫我闲着。因为家里没有威士忌，他伤心得要命，又要给我煮咖啡，绞尽脑汁地想着还能为我做点什么。他一直对我笑，整个人都乐得不行了，汗珠从每个毛孔里渗出来。

“你一点都没变。”我一边看着他，一边笑着对他说。

他跟我记忆中一样，样子还是那么搞笑。他身材肥硕，个子不高，长着一双小短腿，顶多三十岁，却已经秃顶。一张脸圆滚滚，面色红润，皮肤倒是很白，双颊和嘴唇却很红。他的眼睛是蓝色的，也是生得溜圆，他戴着一副很大的金丝边眼镜，眉毛淡得几乎都看不出来。他总能让人想起鲁宾斯画的那些心宽体胖的商人。我告诉他我要在巴黎住一段时间，而且公寓已经租好了，他一个劲地怪我怎么不让他知道，说是会亲自帮我找个公寓，会帮我搬家，还会借我家具，说什么你真没必要花冤枉钱买。因为我没让他帮上什么忙，他觉得这样很不够朋友。我跟他说话的时候，施特罗夫太太安静地坐在那里补袜子，没说话，她的嘴角挂着一丝浅笑，听着丈夫的每一句话。

“瞧见了吧，我都结婚了。”他突然说，“你觉得我的妻子怎么样？”

他笑呵呵地看着她，抚了抚鼻梁上的眼镜，汗水令眼镜不断往下滑。

“你到底要我怎么回答呢？”我笑道。

“真是的，德克。”施特罗夫太太笑着说。

“你难道不觉得她很好吗？我跟你说，老伙计，不要再拖拖拉拉的，赶紧找个人结婚。我现在可是世界上最幸福的男人。

你看她坐在那里，像不像一幅画？像夏尔丹的画吧？我觉得她是世界上最漂亮的女人。我就没见过比德克·施特罗夫太太更美的女人。”

“德克，你要是再不住口的话，我就走了。”

“我的小宝贝。”他说。

她的脸微微有点泛红，丈夫情意绵绵的话让她有些不好意思。施特罗夫在信中告诉我他非常爱他的妻子，我发现他的目光几乎都没离开过她。不过我无法判断她是否也爱她的丈夫。他只是个供人嬉笑的丑角，并不能引起女人的爱意，但她眼里的笑意却流露着款款深情，她的矜持也有可能蕴含着很深的情意。施特罗夫太太并非那种令人心驰神往的绝色女子，但她生得端庄清秀。她身材高挑，灰色的衣服款式简单，剪裁得极好，衣服虽然朴素，却掩饰不了她那婀娜的身姿，这样的身材或许会更吸引雕刻家而不是服装商。她棕褐色的头发十分浓密，梳着简单的样式。她面色白皙，秀丽的五官称不上惊艳，灰色的双眸透着一股宁静。她离美人还差那么一分，正因为减了这一分后，她连漂亮都称不上了。但施特罗夫称她像夏尔丹的画并不是没有缘由的。说来奇怪，她的样子会让人想起那位画家不朽的作品，那个戴着头巾式女帽，系着围裙，讨人喜欢的家庭主妇。我能想象她会安详地在锅碗瓢盆间忙碌，像是完成某种仪式一样地干着家务活，从而会赋予日常琐事一种道德意义。我并不觉得她很聪明，或是很风趣，但她那种一丝不苟的神情却让我很感兴趣。她的矜持中透着一丝神秘。我在想，不知道她为何会嫁给施特罗夫。尽管她也是英国人，我却猜不出她来自哪里，她出身的社会阶层也并不明显，我无从了解她婚前的生活状态是怎样的。她极少言语，但说起话来声音却十分动听，举止也很自然。

我问施特罗夫最近有没有在工作。

“工作？我现在画的画比以前都好。”

我们坐在画室里，他朝画架上一幅没完成的作品挥了挥手。我吓了一跳。他画的是一群意大利农民，穿着罗马乡间的服饰，在罗马教堂的台阶上漫步。

“这是你现在画的画吗？”我问。

“是的，我在这里也能像在罗马一样找到模特。”

“你难道不觉得很漂亮吗？”施特罗夫太太说。

“我这个傻妻子总是认为我是个大画家。”施特罗夫说。

他带着歉意的笑声并不能掩饰内心的喜悦。他的目光仍然流连在自己的画作上。说来奇怪，他在评论别人的作品时总是能够一针见血、不落俗套，但又总是能满足于自己那些平庸至极、俗不可耐的作品。

“再拿些你的作品给他看。”她说。

“可以吗？”

尽管施特罗夫饱受朋友的嘲笑，但他仍会乐此不疲地把自己的画拿给别人看，眼巴巴地渴望听到别人的称赞，也很容易满足。接着，他给我看了两幅鬈发意大利顽童玩玻璃球的画。

“你不觉得他们很可爱吗？”施特罗夫太太说。

后来他又给我看了更多的画。我发现他在巴黎画的画跟几年前在罗马画的大同小异，还是那么俗气、浮夸。这些画都虚有其表，一点也不真实，说是粗制滥造也不为过。但再也找不出第二个比德克·施特罗夫更真诚、坦荡的人了。这样的矛盾谁又能解释呢？

我也不知道当时自己脑子里想的什么，居然会这样问他：

“对了，你该不会碰巧遇见过一个叫查尔斯·斯特里克兰的画家吧？”

“你不是想说你认识他吧？”施特罗夫大声说。

“这人太讨厌了。”他妻子说。

施特罗夫只是笑了笑。

“我可怜的小宝贝。”他走到妻子面前，吻了她的双手，“她不喜欢他。没想到你居然认识斯特里克兰，真是怪了！”

“我讨厌没礼貌的人。”施特罗夫太太说。

施特罗夫一直在笑，转头跟我解释起来。

“是这么回事，一天，我邀请他过来看我的画。他过来后，我把我的画都给他看了。”施特罗夫不好意思地犹豫了一会儿。我不明白他为什么要讲这么一件让他脸上无光的事情，他明明觉得要把这个故事讲出来很难为情，“他看着……看着我的画，什么也没说。我以为他把画看完才会评价。最后我说：‘好了，就这些了。’他说：‘我是来找你借二十法郎的。’”

“德克还真借给他了。”他妻子生气地说。

“当时我也吃了一惊。我不喜欢拒绝别人。他把钱放在口袋里，只是朝我点了点头，说了声‘谢谢’就出去了。”

德克·施特罗夫在讲述这个故事的时候，那张看起来冒着傻气的圆脸上透着一种愕然的表情，很难让人忍住不笑。

“如果他说我的画很烂，我不会介意，但他什么都没说，一句话也没说。”

“你还挺乐意将这件糗事讲出来。”他妻子说。

令人悲哀的是，听故事的人都会被这个荷兰人扮演的这种滑稽角色逗乐，而不会因为斯特里克兰粗鲁的行为生气。

“事实上他是个了不起的画家，一个非常了不起的画家。”

“你是说斯特里克兰？”我惊呼道，“我们说的不可能是同一个人吧。”

“是查尔斯·斯特里克兰，不就是那个留着红胡子的大块头嘛，他是英国人。”

“我认识他的时候，他并没有留胡子，但如果留了胡子应该是红色的。我认识的那个斯特里克兰是五年前才学画的。”

“没错，他就是个了不起的画家。”

“不可能。”

“我看走眼过吗？”施特罗夫跟我说，“我跟你说他很有天赋，这点我很确定。一百年后，如果我们两个还能被人记得，那是因为我们都认识查尔斯·斯特里克兰。”我很震惊，同时又非常兴奋，突然记起了我最后一次跟他的谈话。

“人们可以从哪里看到他的作品？”我问，“他现在有名气没？他住在哪儿？”

“没有，他没什么名气，我估摸他还没卖出过一幅画。要是你跟别人谈起他，人们只会发笑。但我知道他是个了不起的画家。当初，他们还笑过马奈呢。柯罗当年也是一幅画都卖不出去。我不知道他住在哪儿，但我可以带你去见他。他每天晚上七点钟都会去克里希大街喝咖啡，如果你愿意，我们明天就可以去。”

“我不知道他愿不愿意见我，我想我可能会让他想起一段宁愿忘却的时光。不过，我觉得我还是去吧，不知道有没有机会看到他的什么作品。”

“从他那儿看不到，他什么都不会给你看。不过我认识一个小画商，他那里倒有两三幅画。不过只有我陪你去才行，要不你看不懂的，我得亲自指点给你看。”

“德克，我实在忍不住了，”施特罗夫太太说，“他上次都那样对你了，你怎么还能这样谈论他的画？”接着她转身对我说，“你知道吗，一些荷兰人来这儿买德克的画，他还想说服人家去买斯特里克兰的画呢，他还非让斯特里克兰把画带到这儿来给他们看。”

“你觉得那些画怎么样？”我问她。

“糟透了。”

“啊，宝贝，你不懂。”

“呵呵，那些荷兰人都气坏了，他们还以为你在跟他们开玩笑呢。”

德克·施特罗夫取下眼镜擦了擦，那张通红的脸因为兴奋闪着光亮。

“美可是世界上最宝贵的东西，你为什么觉得它会跟沙滩上的一块石头一样，会被粗心大意的路人随随便便捡起呢？美是一种奇妙而不可思议的东西，艺术家的灵魂只有经过洗礼后，才能从混沌的世界里锻造出来，美被锻造出来后，也不是非得让每个人参悟出来，为了领悟它，你也必须有艺术家的这种冒险经历。他给你唱了一首美妙的旋律，若是想在脑海里再听一遍，就必须有相关的知识、敏锐的感知和丰富的想象力。”

“我为什么总是觉得你的画更漂亮，德克？我打第一眼看到就喜欢上了。”

施特罗夫的嘴唇微微颤抖了一下。

“去睡吧，宝贝。我陪朋友去外面走走，等一下就回来。”

第二十章

德克·施特罗夫同意第二天晚上来接我，带我去斯特里克兰常去的咖啡馆。我发现那里正是我上次去巴黎找他喝苦艾酒的小酒馆，不由得来了兴趣。这么多年来，他的习惯一点都没变，看来他的习性也不会轻易改变，我觉得这是他的个性使然。

“他在那里。”我们刚进入咖啡馆施特罗夫便说。

尽管已是十月，但晚上仍有些暖意，人行道上的桌子前挤满了人。我的目光扫过人群，但没有见到斯特里克兰。

“看，就在那边的角落里，他在跟人下棋呢。”

我发现一个人俯身在一个棋盘上，不过我只能看到一顶大毡帽和一团红色的胡子。我们从桌子中间穿过去，来到他面前。

“斯特里克兰。”

他抬起头来。

“你好，胖子，有什么事吗？”

“我给你带来了一位老朋友，他想见你。”

斯特里克兰瞥了我一眼，显然没认出我来，接着，他又聚精会神地盯着棋盘。

“坐下，别出声。”他说。

他下了一步棋，然后立刻全神贯注地盯着眼前的棋局。可怜的施特罗夫不安地看了我一眼，但我一点也没觉得窘迫。我叫了东西喝，然后等着斯特里克兰下完棋。可以这样从容地观察他，我自然不愿放过这样的机会。要是我一个人在这儿，一准认不出他。首先，他那团蓬乱不堪的红胡子遮住了大半个脸；他的头发也很长，但最令人吃惊的变化是他现在已经非常瘦了，这也让他的鼻子格外挺拔，颧骨也更加高耸，眼睛似乎也比以前大了。他两侧的太阳穴凹陷得很厉害，身体如同尸体一样惨白。他穿着那件我五年前见他时他穿的外套。破烂不堪的衣服上满是污渍，松松垮垮地挂在身上，像是这身衣服本来是为别人做的。我发现他的手很脏，留着长长的指甲，简直只剩下骨头和肌腱了，这样倒显得手又大又强壮，我几乎忘记这双手本来是那样漂亮。他坐在那里，所有的注意力都在棋局上，给人一种特别奇特的印象，感觉他浑身充满了力量。我不明白，为什么他变瘦后，反而令这种印象更加突出了。

不久，他又走了一步棋，身子往后靠了靠，好奇地盯着对手，目光中透着一种心不在焉的意味。对方是一个身材肥胖，留着大胡子的法国人。那人正在考虑自己的棋局，然后突然快活地骂了几句，不耐烦地摆了摆手，把棋子收起来，扔进盒子里。他毫无顾忌地骂了几声斯特里克兰，唤来侍应，付了酒钱便离去了。施特罗夫将他坐的椅子往桌旁拉近了些。

“我想现在我们可以喝一杯了吧。”他说。

斯特里克兰的目光落在他身上，眼神中充满恶意。我总觉得他正在寻找一句挖苦人家的话，却没能想到，所以干脆闭口不说。

“我带了一位老朋友来见你。”施特罗夫又开心地重复了一句。

斯特里克兰若有所思地盯着我看了差不多一分钟，我并没有说话。

“我这辈子都没见过这人。”他说。

我不知道他为何要这样说，从他的眼神判断，他肯定认出我来了。不过，我可不像几年前那样，动不动就会觉得难为情了。

“我不久前见过你的妻子，”我说，“我相信你一定想了解她的近况。”

他哼哼笑了一下，眼底闪着光亮。

“那晚我们一起倒是挺快活的，”他说，“多久以前的事儿了？”

“五年了。”

他又叫了一杯苦艾酒。施特罗夫则喋喋不休地解释了我和他是怎么见面的，又是怎么无意中发现我们都认识斯特里克兰这个人的。不知道斯特里克兰有没有在听，其间他条件反射似的瞥了我一两眼，但大多数时候他都是想着自己的事，要不是施特罗夫喋喋不休地说了半天，这样的谈话很难进行下去。半个钟头后，施特罗夫看了看手表，说他必须走了。他问我要不要跟他一起走，我转念一想，要是我一个人跟斯特里克兰待在一起，说不定还能从他嘴里套点什么东西，所以我说我还是留下吧。

那个胖子走后，我说：“德克·施特罗夫觉得你是个了不起的画家。”

“他妈的你以为我真会在意这个？”

“你能让我看看你的画吗？”

“我为什么要给你看？”

“没准我要买一幅呢。”

“没准我还不想卖呢。”

“你生活得好吗？”我笑着问道。

他咯咯地笑起来。

“我像是过得很好吗？”

“你看上去连肚子都填不饱。”

“我还真就是连肚子都填不饱了。”

“那我们去吃点东西吧。”

“你为什么要请我吃东西？”

“不是想发善心，”我冷冷地答道，“你能不能填饱肚子跟我没半点关系。”

他的眼神再次亮堂起来。

“那就走吧。”他起身说，“我也想吃一顿像样的饭。”

第二十一章

我让他带我去了他选的餐厅，但在去的路上，我买了一份报纸。点好餐后，我把报纸搭在一瓶圣加尔米耶酒上，开始读起来。我们一言不发地坐在那里，我感觉他不时朝我这边望过来，但我没有理他，就是想逼着他主动跟我说话。

“报纸上有什么消息吗？”这顿沉默的晚餐即将吃完时，他终于开口道。

我察觉他的语气中有一丝恼怒的意味。

“我喜欢看评论戏剧的小品文。”我说。我折好报纸，放在身旁。

“这顿饭很合我的胃口。”他说。

“我们就在这里喝咖啡，可以吗？”

“好吧。”

我们点燃雪茄，我也没说话，只管抽着烟。我发现他的目光不时往我这边扫过来，隐约透着一丝逗趣的意味。我耐心地等着他开口。

“上次我们见面后，你都干什么了？”他终于憋不住了。

可说的事情不多。我每日辛勤工作，很少遇到奇闻趣事，这里尝试一下，那里摸索一下，慢慢积累了一些书本知识，也懂得了不少人情世故。我特意不去谈论他这几年的生活经历，故意装作一点也不在乎的样子，最后，我这招还真奏效了。他开始谈论起自己来。因为他的表达能力向来不怎么样，而且他还将这段经历讲得支离破碎，我不得不靠自己的想象力才能填补其中的空白。他本身是一个让我极有兴趣的人，无奈却只能了解点皮毛，着实吊人胃口，好比看了一本残缺不全的手稿。他给我的印象是，他生活困难，可谓举步维艰。但我又发现这种对大多数人来说无法忍受的苦难对他却没有丝毫影响。斯特里克兰跟大多数英国人不一样，他对安逸享乐的生活毫不关心。就算一辈子住在破破烂烂的小屋里，他也不会觉得烦恼。他身边不需要有什么漂亮的东西。我想他肯定没注意过我第一次拜访他时他屋子里的墙纸有多么脏。他不需要什么扶手椅，坐在厨房的椅子上他会觉得更加自在。他吃饭的时候胃口极好，却不在意具体吃什么，对他来说，食物只是用来填满饥肠辘辘的肚子的，没有食物的时候，他也有办法过活。我听说在长达半年的时间里，他每天只靠一块面包、一瓶牛奶过活。他耽于酒色，却对物质并不感冒。他并没有把贫困当成苦难。他凭着一股子精神就能活下去，这点不得不让人佩服。

他把从伦敦带来的一点点钱花完后，也没有垂头丧气。他的画一幅都没有卖出去，我想他也没有刻意去卖画吧。后来他开始寻找别的赚钱路子。他自嘲地告诉我，曾给那些想见识巴黎夜生活的伦敦人当向导。因为他习惯于讽刺挖苦，这样一份职业倒也符合他的脾性，而且这段时间他对巴黎那些不怎么体面的地方也逐渐熟络起来。他告诉我他曾在玛德莱娜大道来来回回走上好几个钟头，寻找英国人，最好是喝了点酒的那种，他们想见识一些法律明文禁止的东西。运气好的时候，他能赚点小钱，但他那身破烂不堪的衣服会把游客吓走，人们都不敢相信他。后来，他碰巧找到一份翻译专利药品广告的工作，这些药要在英国的医疗界推广。有一次赶上罢工，他还被人雇来油漆房屋。

不过在这段时间里，他一直没停止过画画，但他很快就没兴趣去画室了，而是一个人作画。他还没有穷到连画布和颜料都买不起的地步，别的东西他又不怎么需要。据我了解，他在画画的时候遇到了很大的困难，因为他不希望别人指导，所以在自己解决一些技术性问题的时候浪费了很多时间，其实这些问题一些前辈早就一一解决了。他在追求一些我说不上来的东西，其实他自己也几乎说不出个所以然。过去我就觉得他被什么东西上身了，现在这种想法更加强烈了。他的精神好像有问题。在我看来，他不将自己的画给我看，是因为他压根儿就对那些东西不感兴趣。他像是生活在梦幻里，现实对他并无半点意义。我总感觉他将自己狂野的个性全都倾注在一张画布上，而对周围的一切熟视无睹。一旦绘画的过程结束——也许并不是画作本身，因为我总觉得他很少能完成一幅画——他身上那种如烈火一般的激情燃烧殆尽后，他对画也就失去了兴致。他对自己的画永远都不会满足，跟萦绕在他脑海里的幻象相比，他的那些画根本无足轻重。

"你为什么不把你的画拿到展会上？"我问，"我原以为你会乐意听取别人是怎么评价的。"

"你乐意吗？"

他嘴里蹦出这几个字的时候表现出的那种鄙夷不屑的样子，我实在无法形容。

"你难道不想出名吗？大多数画家都很看重名气这档子事。"

"幼稚，你要是一丁点儿都不在乎某一个人对你的看法，又怎会在乎一群人的意见呢？"

"并不是所有人都是理智的动物。"我笑道。

"成名的人都有哪些？评论家、作家、证券经纪人、女人？"

"想起那些你不认识的、跟你素未谋面的人看到你的作品后，心中或是涟漪骤起，或是感情澎湃，你难道不觉得身心愉悦吗？所有人都喜欢权力。如果你能打动人们的灵魂，或是叫他们悲天悯人，或是叫他们惴惴不安，这难道不是世界上最奇妙的事情吗？

"闹剧就能如此。"

“那你为什么在意画得好或者不好呢？”

“我不在意啊，我只是想把自己看到的东西画下来。”

“如果我在一座荒岛上，如果我确信只有我自己一双眼睛能看到我写的东西，我会怀疑我自己是不是能写得下去。”

斯特里克兰良久没有说话，但他的眼里闪出异样的光芒，仿佛看到了某种点燃他的灵魂、让他心醉神迷的东西。

“有时候我想象茫茫的大海上有一座孤岛，我可以住在岛上一个隐秘的山谷里，周围是一些奇怪的树，我静静地生活在里面。在那里，我一定能找到自己想要的东西。”

这并非他的原话，他没有使用形容词，用的是手势，而且说得结结巴巴。我用自己的话把他想说的表达了出来。

“回头想想过去的五年，你觉得这么做值得吗？”我问。

他看着我，我知道他并没有明白我的意思，于是我便跟他解释：

“你放弃了舒适的家庭，放弃了普通人过的幸福生活——当年你的日子过得相当滋润，可在巴黎的生活却一团糟。如果你有机会重来一次，你还会选择这样吗？”

“当然。”

“你知道吗，你一直都没问起你的妻子和孩子，你从没想过他们吗？”

“没有。”

“你他妈的能不能别一个字一个字地往外蹦。对他们造成的不幸，你难道就没有一丁点儿后悔吗？”

他的嘴唇抿出一丝笑意，摇摇头。

“我能想象，有时候你还是会忍不住想起过去。我不是说七八年前的事，而是更早以前的时候，你初次见到你妻子，爱上她，娶了她的时候。你难道忘了你第一次把她抱在怀里的那种幸福？”

“我不会想起过去，最重要的是永恒的现在。”

我想了想他话里的含义，尽管有些费解，但我觉得我大概知晓了他的意思。

“你快乐吗？”我问。

“快乐啊。”

我沉默了，若有所思地看着他。他则迎着我的目光，眼神里带着嘲讽的意味。

“我想你不喜欢我吧？”

“胡说。”我不假思索道，“我也不喜欢蟒蛇，但我对蟒蛇的心理活动倒挺有兴趣的。”

“那你纯粹是从职业的角度对我感兴趣咯？”

“没错。”

“你不应该不喜欢我。你的性格实在太讨厌了。”

“彼此彼此。”我反驳道。

他冷冷地笑了笑，什么都没说。我真希望知道怎样去描述他的笑容。我不知道他的笑是不是很迷人，但让他整张脸焕发了光彩，一改他平日阴沉忧郁的样子，表情虽有些恶毒，但并没什么恶意。他笑得很慢，从眼角开始，有时也在眼角结束，给人一种非常色欲的感觉，既不残忍，也不和气，总是让人想起好色的萨梯[1]那种非人的欢愉。他这一笑，让我不由得问道：

“你到巴黎后谈过恋爱吗？”

“我才没时间折腾这些乱七八糟的事呢。生命苦短，没有时间既谈情说爱又搞艺术。”

“看你的样子也不像过着隐士的生活。”

“这样的事情只会令我作呕。”

“人性是一种负累，对吗？”我说。

“你为什么冲我傻笑？”

“因为我不相信你。”

“那你他妈的就是个傻瓜。”

我顿了顿，目光在他身上逡巡。

“你骗我有什么好处？”我说。

“我不知道你这话什么意思。”

我笑了。

“还是让我来告诉你吧。我估摸是这样的，这几个月来，你脑子一直没想过这事，你自己说服自己，你跟这事永远脱离干系了。获得自由让你欣喜若狂，你感觉自己终于可以掌控自己的灵魂了。你像是在星辰中漫步。突然间，你再也受不了了，发现自己一直在泥沼中跋涉。于是你想，干脆在污

---

① 希腊神话中的森林之神。——译者注

泥中打个滚得了。然后你就去找了个女人，那是一个粗野、下贱、庸俗不堪的女子，一个放浪形骸、野性十足的荡妇。你厌恶性，她却仿佛全身都在向你公然叫嚣，你像野兽一样扑了过去。你终日饮酒，直到被愤怒冲昏了头脑。”

他一动不动地盯着我，我也目不转睛地看着他的眼睛，话说得很慢。

“我现在跟你说的事情听起来很奇怪：当一切结束后，你会觉得自己格外纯净，会觉得自己只是一个脱离躯体的缥缈灵魂，你似乎伸手就能触摸到美，美仿佛是一种实实在在的东西。你感觉你能同微风，同冒出新叶的树枝，同波光粼粼的河流亲密交流。你觉得自己就是上帝。你能解释这个给我听吗？”

他始终盯着我的眼睛，直到我把话说完，然后他别转过去，脸上露出一种奇怪的表情。我觉得一个死于严刑拷打的人会是这种表情。他依旧不发一言，我知道我们的谈话已经结束。

第二十二章

我在巴黎安顿下来，开始写剧本。我的生活极有规律，早上写作，下午在卢森堡公园闲荡，或是在大街上漫步。我在卢浮宫消磨了很多时间，那里的美术馆最让人感到亲切，也是最适合冥想的地方。我或许会在码头上转悠，翻阅几本我本不打算买的旧书，这里读上两页，那里读上两页，这样也就认识了不少作者，能够这样无意中结识这些作者让我感到非常满足。傍晚，我会去探望朋友。我常去施特罗夫家，有时候会跟他一起简简单单地吃一顿晚饭。施特罗夫时常吹嘘自己做得一手好意大利菜，我得承认，他做意大利面的水准确实比他的画好得多。待他端上一大盘配着番茄酱的意大利面时，我们吃着自家做的香喷喷的面包，喝着红酒，简直可以跟宫廷里的御宴媲美。我逐渐同布兰奇熟起来，我估摸因为我是英国人吧，她认识的英国人极少，所以每次见到我都很高兴。她很快活，人也很单纯，但一直不大说话，我不知道原因，总觉得她心里藏着什么秘密似的。但我觉得她应该是天性拘谨，相比她那口无遮拦的丈夫，这种印象更加明显了。施特罗夫什么都藏不住，不管是什么私密的事，他都会毫不避讳地跟你讨论。有时他还会让妻子难为情。她唯一一次下不了台是因为施特罗夫缠着我讲他吃泻药的事，将细节讲得绘声绘色。他在描绘自己的惨状时，一副不苟言笑的样子，差点没把我笑趴下，这更让施特罗夫太太忍不住发起火来。

“你好像就愿意人家看你笑话似的。”她说。

看到妻子真生气了，施特罗夫那双溜圆的眼睛瞪得更圆了，他沮丧地皱起了眉头。

“亲爱的，我惹你生气了吗？ 我再也不吃泻药了，都是因为我肝胆失调造成的。我每天坐的时间太久，又没怎么锻炼。我都三天没有……”

“天哪，快别说了。”她打断他的话，气得眼泪都出来了。

他的脸耷拉下来，像一个挨骂的孩子一样噘起嘴巴，用恳求的眼光看着我，希望我能帮他解围，但我实在忍不住，肚子都笑痛了。

一天，我们去了画商的店铺里，施特罗夫觉得我能在那里看到两三张斯特里克兰的画，但我们到达那里后，却被告知斯特里克兰亲自把画拿走了。画商也不知道原因。

“别以为我会因这件事生气。我要他的画完全是看施特罗夫先生的面子，说我会尽量帮他的忙，但说真的……”他耸了耸肩，“我对年轻人感兴趣不假，但是你瞧，施特罗夫先生，你自己也觉得他们中没什么有天赋的人。”

“我用本人的荣誉向你保证，现在所有的画家中，谁也比不了他的天赋，这点我有把握。你得相信我的话，真是错过了一笔好买卖。将来有一天，他的这几幅画会比你店里所有的画都值钱。你还记得莫奈吧，当时他的画一百法郎都没人要，瞧瞧现在值多少钱了？”

“这倒没错。但当年还有一百个莫奈这种水平的画家，他们同样也卖不掉画，而且那些画到现在都是一文不值。谁又能说得准呢？画家是不是有能耐就会出名呢？千万别信。再说了，你的朋友是不是真有能耐还有待证实，除了先生您，谁也没夸奖过他。”

“那好，你告诉我一个人怎样才算有能耐？”施特罗夫问，脸气得通红。

“只有一个办法——出了名才有。”

“市侩。”施特罗夫大声指责道。

“想想过去那些成功的大画家吧，拉斐尔、米开朗基罗、安格尔、德拉克洛瓦，这些人都是出了名才被人认可的。”

“我们走。”施特罗夫对我说，“要不我非得杀了这家伙。”

第二十三章

我时常见到斯特里克兰，偶尔还会跟他下棋。他的脾气叫人捉摸不定，有时候会心不在焉地坐在那里，什么话都不说，谁也不搭理；有时候，他的脾气又很好，会结结巴巴地跟人说话，却从来没说过什么妙趣横生的话。不过，他倒是习惯用恶毒的话语讽刺别人，效果也不赖，而且他向来心直口快，有什么说什么，别人能不能受得了，他一点都不在意，伤到别人的时候，他还很得意。他常常会挖苦施特罗夫，惹得人家气呼呼地离开，发誓再也不跟他讲话。但斯特里克兰身上仿佛有一种神奇的力量，总会让这个胖胖的荷兰人食言，结果，施特罗夫每次都像笨拙的狗儿一样，回来朝他摇尾乞怜。尽管他心里很清楚，免不了再次被他奚落一番。

我不知道斯特里克兰为什么能容忍我，我们的关系有些特殊。一天，他问我借五十法郎。

“我做梦都没想到你会找我借钱。”我回答道。

“为什么没想到？”

“我对这样的事情没有兴趣。”

“我已经穷得揭不开锅了。”

“这我不管。”

“你也不在乎我是不是会饿死？”

“我为什么要在乎？”我反问道。

他捻着那团乱糟糟的胡子，盯着我足足看了一两分钟。我冲他笑了笑。

“有什么好笑的？”他说，眼底闪过一丝愠怒的光芒。

“你也太不懂人情世故了。你对别人没有义务，别人对你也就没有义务。”

“如果我交不起房租，被赶了出来，被逼得上吊自杀，你难道不会觉得不安吗？”

“决不会。”

他咯咯地笑起来。

“你就吹牛吧。如果我真把自己吊死了，你准会后悔一辈子。”

“那你试试，看看我到底会不会。”我跟他杠上了。

他的眼角闪过一丝笑意，然后默不作声地搅拌着苦艾酒。

“你想下棋吗？”我问。

“没意见。”

我们摆着棋子，棋盘摆好后，他泰然自若地盯着棋盘，看到自己的棋子各就各位，准备厮杀的时候，有一种莫大的满足感。

“你真以为我会借钱给你吗？”我问。

“我想不出你有什么理由不借给我。”

“这话真让人感到意外。”

“为什么？”

“看到你这么有人情味，我挺失望。你要是不这么直白地想利用我的同情心，我会更加喜欢你。”

“如果你真被我打动了，我会鄙视你的。”他回答道。

“这下好多了。”我笑道。

我们开始下棋，两人的注意力全在棋局上。一盘下完后我对他说：“听着，你要是真缺钱，那让我看看你的画。如果有我喜欢的，我会买一幅。”

“去死吧。”他回答道。

他起身准备离开，我制止了他。

“你还没付苦艾酒的钱呢。”我笑着对他说。

他骂了我一句，甩下钱就走了。

这件事情发生后，我好几天都没见着他，但是一天晚上，我正坐在咖啡馆看报，他走过来，坐在我旁边。

“你居然没上吊？”我说。

“没有，我找了个活儿，现在正为一个退休的水管工画肖像，可以拿两百法郎。”[①]

---

① 这幅画之前在里尔一个有钱的制造商手里，德国人打过来的时候，他逃到外地，现在这幅画被斯德哥尔摩国家美术馆收藏。瑞典人还真是擅长这种浑水摸鱼的把戏。

“你是怎么做到的？”

“是卖面包的女人介绍的，那人说他在找人画肖像。我得给她二十法郎。”

“那人怎么样？”

“相当不错。一张大红脸像羊腿一样，右边的脸颊上有颗大痣，上面长着长毛。”

斯特里克兰心情不错，施特罗夫过来跟我们坐在一起的时候，他开始毫不留情地抨击他，他专拣荷兰人的痛处招呼，所用的技巧让我佩服不已。不过，这次斯特里克兰并非不痛不痒地讽刺，而是直接恶言相向。他的谩骂非常突然，让施特罗夫猝不及防。他让我想起了一只受到惊吓的绵羊，像无头苍蝇一样四处乱窜。他惊慌失措，整个人都糊涂了。最后，眼泪都出来了。最糟糕的是，尽管你对斯特里克兰恨得牙痒痒，尽管眼前的一幕讨厌至极，但你却很难忍住不笑。施特罗夫是那种即便把最真挚的感情流露出来也会让人觉得滑稽可笑的倒霉蛋。

但是尽管如此，当我回忆那年冬天在巴黎度过的时光时，与德克·施特罗夫一同过的时光却是我最愉快的回忆。他的小家庭有一种独特的魅力。他和他的妻子如同一幅让人魂牵梦绕的画，他对妻子的朴实爱情流露出一种从容的优雅。尽管他的举止依旧那样荒唐，但他的真挚感情却会引人同情。我能理解他对妻子的爱，我很高兴她在他面前是那样的柔情似水。如果她也有哪怕一丁点幽默感的话，那丈夫如此将她奉若珍宝，她定会觉得好笑。但是笑归笑，她也一定会很开心，会被触动。他是一个忠贞不渝的爱人，尽管她将来会年华逝去，身材不再丰满，容颜不再美丽，他眼中的她永远都不会变，永远是这个世界上最漂亮的女人。他们井然有序的生活有着一份令人愉悦的优雅。他们只有一间画室、一个卧室、一间小小的厨房。所有的家务都是施特罗夫太太一个人操持，施特罗夫只会画他那些拙劣的画。她会去市场买东西、做午饭、做针线活，如同一只勤快的蚂蚁一样终日忙碌。晚上，她会继续坐在画室里缝缝补补，施特罗夫演奏着一些我料定她听不懂的音乐。他演奏的音乐有一定的品位，但投入的感情过多，他会在音乐里把他率真、多愁善感和充溢的灵魂倾注其中。

他们的生活别具一格，如同一首田园诗，成就了一种独特的美。施特罗夫对身边的一切表现出的荒诞言行给这曲田园诗增添了一种奇怪的调子，如同一个无法调整的不谐和弦，但也赋予了诗歌更现代、更人性的音调；如同一个严肃的场景中插入了一个粗俗的笑话，让其美得更加鲜明。

第二十四章

快到圣诞节的时候，德克·施特罗夫过来邀请我跟他一起过节。他这人有这么个特点，圣诞节的时候总是多愁善感，想跟朋友们一起正儿八经地过节。我们两个都有两三个礼拜没有见到斯特里克兰了，我是因为忙着陪几个到巴黎短暂停留的朋友，而施特罗夫则是因为上次跟他大吵了一顿，决心跟他老死不相往来。要说斯特里克兰这个人确实不可理喻，施特罗夫发誓再也不跟他说话。但是眼瞅着要过节，施特罗夫的心肠又软了，想到斯特里克兰只能一个人过圣诞节便于心不忍，他将心比心一想，在这样一个亲朋好友相聚的日子里，实在没办法忍受让那位画家一个人冷冷清清地度过。于是，施特罗夫在画室里布置了圣诞树，我想我们两个人都能在喜庆的树枝上找到一些荒诞的小礼物。不过，施特罗夫不好意思去见斯特里克兰，上次受了那么大的侮辱，就这么轻易原谅他着实有点丢脸，他希望跟他握手言和的时候我也在场。

我们一起走到克里希大街，但斯特里克兰并不在咖啡馆。坐在外面又太冷，我们只得进屋坐在皮椅上等。屋子里头又闷又热，空气里弥漫着灰蒙蒙的烟雾。斯特里克兰没有来，但不久我们就看到了那位偶尔跟他下棋的法国画家。我跟他也算是点头之交，他在我们的桌旁坐定后，施特罗夫便问他是否见过斯特里克兰。

“他病了。”他说，“你不知道吗？”

“严重吗？”

“据我所知非常严重。”

施特罗夫的脸都白了。

“他为什么不写信告诉我？我真不该跟他吵架。我们必须马上去看他，他连个照应的人都没有。对了，他住在哪里？”

“我不知道。”法国人说。

结果我们发现谁也不知道怎么找到他。施特罗夫越发感到难过。

“他可能死了，而且谁都不知道。这太可怕了，一想到这事我就受不了，我们必须马上找到他。”

我则试着跟施特罗夫解释，要在巴黎找一个人简直比大海捞针还难，我们必须从长计议。

“话是没错，但等我们从长计议之后，说不定他都快死了，等我们找到他的时候，也许就来不及了。”

“你先安安静静地坐着，让我们先想想办法。”我不耐烦地说。

我唯一知道的地址是比利时旅馆，但斯特里克兰早就搬走了。旅馆里的人应该也不记得他了。他这人本来就古怪得很，断不会透露行踪，不大可能在离开时告知人家他要去哪儿。而且这都是五年前的事了。不过，我敢肯定他没有搬到很远的地方。既然他住在比利时旅馆的时候会时常来这个咖啡馆，后来也还来同一个地方，十有八九是因为这里很方便。我突然记得他曾经从一个卖面包的女人那里接过一个替人画画的活儿，没准能在那里找到他的地址。我叫人拿来电话簿，寻找附近的面包店，很快找到五家。现在唯一的办法就是一家家去问。施特罗夫不情愿地跟着我。他的计划是把克里希街上上下下找个遍，挨家挨户地打听斯特里克兰是不是住在里面。我的办法虽然老套，效果却不错，因为我们向第二家面包店打听时，柜台后面的女人就说认识他。不过她也不确定他住在哪儿，但她能确定他是住在对面三幢房子中的一幢中。我们的运气不错，第一幢楼的门房告诉我们在顶楼可以找到他。

“他好像病了。”施特罗夫说。

“可能吧，”门房冷冷地说，“事实上我已经好几天没见到他了。”

施特罗夫冲在我前头跑上楼梯，等我上到顶楼，发现他已经敲开一个房间的门，正跟一个穿衬衫的工匠说话。这会儿，他正指着另外一个门。他相信住在里面的人是个画家，说是一个礼拜没见到他了。施特罗夫正准备敲门，却又转身看着我，做了个无助的手势。我发现他害怕极了。

“他不会是死了吧？”

“他才不会死呢。”我说。

我敲了敲门，里面没有回应。我试了试门把手，发现门没锁。我走了进去，施特罗夫跟在我后头。房间里黑漆漆的，我只能隐约看出这是个有着斜面屋顶的阁楼，天窗射下一道微弱的光，无力地照在黑漆漆的房间里。

“斯特里克兰。”我喊道。

仍旧没有回应，气氛很诡异，我感觉站在我身后的施特罗夫正瑟瑟发抖。我犹豫了一会儿，想着是不是要划根火柴。这时，隐隐约约看到墙角有一张床，不知道火柴的光亮会不会让我看到床上躺着一具尸体。

“你没带火柴吗？笨蛋。”

黑暗中传来了斯特里克兰刺耳的声音，吓了我一跳。

施特罗夫惊叫起来。

“噢，天哪，我还以为你翘辫子了。”

我划了一根火柴，四下寻找蜡烛。匆匆一瞥中，我发现这个房间很小，一半是房间，一半是画室，里面只有一张床，墙对面是画布，还有一个画架、一张桌子、一把椅子。地板上没有铺地毯，也没有壁炉，桌子上堆满了颜料、调色刀，我在一堆乱七八糟的东西中间找到一小截蜡烛，点燃了它。斯特里克兰躺在床上，看起来很不合适，因为床对他来说太小了，他把所有的衣服都盖在身上取暖，一眼便能看出他正发着高烧。施特罗夫走到他跟前，激动得嗓子都哑了。

“噢，老伙计，你怎么啦？我不知道你病了。为什么不告诉我呢？你要知道为了你我什么都愿意做。你不会还在因为我说的话耿耿于怀吧？我不是有心的，我错了，我肯定是哪根筋搭错了才会跟你置气。”

“去死吧。”斯特里克兰骂道。

“好了，你得讲讲道理。我帮你挪个舒服点的位置。就没人来照料你吗？”

他心情沮丧地往脏兮兮的阁楼里张望着，然后想把斯特里克兰的被子整理一下。斯特里克兰费劲地呼吸着，忍着怒气一句话也没说。他愠怒地看了我一眼。我默不作声地站在那儿看着他。

“如果你真想为我做点事，就去给我买点牛奶，”他终于开口道，“我已经两天没办法出门了。”床边有个装牛奶的空瓶子，一张报纸上有些碎面包屑。

“你都吃了什么？”我问。

“什么都没吃。”

“多长时间了？”施特罗夫喊了出来，“你是说你已经两天没吃没喝了吗？这也太可怕了。”

“我喝了水。”

他的目光落在一个他伸手就能够得着的大罐子上。

“我马上去。”施特罗夫说，“还要别的吗？”

我建议应该给他找个温度计，再买点葡萄和面包回来。

施特罗夫终于有事做了，他噌噌地下了楼。

“该死的蠢货。”斯特里克兰咕哝道。

我摸了摸他的脉搏，跳得很快，却很虚弱。我问了他一两个问题，但是他没有回答，我逼问两句后，他生气地扭头对着墙壁。这下，我唯一能做的就是安静地等着。十分钟后，施特罗夫气喘吁吁地回来了。除了我交代要买的东西外，他还买了蜡烛、肉汁和一盏酒精灯。他倒是个能干的家伙，二话不说就开始张罗起了牛奶和面包。我给斯特里克兰量了体温，高烧四十度。他显然病得挺厉害。

第二十五章

我们不久便离开了斯特里克兰。施特罗夫要回家吃晚饭，我建议找个医生，带回来给斯特里克兰瞧病。但我们从闷热的阁楼走到空气清新的街上，荷兰人便央求我立即去他的画室，他心里藏着什么不愿向我透露的秘密，一再坚持要我陪他回去。我想我们暂时把该做的事情都做了，即便现在把医生叫来也没别的事可做，就同意了。回到他家后，布兰奇正在摆桌子，准备吃晚饭。施特罗夫走到她身边抓住她的双手。

“亲爱的，我有件事求你。”他说。

她快活的表情中透着一股严肃的味道，这也正是她迷人的地方。施特罗夫汗涔涔的红脸上闪着光亮，激动的表情反而显得十分滑稽，但他那双圆圆的眼睛里透着惊慌、急切的光芒。

“斯特里克兰得了重病，他可能会死。现在他一个人待在肮脏的阁楼里，连个照顾他的人都没有。我希望你答应我把他带回家。”

她倏地把手抽回去，我从来没见过她做过这么快的动作，她的脸涨得通红。

“不行。”

“噢，亲爱的，求你不要拒绝。我不忍心把他一个人留在那儿，一想起他，我连觉都睡不着。”

“你要去照顾他我不反对。”她的声音冷漠又疏远。

“可是他会死的。”

“那就让他死好了。”

施特罗夫轻轻地叹了口气，擦了擦脸，向我投来求助的目光，但我也不知道该说什么。

“他是个了不起的画家。”

“关我什么事？我讨厌他。”

“噢，亲爱的宝贝，你心里不是这么想的吧。我求你让我把他带到这儿来，我们可以让他舒服点，也许我们还能救他。他不会麻烦你的，什么都由我来做。我们在画室里帮他支一张床，可不能让他像一条狗一样死掉，这也太不人道了。”

“他为什么不去医院？”

“医院？他需要关心，需要无微不至的照顾。”

我发现施特罗夫太太的情绪波动很大，这让我很惊讶。她继续摆放餐具，但那双手却抖得很厉害。

“我真是受不了你。你要是生病了，你觉得他会动一根手指头来照顾你吗？”

“可这有什么关系呢？我有你照料就行，根本用不着他。再说了，我跟他不同，我一点都不重要。”

“你还不如一条杂种狗有志气，只会躺在地上叫人踩。”

施特罗夫轻轻地笑了笑，他应该知道妻子为什么会有这样的态度了。

“噢，我的小可怜，你还想着他上次来看我画的事吧。他觉得我的画不好又有什么关系呢？我是脑子进水了才拿画给他看的，我的画本来就不好。”

他可怜兮兮地环顾了一下他的画室，画架上有一幅没有完成的画：一个面带微笑的意大利农民，手里拿着一串葡萄悬在一个眼睛黝黑的女孩头上。

“他即便不喜欢，也应该有礼貌，用不着那样侮辱你吧。他分明是在鄙视你，你还要去巴结他。哼，我就是讨厌这家伙。”

“亲爱的宝贝，他真的很有天赋。你不会觉得我也有这样的天赋吧，我倒想呢。我只要瞧上一眼就知道谁是天才，我打心眼里尊重这样的人。这是世界上最美妙的东西，但对拥有天赋的人来说却是莫大的负担。我们应该宽容他们，有点耐心才对。”

我站在一旁，被这幕突如其来的家庭冲突弄得很尴尬，我不明白为什么施特罗夫非得拉着我来。他妻子眼瞅着就要哭出来了。

“但是，我求你允许我把他带到这儿并不是因为他是个天才，而是因为他是个普普通通的人，他现在病得很厉害，身上一个子儿也没有。”

“我永远也不会让他进我的家门，永远不会！”

施特罗夫转身看着我。

“你跟她说这是生死攸关的事，总不能把他留在那样一个破旧的地方等死吧。”

“在这里照顾他显然要简单得多。”我说，“当然啦，这事也极不方便。我认为他得日夜有人照顾才行。”

“亲爱的，你不是那种遇见一点点麻烦就退缩的人。”

“如果他来这里，我就走。”施特罗夫太太气呼呼地说。

“我都认不出你来了，你一向是个心地善良的人啊！”

“噢，天哪，快别逼我了，你都快把我逼疯了！”

她终于簌簌地流下眼泪，一屁股坐在椅子上，将脸埋在手里，肩膀不住地抽搐。施特罗夫立即跪倒在她面前，又是抱又是亲，用各种亲昵的名字呼喊她，他那不争气的眼泪也顺着面颊流了下来。没过多久，她就从他的怀里挣脱出来，擦干了眼泪。

“你让我静一静。”她说，语气缓和了很多。接着，她转头看着我，勉强挤出一丝笑来，“真是让你笑话了。”

施特罗夫困惑地看着她，一时不知道该怎么办才好。他脑门上的皱纹全都挤成一团，噘着他那通红的嘴，莫名地让我想起一只焦躁不安的豚鼠。

“你还是不答应吗，亲爱的？”他终于问道。她无力地摆摆手，这会儿，她已经精疲力竭了。

“画室是你的，所有的东西都是你的，如果你想把他带到这儿来，我又怎么能阻止你呢？”

施特罗夫那张圆圆的脸上突然绽出一丝笑意。

“这么说你是同意了？我就知道你会同意。噢，我的宝贝。”

但她突然又镇定下来，用憔悴的眼神看着他。她交叉着双手放在胸口，像是难以忍受心脏的跳动。

“噢，德克，自打我们认识后，我从来没求你为我做过什么吧。”

“你知道我愿意为你做任何事情。”

“我求你别把斯特里克兰带到这里来。你把任何人带来都可以，不管是小偷、醉鬼，还是街头的流浪汉，我都答应你，要我为他们做什么我都乐意。算我求你了，别把斯特里克兰带到这里来。”

“可这是为什么呀？”

“我真是怕他。我也说不上原因，但他身上有什么东西令我害怕，总觉得他会给我们带来很大的伤害。我知道，我能感觉得到。如果你硬是要把他带来，到时候不会有好结果的。”

“可这也太没有道理了吧！”

“不，不，我知道我的感觉是对的，我们肯定会大祸临头。”

“就因为我们做了件好事？”

她的呼吸开始急促起来，脸上露出一种无法解释的恐惧。我不知道她心里在想什么，但我感觉她被一种无形的恐惧紧紧抓着，让她完全不能自已。她向来都很冷静，这种激动的状态让人惊讶。施特罗夫茫然无措地看着她，他也吓坏了。

“你是我的妻子，在我心目中比世界上任何一个人都要宝贵，只要你不点头，谁也不能来这儿。”

有那么一会儿，她眯起眼睛，我以为她要晕过去了。说实话我都有点不耐烦了，没想到她是如此神经质的一个女人。接着，我再次听到施特罗夫的声音，屋里一片安静，他的声音听起来有点怪异。

“你有没有在走投无路的时候被人拉过一把？你知道那样的事情对你来说有多重要。现在你既然有机会帮助别人，为什么就不能帮人家一把呢？”

他的这番劝解平常得很，我甚至觉得有些激励的意味，差点没笑出来。但这番话居然在布兰奇身上产生效果了，我真是没想到。她有些惊讶，久久地注视着丈夫。她的目光垂向地面，我不知道她为什么会觉得难为情。她的面颊泛起一丝红晕，脸开始变白——不只是白，而是变得煞白，你能感觉血像是从她整个身体表面缩了回去，就连她的手都变得苍白。她全身战栗，画室里的沉寂似乎变成了触手可及的实体。我有些不知所措。

“带斯特里克兰来吧，德克。我会尽量照顾他。”

“我的宝贝。”他笑着说。

他想将她抱在怀里，她却躲开了。

“当着外人的面就别这么腻歪了，德克。”她说，“多叫人难堪。”

她的态度完全恢复了正常，谁也看不出，就在刚才，她还那样的激动。

第二十六章

第二天，我们就去为斯特里克兰搬家。若要办成这件事，非得意志坚定，更要有耐性，才能说服他。不过好在他已病入膏肓，根本奈何不了施特罗夫的恳求和我的坚持。我们一边忍着他有气无力的骂骂咧咧，一边给他穿好衣服，扶他下楼，上了马车，最后终于来到施特罗夫的画室。到达的时候，他累得够呛，只好任凭我们扶他上床，连一个字都没多说。他病了六个礼拜了。之前，他看起来好像奄奄一息，命不久矣，我觉得多亏这个荷兰人不懈的悉心照料，他才能恢复健康，逃过鬼门关。我从没见过像他这么难对付的病人。这并不是说他难以讨好，又吹毛求疵，正好相反，他从不口吐怨言，没有任何要求，还相当安静。可他似乎很不爽别人给予他的照顾，要是别人问他有什么需要，感觉如何，一准会招来他的讥笑和嘲弄，弄不好还会挨他的骂。我觉得他这人真是讨人嫌，等他一脱离危险，我就毫不犹豫地向他说出了心里的感受。

“去死吧。”他只回了我这几个字。

施特罗夫放下手里的全部工作，只专心照顾斯特里克兰，不仅服侍周到，还对他充满同情心。他心思灵巧，能将他照顾得舒舒服服。他还想了个妙招，哄得他心甘情愿地吃下医生开的药，真是叫我大呼意外。任何事情到了施特罗夫手里就变得轻而易举。他赚到的钱虽然足够他们夫妇二人花，却也没有余钱可以用来浪费，可是，他竟然舍得大手大脚去买那些反季节又昂贵至极的珍馐美味，就因为看到这样的美食兴许可以刺激斯特里克兰那反复无常的食欲。我永远也不会忘记，他不光手段高超，还充满耐心，总能想方设法地说服斯特里克兰吃东西。就算斯特里克兰粗鲁无礼，他也不会大发脾气；要是他只是闷闷不乐，他就假装没看到；要是他咄咄逼人，他就笑笑了事。后来斯特里克兰稍稍恢复了一点，心情也随之好转，就开始以嘲笑他来取乐。而他就故意出洋相，给斯特里克兰理由来嘲弄他。然后，他就会高高兴兴地看我一眼，好让我注意到病人的状态有多好。施特罗夫真叫人肃然起敬。

不过最让我啧啧称奇的还是布兰奇。她不仅能力卓绝，还是个充满热忱的护士。看到她付出的辛劳，你绝想不到她曾竭尽全力反对她丈夫将斯特里克兰带到画室来。她坚持出力照顾病人。她铺床的手艺特别好，这样一来，用不着斯特里克兰下床，就能换床单。她还为他梳洗。每次我夸赞她护理技艺高超，她就和蔼可亲地盈盈一笑，告诉我，她曾在医院工作过一段时间。她一丁点儿也没表现出她曾那么憎恨斯特里克兰。她不常与他说话，可每次他还没说话，她就能知道他想要什么。有两个礼拜，必须有人整夜照顾他，她就和丈夫轮流守着他。我不知道，每每在漫漫长夜守在病榻边时，她在想什么。斯特里克兰躺在床上，样子十分怪异，不仅比以往消瘦，红色胡子乱七八糟，还目光茫然，眼神狂乱。他这一病，眼睛显得更大，眼中闪动着异乎寻常的光彩。

“晚上他和你说过话吗？”有一次我问她。

“那倒没有。”

“你现在还像从前那样不待见他吗？”

“有过之而无不及。”

她用一双平静的灰色眼眸看着我。她面容沉静，简直难以相信，她竟然会像上次我见到的那样大发脾气。

“你这么照顾他，他有没有谢过你？”

“没有。”她笑了。

“他这人真是不近人情。”

“我看是可恶至极。”

施特罗夫当然为她的善解人意而感到欣喜。看到她欣然接下了他加在她身上的负担，还这么不遗余力，他真是对她感激不尽。不过他有一点点搞不明白，布兰奇和斯特里克兰为什么会这样对待彼此。

“你知道吗，我曾经看到他们坐在一起好几个钟头，却连一个字都不说。”

后来，斯特里克兰的身体恢复了大半，再过一两天就能下床了。有一次，我和他们一起坐在画室里，我和施特罗夫闲聊。布兰奇在缝衣服，我觉得她缝补的那件衬衫是斯特里克兰的。而他正仰面躺着，连话也不说。然后，我看到他的目光落在布兰奇身上，他们之间弥漫着一种古怪而讽刺的味道。感受到斯特里克兰的目光，她抬起头，有那么一刻，他们就这么瞪着对方。我不大看得懂她的表情有何意味。她的目光中蕴含着异样的困惑，或许还有一丝警惕——不知是什么原因。过了一会儿,斯特里克兰别转目光，无所事事地扫视天花板，可她还在盯着他，这会儿，她的表情极为令人费解。

过了几天，斯特里克兰就开始下床走动。他瘦得皮包骨，衣服松松垮垮地垂在他身上，活像穿在稻草人身上的破布。他的胡须脏了吧唧，头发又长，五官本就比别人的大，现在因为生病，更是大了一码，这样一来，他整个人就显得怪里怪气。可说来也怪，他这副样子倒是不招人讨厌。甭看他这副丑样子，却不失气度。我不知道怎么才能准确形容出他给我留下的印象。我注意到的并不是他身上极为明显的脱俗灵性，不过他的皮囊似乎近乎透明，因为他的脸上有种肆无忌惮的好色之态。不过说来可能荒谬，因为他的好色之态好像又莫名其妙地超越了欲望。他身上有种原始的形态。古希腊人描绘了很多半人半兽的生物，像是萨梯和法翁[1]，而他就有几分像这种晦涩的自然力量。我想到了玛尔叙阿斯，就因为他胆敢与神对歌，神就扒掉了他的皮。斯特里克兰的心里似乎充满了奇怪的音乐和不为人所知的图案，我觉得，他的人生将在折磨和绝望中画上句点。我又一次觉得他的心里住着一个魔鬼，可又不能说那个魔鬼很邪恶，而是一种有别于善与恶的原始力量。

他的身体依旧虚弱，还画不了画，于是他终日一声不吭地坐在画室里，要么胡思乱想那些只有老天才知道的梦想，要么就是看书。他专看稀奇古怪的书。有时候我发现他正聚精会神地看马拉美的诗，看他看书的样子，就跟小孩子看书差不多，会默默地念出书中的内容。我不知道他在那些难以理解的韵律和晦涩难懂的词句中收获了哪种奇怪的情感。我还发现他沉浸在加博里欧的侦探小说中。我告诉自己，对于他那古怪本性中难以调和的一面，通过他选择的书就可见一斑。每每念及此，我就觉得十分有趣。一定不可以错过一个特别的地方，那就是即便他生了重病，却依然不会花心思让自己舒服点。施特罗夫很欣赏他这种安之若素的态度。施特罗夫的画室里有两张软垫扶手椅和一张大沙发椅，斯特里克兰决不会靠近这些东西。这倒不是他故作恬淡寡欲——因为有一次我走进画室，里面只有他一个人，我看到他坐的是一张三角凳——而是因为他确实不喜

① 农牧之神，半人半羊。——译者注

欢那些物件。他喜欢坐在一把没有扶手的厨房椅上。看到他这样，我真是火冒三丈。我从没见过哪个人对周围的环境如此漠不关心。

第二十七章

时间又向前推进了两三个礼拜。一天早晨，我的工作暂告一段落，我想着应该放松放松，于是我去了卢浮宫。我走来走去，观赏那些我极为了解的画作，任凭想象力与画作激起的情感悠然地交相辉映。我走进一个长画廊，突然看到了施特罗夫。我笑了，因为他身材滚圆，却总是一副受到惊吓的样子，看了就好笑。接着，我向前走了几步，这才注意到他显得十分孤独。他愁眉苦脸，却依然样子可笑，活像一个人穿着衣服掉进水里，虽然被人救起，死里逃生，却依然吓得魂不附体，感觉自己与傻瓜无异。他转过身，盯着我，可我觉得他并没看到我。他那双圆圆的蓝眼睛藏在眼镜后面，眼神疲惫。

“施特罗夫。”我说。

他愣了一下，跟着一笑，可他的笑容里充满了哀愁。

“瞧你那样子，太不体面了，不老实在家里待着，出来干什么？”我愉快地问。

“我很久没来卢浮宫了，我想来看看这里有没有新展品。”

“可你告诉过我，你必须在这个礼拜画好一幅画。”

“斯特里克兰正在我的画室里画画。”

“啊？”

“是我的提议。他现在还没彻底复原，暂时不能回他那里。我觉得我和他可以一起在画室画画。在拉丁区，很多人都共用画室，我觉得这肯定很有意思。我一直认为，要是工作烦了，能有个人聊聊天是件很惬意的事。”他的语速很慢，每句话之间都会停顿一下，停顿之际弥漫着有些尴尬的静默。而且，他一直用友好且可笑的眼神看着我，他的眼里充满泪水。

“不懂你在说什么。”我说。

“斯特里克兰在画室画画的时候，不能有别人在旁边。”

“该死。你才是画室的主人。他该懂分寸。”

他可怜巴巴地看着我，嘴唇还在颤抖。

“出什么事了？”我厉声问道。

他犹豫了一下，脸腾一下红了。他愁云惨雾地扫了一眼墙上的画。

“他不让我画画。他让我滚出去。”

“那你干吗不叫他去死？”

“他把我赶了出来。我就是不能跟他干架啊！他先是把我的帽子扔了出来，随即锁上大门。”

斯特里克兰这家伙真是太气人了，我自己也挺让人光火——看到施特罗夫搬起石头砸自己的脚，我竟然想哈哈大笑一通。

“那你老婆怎么说？”

“她去买东西了。”

“他会不会让她进去？”

“不知道。”

我注视着施特罗夫，有点丈二和尚摸不着头脑。瞧他站在那儿的样子，活像个犯了错后被老师当场逮住的小学生。

“要不要我去帮你赶走斯特里克兰？”我问。

他有点惊讶，发亮的脸都成了猪肝色。

“算了，你还是不要插手的好。”

他冲我一点头，便走了。很显然，出于某种原因，他不愿意详谈这事儿。我真是被他搞糊涂了。

第二十八章

一个礼拜后,我的疑团终于解开了。当时大约是晚上十点，我在餐馆吃完饭,就回到小公寓。就在我坐在客厅看书的当儿，粗哑的门铃声响起，我走进走廊，打开门，就见施特罗夫站在门外。

“我能进去吗？”他问。

他站在昏暗的楼梯平台上，我看不清他的样子，可他的语气让我惊诧不已。我知道他从不酗酒，要不然，我准会以为他喝多了。我带他来到客厅，请他坐下。

“谢天谢地，总算找到你了。”他说。

“怎么了？”我问，看到他这么激动，我不由得十分惊讶。

这会儿，我能把他看个一清二楚。一般情况下，他都会将自己收拾得整整齐齐，可现在他的衣服乱七八糟。忽然之间变得蓬头垢面，估摸他是喝多了。我不禁笑了起来，我得拿他这副鬼样子打趣几句才行。

“我不晓得该去哪儿。”他脱口而出，“我刚才来过一趟，可你不在家。”

“我今天吃饭吃晚了。”我说。

我纠正了我的想法：他这么绝望，肯定不是酒精在作祟；他的脸通常都很红，这会儿却异常阴晴不定；他的手哆嗦个不停。

“到底出什么事了？”我问。

“我老婆不要我了。”

他勉勉强强说出这几个字，跟着微微倒抽一口气，泪水滚下肉嘟嘟的脸颊。我不知道该说什么。我的第一个想法就是，他被斯特里克兰搞得五迷三道，她再也忍受不了，又受到后者那愤世嫉俗的行为的刺激，便把他赶出了家门。我知道，虽然她表面上沉着娴静，却是个暴脾气，如果施特罗夫依旧不听她的话，她八成会离开画室，并且发誓永远都不再回来。可这个小个子是那么伤心，我实在笑不出来。

“老兄，别不开心了，她一定会回来的。女人闹情绪时说的话可不能当真。”

“你没弄明白，她爱上斯特里克兰了。”

“什么？”这个消息真如晴天霹雳一般，可才一听说，我就觉得这真是荒天下之大谬，“你怎么能这么傻呢？你该不会是想说你嫉妒斯特里克兰吧？”我真想哈哈大笑，“你也知道，她甚至都不愿意多看他一眼。”

"你不明白。"他呻吟着说。

"你简直疯了。"我有点不耐烦地说，"我去给你弄杯威士忌苏打水，保准你感觉不错。"

照我看，出于某种原因——而且天知道人为什么老给自己找罪受——施特罗夫以为他妻子关心斯特里克兰，外加他这人总把事情搞砸，就这么，大概是惹恼了她，于是为了气气他，她就煞费苦心地让他起疑。

"听着，"我说，"我们一起去你的画室，你自己弄出的烂摊子，必须由你自己去收拾。我可不觉得你老婆是那种坏心眼的女人。"

"我怎么能回去呢？"他疲倦地说，"他们在那里鬼混，我就把地方让给他们好了。"

"那就别说你老婆不要你了，现在是你离开了她。"

"看在老天的分儿上，不要和我说这样的话。"

到现在，我还是觉得他所言不实。对于他说的话，我连一个字都不信。可他那难过的样子又不像是在假装。

"好吧，你来我家，就是为了和我谈谈这事儿。那你最好原原本本地把这件事讲给我听。"

"今天下午，我再也忍受不了了。我去找斯特里克兰，告诉他，我觉得他已经好得差不多，可以回家了，我要收回我自己的画室。"

"也只有斯特里克兰这种人会等人下逐客令。"我说，"他怎么说？"

“他笑了两声，你知道他笑起来是什么样，他笑可不是因为他被逗乐了，听到他的笑，你会感觉自己是个白痴。他说他立刻就走，还去收拾东西。你记得吧，我从他的房间里取来了我认为他需要的东西，他找布兰奇要了一张纸和一些线，要做个包裹。”

施特罗夫停下来，抽噎着，我以为他要昏倒了。他说的全是废话，我可没想让他讲这些。

“她面色苍白，却还是拿来了纸和线。他什么都没说。他一边哼小曲儿，一边弄包裹，根本连看也没看我们一眼。他的眼睛里带着讽刺的笑意，我感觉心中坠了一块千斤巨石。我担心会出事，心想要是没赶他走就好了。他向四周看看，要找他的帽子，接着，她说话了：‘我要和斯特里克兰在一起，德克。’她说，‘我再也不能与你一起生活了。’

“我本想说点什么，却连一个字都说不出来。斯特里克兰一言不发。他继续吹着口哨，仿佛一切都与他无关。”

施特罗夫再次停下，擦去脸上的泪水。我一声不响，现在，我相信他了。我真是太震惊了，可我还是不明白。

接着，他不顾汩汩向下流的泪水，用颤抖的声音告诉我，他走到她身边，想把她搂在怀里，可她躲开了，还求他不要碰她。他央求她不要一走了之。他告诉她，他是多么热切地爱着她，还提醒她，他一直以来都掏心掏肺地对她好。他给她讲起了他们的快乐生活，说他并没有生她的气，他并不怪她。

“请让我安安静静地走吧，德克。”她终于说道，“你难道还不明白吗？我爱的人是斯特里克兰。我会追随他到天涯海角。”

“可你一定知道，他永远都没法给你幸福。为了你自己着想，不要走。你预料不到摆在你前面的是怎样一条路。”

“一切都是因你而起，是你非要把他接来。”

他扭头看着斯特里克兰。

“求你放过她吧。”他哀求他，“你不能诱惑她干出这么疯狂的事。”

“她有随心所欲的权利。”斯特里克兰说道，“没人逼她。”

“我已经决定了。”她用低沉的声音说。

斯特里克兰是那么平静，真是太伤人了。施特罗夫彻底失控了，盲目的怒火在他心里熊熊燃烧，他不假思索地向斯特里克兰扑了过去。斯特里克兰没料到他会这样，大惊之下脚步有些踉跄，可他就算大病一场，依然十分强壮，片刻之后，施特罗夫还没搞清楚怎么回事儿，就发现自己已被打倒在地。

“你这个小个子，真可笑。”斯特里克兰说。

施特罗夫站起来。他注意到他妻子一直非常平静，在她面前遭人耻笑，让他越发无地自容。他的眼镜在打斗中被弄掉了，一时间看不到眼镜丢到了什么地方。她捡起眼镜，默默地交给他。他似乎突然意识到了自己的不幸，虽然他知道这样会更加荒唐，可他还是号啕大哭起来。他用手掩住脸。另外两个人就这么看着他，一句话也不说，站在原地一动不动。

“噢，老天。”他终于哽咽着说，“你怎么能这么残忍？”

“我控制不了自己的感情，德克。”她答。

“我把你当成女神，一心一意对你好。要是我做了什么叫你不高兴的事儿，你大可以直接对我说，我一定会改。但凡我能做到的，我都为你做了。”

她没有回答，面无表情。他看得出来，他现在只是令她厌烦而已。她穿上外套，戴上帽子，向大门走去。他明白，片刻之后，她就会走得无影无踪。于是，他快步走到她身边，扑通一声跪在她面前，抓住她的两只手——他放弃了所有自尊。

“不要走，亲爱的。没有你，我也活不下去了，我一定会死的。如果我做了什么事惹你不高兴了，我求你原谅我，再给我一个机会吧，我会加倍努力，让你幸福。”

“快起来，德克。你这样只会让你自己出丑。”

他挣扎着站了起来，却依然不肯让她走。

“你要去什么地方？”他急切地说，“你根本不晓得斯特里克兰的地方是个什么样。那里真是糟透了，你根本住不下去。”

“我不在乎。这不关你的事。”

“再等一下，让我把话说完。毕竟，你不能连这个小小的要求都不满足我。”

“再多说也是无益。我早就打定了主意，无论你再说什么，也不能让我改变心意。”

他倒抽一口气，将手捂在胸口，希望能借此缓解痛苦的心跳。

“我不是要你改变主意，可我希望你能听我说两句。这是我对你最后的要求，你千万不能拒绝我。”

她停下脚步，若有所思地看着他，这会儿，她的目光中只有冰冷与无情。她走回画室，靠在桌上。

“你要说什么？”

施特罗夫努力振作起来。

“你得理智。你又不能喝西北风过日子。斯特里克兰根本身无分文。”

“我知道。”

“到时候你会穷得叮当响，过上苦日子。你很清楚他为什么这么久才复原，那是因为他就快饿死了。”

“我可以赚钱养他。”

“你拿什么赚钱？”

“不知道。但总有法子。”

一个恐怖的想法出现在这位荷兰画家的心里，他不由得一激灵。

“我看你真是疯了，被鬼迷了心窍。”

她耸耸肩。

“现在我能走了吗？”

“再等一会儿。”

他疲倦地环视画室。这里是他钟爱的地方，因为她把这里收拾得那么明快温馨。他闭了一会儿眼睛，随即睁开，良久地注视着她，像是要把她的样子烙印在心中。他站起来，戴上帽子。

“算了，还是我走吧。”

“什么？”

她惊讶极了，不知道他是什么意思。

“一想到你要住在那个肮脏又糟糕的阁楼里，我就受不了。这里是我的家，也是你的家。你在这里会舒服点，至少不会挨饿。”

他走到放钱的抽屉边，拿出一叠钞票。

“我把这里的钱分给你一半。”

他把钱放在桌上。斯特里克兰和她都没说话。

接着，他又想起一件事。

“你能不能把我的衣服收拾好，放在门房？明天我会回来取。”他挤出一丝笑容，“再见，亲爱的。谢谢你以前带给我那么多的幸福。”

他走出画室，关上门。我能想象到，看到施特罗夫一走，斯特里克兰将帽子向桌上一扔，一屁股坐下，开始抽烟。

第二十九章

好一会儿，我都说不出话来，琢磨着施特罗夫说的话。我真气他这么懦弱，他也看出我很不赞成他的做法。

“你和我同样清楚斯特里克兰过的是什么日子。”他颤抖地说，“我不能让她住到那种坏境里——我就是做不到。”

“你爱怎么样就怎么样吧。”我答。

“要是换了你，会怎么做？”他问。

“她是睁着眼自己要走的，如果她必须忍受诸多不便，那也是活该。”

“不错，可是，你知道，这是因为你不爱她。”

“那你还爱她吗？”

“我更爱她了。斯特里克兰不是那种能给女人幸福的人，他们长不了。我要她知道，我永远都不会辜负她。”

“你是说，要是她回来，你还是会接受她？”

“这是当然。到了那个时候，她就会比以往任何时候都需要我。等到她孤身一人，出尽了丑，一颗心破碎不堪，要是再无处可去，那就太可怕了。”

他似乎一点都没有怀恨在心。我估摸因为我是个凡人，所以才会对他这么没志气而有些不忿。也许是他猜到了我在想什么，所以才这么说：

“我从来都不奢求她像我爱她那样爱着我。我就是个小丑，我不是那种招女人喜爱的男人，我一向对此心知肚明。所以，就算她爱上了斯特里克兰，我也不能怪她。”

“我从没见过哪个人像你这样，没有一点自尊。”我说。

“我爱她甚至超过爱我自己。在我看来，一旦涉及爱情，若是还考虑自尊，那只能说明你最爱的人其实是你自己。男人经常在结婚后爱上别人，等到他们浪子回头，想要回到妻子身边，她们就会接纳，所有人都觉得这是平常事。为什么同样的事到了女人身上，就不一样了呢？”

“我想也许你说得不错。”我笑了，“可大多数男人都和你想的不一样，所以不能接受妻子出轨。”

然而，我一边和施特罗夫谈话，一边却在琢磨：这件事发生得太突然了，让我有点猜不透。我简直无法想象他之前竟没看出一丁点儿迹象。我还记得我见过布兰奇用奇怪的眼神望着斯特里克兰，或许真相就是她慢慢地意识到了心底的感觉，并因此惊讶不已。

“在今天之前，你难道就没怀疑过他们之间有暧昧？”我问。

一时间，他并没有回答我。桌上有支铅笔，他下意识地在吸墨纸上画了一张脸。

“要是你不喜欢我问问题，那就直接告诉我。”我说。

“说说话，我就不那么难过了。唉，要是你知道我心里有多痛苦就好了。”他一把扔掉铅笔，“不错，两个礼拜前我就看出了一些苗头。她还没发现她自己的感情，我就已经看出来了。”

“那你干吗不直接叫斯特里克兰滚蛋？”

“是我不能相信。我觉得这不可能，她甚至连看他一眼都受不了，这真是太荒谬了。我以为我只是在吃醋。你知道，我一向都是个醋坛子，可我强忍着不表现出来。其实，我嫉妒她认识的所有男人，我甚至也嫉妒你。我知道她从未像我爱她那样爱我。这也很自然，对不对？可她允许我爱她，光是这样我就很幸福了。我强迫我自己离开好几个钟头，方便他们两个独处。我竟然怀疑她，这实在有损我的尊严，我想要惩罚我自己。等我回去，我就发现他们对我根本满不在乎，我不是说斯特里克兰，我在家与否对他来说本就无关紧要，我指的是布兰奇。每次我想吻她，她就会颤抖。后来，我终于确定了他们的关系，却不知道该怎么办才好。我知道，要是我大吵大闹，只会招来他们的嘲笑。我以为只要我闭口不提此事，假装没看到，一切就会恢复如初。我决定悄悄把他赶走，不要发生任何争吵。唉，要是你知道我那时候心里的苦，该有多好啊！”

接下来，他把请斯特里克兰离开的过程又讲了一遍。他精心挑选了一个时机，希望能显得很随意地提出要求，可他就是控制不住，声音颤抖得厉害。他本想用愉快和友好的语气，可他的声音里充满了嫉妒的苦涩。他没预料到斯特里克兰会当场同意，还去收拾东西；他尤其没想到他妻子会决定和他一起走。我看得出来，他是衷心希望当初能闭上嘴巴。他宁愿承受嫉妒的痛苦，也不愿意承受分离的悲伤。

"我真想把他的脑袋揪下来，可那样只会自取其辱。"

良久，他都没有说话，跟着，他说出了一句话，我知道，他一直都是这么想的：

"要是我能等一等，兴许一切就会过去。我真不该这么耐不住性子。唉，可怜的宝贝，看看我把她逼成什么样了？"

我耸耸肩，但没说话。我一点也不同情布兰奇，可我知道，要是我大骂她一顿，只会让可怜的施特罗夫更加难过。

他此刻已经疲惫不堪，竟然还滔滔不绝地说着。他将刚才说过的每一句话又重复了一遍。他说了刚才没告诉我、刚刚想起来的细节；他还和我讨论应该怎么说，却闭口不谈他说过的话；后来又后悔他有眼无珠。他后悔做了一件事，自责忽略了另一件事。时间越来越晚，终于，我也和他一样疲倦。

"你现在要怎么办？"最后我说道。

"我能怎么做呢？只能等她来找我。"

"你为什么不离开一段时间？"

"不成，这可不成，要是她需要我，我必须在她找得到我的地方。”

此时此刻，他似乎迷失了心智，他一点计划也没有。我建议他去睡会儿，可他说他睡不着，他想出去走走，就这么混到天亮。可显而易见，绝不能让他一个人待着。我说服他留下来，在我这里过一夜，让他躺在我的床上。我的客厅里有一张长沙发，睡在上面绝没问题。此时，他已经精疲力竭，只好依着我。我给他吃了几片足够剂量的佛罗那安眠药，能叫他好好睡上几个钟头。我想,这是我能为他做的最好的安排。

第三十章

可我为自己安排的床不舒服到了极点，搞得我一整夜都睡不着，于是，我开始琢磨这个倒霉的荷兰人告诉我的事。布兰奇的所作所为倒是容易理解，我觉得这不过是肉体的吸引而已。在我看来，她根本就不在乎她的丈夫，我觉得她对他的爱，不过是女性对于关怀和舒适的回应而已，很多女人都把这种感情错当成爱情。这是一种被动的感情，任何对象都能将之唤起，就好像攀缘植物能在任何树木上生长。在这种情感的驱使下，女孩子会嫁给需要她的男人，并且肯定爱情会随之到来。由此，世人的智慧便承认了这种情感所具有的威力。这种情感不过是对安全感的满意，对财产的骄傲，被人渴望的快乐，对家庭的满足，而女人们和善可信，又爱慕虚荣，这才会将这种情感上升到灵魂层面。而面对激情，这样的情感则毫无招架之力。我怀疑，布兰奇之所以那么不喜欢斯特里克兰，从开始来说，一部分原因就在于性的吸引。我有什么能耐，能够解开两性之间这神秘又纠缠复杂的关系呢？或许施特罗夫的热情能够叫她兴奋，却无法满足她的那部分天性；而她恨斯特里克兰，因为她感觉到他有能力满足她的需要。那时候，她的丈夫非要把斯特里克兰带回画室，她的反对绝对出于真心。我觉得她害怕他，虽然就连她自己也想不明白原因何在。我还记得，她曾预言一切都将演变成一场灾难。照我看，就某个奇怪的方面而言，她对自身怀有恐惧，因此，逐渐对他也产生了恐惧，因为他搞得她心烦意乱，让她捉摸不透其中缘由。他的外表是那样粗犷野性，他的眼神冷漠，嘴唇性感；他高大魁梧，身上有种野性难驯的热情。或许她也感受到了他身上的邪气，正是这种邪气让我觉得他很像上古野兽，在那个时候，物质与大地保持着最早的联系，却也最具灵性。如果他真的影响了她，那么她要么爱他，要么恨他。于是，她在最开始选择了恨。

至于后来，依我所见，她日日都要照顾斯特里克兰这个病人，如此亲密之下，她不可思议地被打动了。她要抬起他的头，给他喂饭，而他就这么枕在她的一只手上；她给他喂完饭，还要去擦他那性感的嘴唇和红胡子。她为他清洗四肢，而他的肢体上布满了浓浓的体毛；她还会擦干他的手，虽然他很虚弱，他的手却依旧结实有力。他的手指修长，是艺术家无所不能、精于创造的手，我想，看到那样的手指，她的心里必定很慌乱，如小鹿乱撞。他睡觉的时候一动不动，跟死了一样，犹如森林里的野兽，在长途追袭后停下来休息。她肯定想知道他做了怎样的美梦，是否梦到仙女飞过古希腊的森林，而萨梯就在后面穷追不舍？她慌忙而逃，健步如飞，心中充满绝望，可他仍在一点点靠近她，后来，她甚至能感觉到他炽热的呼吸吹到她的脖颈间。她默默地逃跑，他默默地追逐，等他终于抓到了她，震撼她的心灵的，是恐惧，还是狂喜？

布兰奇如今落入了性欲的魔掌中。或许她依然恨透了斯特里克兰，可她是那么渴望着他，而在此之前她生活中的一切都变得无足轻重。她不再是女人，复杂、和蔼、任性、体贴和轻率这些特征都离她而去，她现在变成了被欲望控制的酒神狂女。

然而，兴许上面这些只是我想入非非，有可能她只是厌烦了她丈夫，出于无情的好奇心，才会和斯特里克兰混在一起。她也许对他并没有特别的情感，她与他鬼混，只是因为他们朝夕相处，或是出于无聊，而结果是她发现，在她自己设下的圈套里，她根本毫无招架之力。她面容平和，一双灰色眼睛释放出冷酷的眼神，而隐藏在这之后的想法和情感，我又怎么能知道呢？

面对性格易变的人类，人们没有丝毫确定的感觉，而对于布兰奇的所作所为，倒还是可以找到表面上讲得通的解释。而另一方面，我完全不能理解斯特里克兰。我绞尽脑汁，还是无法解释，他为什么会做出这样一件与我对他的印象大相径庭的事。他冷血地背叛了朋友的信任，而且就为了一时的突发奇想，竟然不惜让他人陷入悲苦的境地。这些一点也不奇怪，他本性如此。他是一个不懂得感恩的人，也不知同情为何物。我们大多数人都具有的感情在他身上通通找不到，责怪他毫无感情，就跟责怪老虎残酷无情一样荒唐至极。可我不能理解的是他这次的一时兴起。

我就是不能相信斯特里克兰爱上了布兰奇。我甚至怀疑他到底懂不懂什么是爱。对于爱情这种感情而言，温柔体贴是必不可少的一部分，可不管是对他自己，还是对别人，斯特里克兰都不会温柔相待。在爱情之中，存在着柔弱感，保护欲，陷入爱情的人急于做好事，以便给予对方快乐——这即便不是无私，也是巧妙隐藏起来的自私；爱情会让人缺乏自信。我无法想象斯特里克兰身上会具有这些特点。爱情需要人们全神贯注，它使人忘掉自己去爱对方。最聪明的人虽然可能知道爱有尽头这道理，在实际中却不愿相信这一点。人们明知爱是虚幻，却还是为其放弃实实在在的东西，于他们而言，爱情胜过现实。爱情使一个人变得更强大，同时也使他变得更渺小。他们不再是自己。他们不再是人，而是成为一个物件、一个工具，要实现对于他们而言十分陌生的目的。爱情会叫人变得多愁善感，而在我所认识的人当中，斯特里克兰是最不可能多愁善感的人。我相信他绝对不会甘心受爱情的支配，绝对忍受不了受到别人的束缚。他心中有一种无人可以理解的渴望，它不停驱策他奔向就连他也不知道的东西——要是有任何因素横加阻挠，我相信，他绝对有能力将其从他心里连根拔起，哪怕他会因此痛苦不堪，甚至满身伤痕，血洒当场。如果我真的详细解释清楚了斯特里克兰给我留下的复杂印象，那么，要说对于爱情而言，他太伟大或是太渺小，根本不适合谈情说爱，也就没什么可稀奇的了。

可我觉得，每个人对于爱情的理解都基于其自身的性情，而不同的人对爱情有着不同的理解。像斯特里克兰这样的人，会以一种对他而言很特别的方式去爱。若要分析他的情感，纯属徒劳。

第三十一章

第二天，虽然我极力挽留，施特罗夫还是走了。我提出替他去画室取回物品，可他非要亲自去，估计他是盼着他们还没想起要去收拾他的东西，这样他就有机会再见他妻子一面，或许还能说服她回到他身边。可他发现他的行李就摆在门房，看门人告诉他，布兰奇出去了。估摸他肯定会滔滔不绝向看门人诉说他的苦闷。我发现，他把这一切告诉了每一个他认识的人，他想要别人的同情，却只是沦为笑柄。

他做了最不合适的事。他很清楚他妻子什么时候出门买东西，于是，有一天，他实在忍不住了，想见她一面，就在路上截住了她。她不搭理他，可他非要缠着她说话。他为所有他对不住她的地方连连道歉，他告诉她，他全心全意地爱着她，央求她回到他身边。她没有回答，只是别开脸，快步向前走。我想象着他迈着他那又粗又短的腿，努力跟上她的步伐，走得太快了，微微有些气喘，却还是讲了他有多痛苦；他恳求她可怜可怜他，他保证，只要她能宽恕他，就算叫他上刀山、下油锅，他也乐意。他还提出带她去旅行。他说，斯特里克兰很快就会厌倦她。就在他给我讲述这悲惨一幕的时候，我真是气坏了。他竟然把理智和尊严都抛弃了。他所做的一切都只会让他的妻子轻贱他。这天下最残忍的事，莫过于一个女人对一个爱着她却非她所爱的男人所做出的事：她们不会仁慈，甚至连容忍都做不到，有的只是疯狂的愤怒。布兰奇忽然停下脚步，用尽全力给了她丈夫一巴掌。趁他还没回过神来，她就匆匆离开，冲上楼梯，跑进画室，连话都没说。

在给我讲这个故事的时候，他一直用手摸着脸，仿佛依旧能感觉到那一巴掌，他的眼里不光闪烁着看了叫人心疼的痛苦,还有一种荒诞可笑的迷茫。他活脱儿一个大号的小学生。虽然我很替他难过，却差一点就情不自禁地笑了起来。

从这以后，他经常在她去买东西的必经之路上晃来晃去，等到她经过，他就站在对面的街角。他不敢再去找她说话，转而将心里话用一双圆滚滚的眼睛表现出来。估摸是他以为，他这么可怜巴巴，一定会打动她。她从未表现出一丁点儿看到他的迹象。她甚至都没换个时间去买东西，也没有换条新路线。依我看，她的冷漠之中夹杂着残忍。兴许她觉得这样折磨别人很有意思。我不知道她为什么会对他恨之入骨。

我央求施特罗夫理智一点。他太没志气了，真能活活把人气死。

“你这样下去，根本于事无补。”我说，“要我看，就算你用棒子打她一顿，也比现在的做法要明智，那样她就不会像现在这样鄙视你了。”

我建议他回老家待一段时间，他以前经常和我提到那个静谧的小镇。小镇位于荷兰北部，他的父母依旧住在那儿，他们都是穷人。他父亲是个木匠，他们一家住在一栋红砖房里，虽然小，却整洁干净，毗邻一条和缓的运河。街道十分宽敞，车少，行人也少。两百多年来，那个地方都死气沉沉，可镇里的房子却具有落成时的时代特有的那份朴实无华的威严感。富有的商人将货物卖到遥远的西印度群岛，在那些房子里过着平静富足的生活，后来，虽然渐渐式微，可他们依然维持着体面，辉煌过往的格调从不曾有一丝改变。沿着那条运河，就能到广袤的绿色原野，风车随处可见，黑白相间的奶牛悠闲地吃着牧草。我觉得，在那样的环境里，伴随着儿时的回忆，施特罗夫或许可以忘记他的不幸。可他拒绝回去。

“我必须留在这里，这样她在需要我时，就能找到我。”他又这样说，“要是发生了什么可怕的事，而我又不在她身边，那就太糟糕了。”

“你觉得会发生什么事？”我问。

“不知道。可我就是担心会有事发生。”

我耸耸肩。

虽然施特罗夫痛不欲生，却始终是人们嘲笑的对象。要是他尽显疲态，形容消瘦，兴许会得到同情，可他根本不是这样。他一直那么胖，肉嘟嘟、红通通的脸颊闪闪发亮，活像一个成熟的苹果。他依旧将自己收拾得十分利索，依旧穿他那件整洁的黑色外套，戴着圆顶高帽——不过那顶帽子小了点，紧紧箍在头上，这样一身打扮，显得他干净利落，衣冠楚楚。他大腹便便，心中的悲痛没有让他的肚子瘦下去一分一毫。他比以往任何时候都像个成功的推销员。有时候，一个人的外表很难和他的灵魂如此联系甚少，实在是一件不堪言的事。施特罗夫的爱情可以和罗密欧相媲美，身材却和托比·培尔契爵士类似。他生性和蔼宽厚，却总是那么冒失莽撞；他拥有真正的美感，创作却很平庸；他对感情具有特别的敏感，行为举止却很粗野。若说是处理别人的事情，他能干得非常出色；可在面对他自己的问题时，却总是弄得鸡飞狗跳。大自然母亲将这么多矛盾的特点集中在一个人身上，还让这个人去面对这个世界里那些让人费解难懂的麻木不仁，这可真是一个残忍的恶作剧呢！

第三十二章

一连好几个礼拜，我都没见过斯特里克兰。我很讨厌这个家伙，要是有机会，我会很愿意痛斥他一顿，可就为了这个目的把他叫出来，又没多大意义。我不愿意摆出一副卫道士的姿态，这样一来，总不免有种自鸣得意的意味，任何有幽默感的人都会因此而落到尴尬的境地。需要很大的勇气才能让我下定决心，成为别人的笑柄。斯特里克兰就好挖苦讽刺别人，因此，但凡会显得装模作样的行为我都非常敏感，绝不能让他觉得我是在故作姿态。

不过，有一天晚上，我正沿克利希大街前行，却与他撞了个正着。我在一家咖啡馆前面碰到他，他是那儿的常客，而我现在则对那家店避之唯恐不及。他当时和布兰奇在一起，正要去斯特里克兰最喜欢的咖啡馆里的一个角落。

“你最近去哪儿了？”他说，“我还以为你出门了。”

他的热情足以证明他晓得我不愿意搭理他。对于他这种人，礼貌相待纯属浪费。

“没有。”我说，“我一直在家。”

“那你怎么不来这里了？”

“巴黎的咖啡馆又不止一家，随便哪家都能让你悠闲地度过一小时。”

接着，布兰奇伸出手，问我晚上好。真不明白我之前为什么会以为她会有所变化：她还穿着她常穿的那件灰色裙子，整洁又合身，额头十分光洁，一双眼睛平静无波——曾经，我见到她在画室忙着日常琐事时，她就是这个样子。

“来盘国际象棋吧。”斯特里克兰说。

真是见鬼了，在那一刻，我竟然想不到任何理由一口拒绝。我闷闷不乐地跟着他们走到斯特里克兰常坐的桌边，他叫人拿来棋盘和棋子。他们觉得眼下的情况理所当然，可我却觉得荒诞至极。布兰奇看着我们下棋，表情耐人寻味。她很安静，可她一向都这么安静。我看看她的嘴巴，希望能找到点蛛丝马迹，好弄清楚她在想什么；我观察她的眼睛，希望能发现泄露心迹的眸光，希望能找到沮丧或痛苦的眼神；我端详她的额头，寻找是否有皱纹表示她的热情已经降温。可她像是戴了面具，我什么都看不出来。她把手放在大腿上，动也不动，一只手轻轻握着另一只。根据我听到的故事，我知道她性情暴戾，那个时候，她狠狠打了施特罗夫一耳光，伤了这个深爱她的男人的心。由此可见，她暴躁易怒，残忍可怕。她放弃了她丈夫的保护，放弃了避风港，对于闲逸安适和应有尽有的生活，她弃如敝屣，反而甘愿去过朝不保夕的日子。这说明她渴望冒险，就算仅能糊口也甘之如饴。反观她过去把家务操持得井井有条，是个称职的家庭妇女，真令人啧啧称奇。这个女人肯定性格复杂，与她端庄娴静的外表极其不相称。

对于这次意外相遇，我很兴奋，我的脑海里闪过无数念头，同时还要将注意力放在我正在下的这盘棋上。我一向都会想方设法赢斯特里克兰，因为只要他赢了，就会把对手大大地奚落一番，看他那取胜后的得意劲儿，一准儿会觉得输棋更加难以忍受。另外，要是他输了，也从不大动肝火。他是个糟糕的赢家和爽朗的输家。有人觉得人在下棋时最容易流露本性，透过斯特里克兰的例子，倒是可以做出一些微妙的推论。

下完棋，我叫来服务生，付了账，便独自先离开了。我们这次碰面没有发生任何意外。我们没说任何会引发我沉思的话，不管我做出怎样的猜测，都毫无根据。但这反倒激起了我的兴趣。我看不出他们的关系如何。要是我能灵魂出窍就好了，这样我就能看看他们私下里都会在画室中干什么，说什么。可是我连半点蛛丝马迹都没找到，因此，我的想象力也就没有发挥的余地了。

第三十三章

两三天后，德克·施特罗夫来找我。

“听说你见到布兰奇了。”他说。

“你是怎么知道的？”

“有人看到你和他们坐在一起，然后告诉了我。你为什么不和我说这事？”

“我觉得那只会让你痛苦。”

“就算是，又有什么要紧？你得知道，只要有关于她，再小的事我也想知道。”

我等他问我问题。

“她看起来怎么样？”他说。

“老样子。”

“她看起来幸福吗？”

我耸耸肩。

“我怎么知道，我们当时在一家咖啡馆里，我和斯特里克兰下了盘棋，根本没机会和她说上话。”

“噢，可看脸色你还看不出来？”

我摇摇头。我只能告诉他，就连一个字，一个富于暗示的姿势，她都没说过，也没做过，所以，我哪儿看得出她的感觉如何。他肯定比我更清楚她有多么强大的自制力。他太激动了，一拍手掌。

“噢，我心里七上八下的。我知道一定会有事发生，恐怖的事，而我根本无力阻止。”

“什么样的事？”我问。

“不知道。”他呻吟道，用两只手抱住头，“我认为会有可怕的事发生。”

施特罗夫一向都容易激动，可现在，他再也不是他自己了，他身上一点理智也没有。照我看，布兰奇很可能会发现无法继续忍受和斯特里克兰在一起生活，不过要说句最虚伪的谚语，自作自受可算是其中之一。生活的经验告诉我们，人总是在做必定会导致灾难的事儿，然而，出于某种原因，他们会想方设法逃避那些荒唐事儿带来的恶果。而布兰奇要是和斯特里克兰吵架了，她要做的就是离开他，而她丈夫则在谦卑地等着她，期盼她的原宥和忘记。要我同情她，还是等等吧。

“你瞧，这就说明你不爱她。”施特罗夫道。

“说到底，没什么迹象能证明她不开心。我们都知道，他们八成已经安安稳稳地生活了，就像普通夫妻那样。”

施特罗夫看了我一眼，样子怪惨的。

“这对你来说当然不算什么，可在我看来就是大事，天大的事儿。”

要是我表露出了不耐烦，或是很无礼，那我很抱歉。

“能帮我个忙吗？”施特罗夫问。

“乐意效劳。”

“你能替我给布兰奇写封信吗？”

“你怎么不自己写？”

“我早就写了，还写了很多封。我想她是不会回信了，依我看，她甚至连看都没看。”

“千万不要小瞧女性的好奇心。你觉得她能压制住好奇心吗？”

“她能——只要与我有关，她就能。”

我瞟了他一眼，只见他垂着头。依我看，他的回答真是够丢脸了。他知道，她对他十分冷漠，只是看到他的笔迹根本不会对她产生哪怕是丝毫的影响。

“你真觉得她会回到你身边？”我问。

“我想要她知道，如果事情糟糕到了极点，她还可以依靠我。我就是想告诉她这个。”

我拿出一张纸。

“你到底想要我写什么？”

下面就是我写的内容：

亲爱的施特罗夫太太：

德克希望我转告你，不论何时，只要你需要他，他会很乐意为你效劳。对于发生的一切，他并没有对你心存不满。他对你的爱恒久不变。若要找他，请到如下地址，他随时恭候。

第三十四章

我和施特罗夫一样笃信，斯特里克兰和布兰奇之间的关系将以灾难告终，但我真没想到，这件事竟会演变成一场彻头彻尾的悲剧。夏天来了，天气闷热，叫人喘不过气来，到了晚上也没有丝毫凉爽，可以允许人们歇息一下疲惫的神经。被太阳炙烤的街道似乎将它们在白天吸收的热气都吐了出来，路人疲惫地拖着脚，沿街而行。我有好几个礼拜没见过斯特里克兰了，我被俗务缠身，也就没时间去想他和他的风流韵事。施特罗夫总是对着我吐苦水，我有些烦了，便对他避而不见。他们那档子事真是乱七八糟，我再也不想因此白费心机。

一天早晨，我正在工作。我穿着睡衣坐在那儿，魂游天外，思绪飞到了阳光明媚的布列塔尼海滩和清新的大海。我身旁放着一个空碗，刚才盛着看门人替我买来的奶香咖啡，现在已经被我喝光；还有一小块羊角面包，不过我没胃口，也就没吃。我听到看门人正在隔壁放走我的浴盆里的水。就在这个时候，门铃响了，我就让她去开门。过了一会儿，我听到施特罗夫问我是否在家。我坐在原地，大喊着叫他进来。他飞快地走进房间，来到我坐的桌边。

“她自杀死了。”他用沙哑的声音说。

“你说什么？”我叫道，被他的话吓了一跳。

他动动嘴唇，像是在说话，却没有发出任何声音。他开始喋喋不休地说着含糊不清的话，我的心在胸腔里怦怦直跳，莫名其妙地，我发起了脾气。

“看在老天的分儿上，镇定一点，老兄。”我说，“你到底在说什么？”

他挥舞着手，做出绝望的手势，却依然连一个字都说不清。他八成是吓傻了。我不知道我是怎么了，可我抓住他的肩膀，开始摇晃他。现在回想起来，我真气自己表现得这么愚蠢，估摸是好几个晚上没休息好，有点神经过敏。

“让我先坐下吧。”终于，他倒抽一口气。

我倒了杯圣加尔米耶酒给他喝。我把杯子举到他的嘴边，仿佛他是个小孩子。他咕咚喝了一口，还溅到了衣服前襟上。

“是谁自杀死了？”

我不知道我为什么要这么问，毕竟我很清楚他在说谁。他很努力地让自己镇定下来。

“他们昨天吵架了，他走了。”

“她死了？”

"那倒没有，他们送她去了医院。"

"那你为什么这么说？"我不耐烦地喊道，"那你为什么要说她自杀死了？"

"别对我发火，要是你这么对我说话，我可就一句话也说不出来了。"

我紧握双手，努力压抑心中的怒火，挤出一个笑容。

"对不起。慢慢来，别着急，我保准不再发火。"

他眼镜后面那双圆圆的蓝眼睛充满了惊恐。透过他所戴的放大镜片看过去，他的眼睛都扭曲了。

"今天一早，看门人上楼送信，她按了门铃，却没人开门。她听到里面有人在呻吟。大门没上锁，布兰奇躺在床上，显得很痛苦。桌上有一瓶草酸。"

施特罗夫用手捂着脸，来回摇晃，还不住地叹息着。

"她的神志还清醒吗？"

"是的。要是你知道她受了多大的苦，该有多好啊！我受不了了。我真受不了了。"

他的声音变得十分尖厉。

"见鬼，你有什么可受不了的？"我不耐烦地吼道，"这都是她自找的。"

"你的心怎么这么狠呢？"

"你都做过什么？"

"他们找了医生，还给我送了信，而且报了警。我以前给过那个看门人二十法郎，如果有事发生，让她通知我。"

他停顿了片刻，我看得出来，他下面要告诉我的话很难以启齿。

“我赶到了，可她不理我。她让那些人把我赶走。我发誓我会原谅她，不会追究，可她不听。她还用脑袋撞墙。医生不让我留下。她一直嚷嚷着‘叫他走！’我只好走开，在画室里等着。后来救护车来了，他们把她抬上担架。他们叫我躲进厨房，以免她知道我还在。”

施特罗夫希望我陪他去一趟医院，于是我去换衣服。在这个当儿，他告诉我，他已经给他的妻子安排了私人病房，这样她至少不用忍受又脏又乱的普通病房。在路上，他解释了希望我在场的原因：就算她拒绝见他，却可能愿意见见我。他求我转告她，他依旧深爱着她，他不会对她有一句责备，但求能帮帮她。他对她没有任何要求，等她恢复了健康，他决不会央求她回到他身边，她是个自由人。

我们来到医院，医院大楼显得那么荒凉阴郁，光是看一眼，就足以让人打从心眼儿里发怵，我们被从一个科室支到另一个科室，爬上一道道绵绵无尽的楼梯，穿过一条条长而空荡的走廊，终于找到了布兰奇的主治医生，却被告知，病人的情况很不好，今天谁也见不了。医生穿着白大褂，留着胡子，个子不高，举止十分随意。显而易见，他对待病人绝不会和蔼可亲，还会把忧心忡忡的家属当成讨厌的人，绝不会给他们好脸色看。此外，对他来说，整件事再普通不过了，就是一个疯女人在和情夫吵架后服毒自尽，这样的事时有发生。

一开始，他以为施特罗夫是罪魁祸首，因此一直对他疾言厉色。后来，我告诉他，施特罗夫是她的丈夫，一心盼着妻子迷途知返，那个医生就突然用好奇的眼光打量起他。我好像从他的眼睛里看到了一丝嘲弄——施特罗夫一看就是那种会被戴绿帽子的丈夫，这倒是事实。医生微微地耸耸肩膀。

“目前没有生命危险。”他说，算是在回答我们的问题，“现在不知道她吃了多少药，也许她会安然无恙。女人总是为了爱情自杀，可一般来说，她们都很小心，以免真的死了。通常，自杀就是一个姿态，不是为了博得情人的可怜，就是为了吓吓他们。”

他的语气中有种冷漠的蔑视。显然，对他来说，布兰奇不过是今年巴黎自杀未遂名单里的又一个成员。他很忙，不能继续在我们身上浪费时间。他告诉我们，我们最好明天再来，届时布兰奇兴许会好一点，她丈夫就能去探望她了。

第三十五章

我简直不知道那天是怎么过的。施特罗夫不想一个人待着，我只好不停地劝解他，搞得自己疲惫不堪。我带他去了卢浮宫，他假装看画，可我看得出来，他一直都记挂着妻子。我逼他吃了点东西，午饭后，我又哄他躺下，可他睡不着。他欣然接受了我的邀请，将在我的公寓里住几天。我找了些书给他看，可翻了一两页，他就把书放下，凄凄惨惨地发愣。到了晚上，我们玩了一把又一把皮克牌，为了不辜负我的辛苦，他很努力地表现得兴致盎然。最后，我给了他安眠药，他总算睡着了，不过睡得并不安稳。

再次来到医院，我们见到了一位护士。她告诉我们，布兰奇似乎好了一点，还去问布兰奇是否愿意见见她丈夫。我们听到她住的病房里传来了说话声，不久，护士出来说，病人谁也不见。我们只好说，如果她不想见施特罗夫，请护士问问她是否愿意见我，可她同样拒绝了。施特罗夫的嘴唇在颤抖。

“我不敢强迫她见你们。”护士说，“她的情况很严重。或许过一两天，她自然会改变主意。”

“那她想不想见别人？”施特罗夫问，他话说得很慢，几乎跟耳语差不多。

“她说她只想一个人安静地待着。”

施特罗夫的手怪异地动了动，仿佛它们与他的身体毫无联系，会自己移动。

“请您告诉她一声，要是她有想见的人，我可以带他们来。我只想要她开心。”

护士看着他，眼神平静而亲切，她的眼睛看到过这世上所有的恐怖和痛苦，可她的眼中还装着一个没有罪恶的尘世，因此，她的眼神依旧清澈。

“等她冷静下来，我会转告她。”

这会儿，施特罗夫的心里充满怜悯之情，一直央求她现在就去问。

“兴许这样她就会好起来。拜托了，请您现在就去问问。”

护士微微一笑，显然很可怜他，便走回病房。我们听到她压低声音说了几句话，跟着，一个陌生的声音这样回答道：

“不见，不见，谁也不见。”

护士走出来，摇摇头。

“刚才是她说话吗？”我问，“她的声音不一样了。”

“应该是她的声带被草酸烧伤了。”

施特罗夫悲痛地低吼了一声。我叫他先出去，到入口等我，我好单独和护士讲几句话。他没问我想说什么，只是默默地走开了。他好像丧失了所有意志力，这会儿，他就像个听话的孩子。

“她有没有说过为什么自杀？”我问。

“没有。她一直不说话，只是静静地仰面躺着，一连好几个钟头动也不动。可她总是眼泪不断，把枕头都弄湿了。她太虚弱了，连手帕都拿不起来，只能任由眼泪滚落下来。”

忽然之间，我不由得心中一痛。我真想宰了斯特里克兰那小子，我知道，在我和护士说再见的时候，我的声音是颤抖的。

我看到施特罗夫在楼梯等着我。他在出神，并没有注意到我走到他身边，直到我摸了摸他的胳膊，他才回过神来。我们默默地走着。我琢磨着，到底出了什么事，竟会逼得那个可怜的女人出此下策。我相信斯特里克兰肯定知道内情，警察肯定找过他了，他也讲明了当时的情况。我不知道他现在在什么地方，不过估计他肯定是回那个被他当作画室的破阁楼了。真奇怪，她竟然也不愿意见他。兴许是她知道他不会来，所以才不愿意派人去找他。我很想知道，她到底遭遇了怎样的惨痛经历，才会心生恐惧，想要结束生命。

第三十六章

接下来的一个礼拜真不是人过的日子。施特罗夫每天跑两趟医院去看妻子，可她依然对他避而不见。一开始，他离开医院的时候倒也松口气，而且满怀希望，因为他得知她的病情在逐渐好转。可后来他就绝望了,因为医生的担心成了真,她出现了并发症,看来不可能康复了。那个护士看他那么悲伤，十分可怜他，却不知道说什么才能安慰他。那个可怜的女人一动不动地躺着，也不说话，眼睛眨也不眨，仿佛在等着死神的到来。现在，她顶多还有一两天的日子。后来，施特罗夫在一个深夜来找我，我知道，这是告诉我，她死了。他已经筋疲力尽。他再也不是从前那个健谈的人，他疲惫地坐在我的沙发上。我连一句哀悼的话都说不出来，只是让他一个人静静地躺着。我担心要是我看书，就会显得很无情，所以我只是坐在窗边抽烟斗。过了一会儿，他终于愿意说话了。

“你对我真好。”他总算开口了，“所有人都那么友好。”

“这是应该的。”我说道，微微有些尴尬。

“在医院的时候，他们让我等着，还给了我一把椅子，我就坐在门外。后来，她昏迷了，他们就让我进去。她的嘴和下巴都被草酸烧得不成样子。看到她那光滑的皮肤伤成那样，真是太可怕了。她死的时候很安详，所以，直到护士提醒我，我才知道她死了。”

他累坏了，根本哭不出来。他软绵绵地躺下，仿佛他的四肢已经没有了力气，不久，我看到他睡着了。一个礼拜了，这是他第一次没吃安眠药就能入睡。有时候，自然很残忍；有时候，自然也很仁慈。我为他盖上被子，关了灯。第二天早晨，我醒来时发现他还没醒。他甚至都没动过，金框眼镜依旧架在鼻梁上。

第三十七章

布兰奇去世了，但要办理各种各样的复杂手续，最后我们终于顺利将她安葬。只有我和施特罗夫两个人跟随灵车去了墓地。去的时候，我们的马只需要漫步，回来的时候却得慢跑，瞧着灵车车夫使劲儿抽打马匹，真叫人觉得恐怖。这就好像只要耸耸肩，就能不再想死人的事儿。我时不时看一眼在我们前面左右摇晃的灵车，而我们自己的车夫则拼命赶着他的马，这样才不至于落后。我感觉自己也很想将整件事抛诸脑后。对于这个其实与我无关的悲剧，我已经开始厌烦，于是我找了其他的话题，好让自己放松一下，不过我假装这么做是为了分散施特罗夫的注意力。

“你觉得,离开一段时间对你来说是不是更好？”我说,“现在，你已经没有理由留在巴黎了。”

他没有回答，可我还是无情地追问道：“对于未来，你有计划吗？”

“没有。”

“你必须努力振作起来。你为什么不去意大利，重新开始工作？”

他又没有回答，好在我们的马车车夫给我找了个台阶。他停下，向后一仰，说了一句话。我听不到他在说什么，只好把脑袋探出车窗，这才弄清楚他想知道我们要在什么地方下车。我叫他稍等。

“你最好还是和我一起吃午饭吧。”我对施特罗夫说，“我告诉他把我们送到皮加勒广场。”

“我不去了。我想回画室。”

我不禁犹豫起来。

“要不要我和你一起去？”跟着，我问他。

“不用了，我想一个人待会儿。”

“那好吧。”

我告诉车夫目的地，接下来，我们默默地前进。自从那个可怕的早晨，他们把布兰奇送到医院后，施特罗夫一直都没回过画室。我很高兴他没要我陪他，我送他到门口，便轻松地步行离开了。走在巴黎的街道上，我体会到了一种全新的快乐，用充满笑意的眼睛望着步履匆匆的行人。今天天气晴朗，风和日丽，我感觉心中升起了一阵对生活更为强烈的热爱。我情不自禁地将施特罗夫和他的悲痛忘得一干二净。我只想行乐。

第三十八章

我将近一个礼拜都没和施特罗夫见面。后来，一天晚上，七点刚过，他就来找我出去吃饭。他穿着丧服，圆顶礼帽上扎着一根宽宽的黑带。他的手帕甚至镶了黑边。看到他这样一身重孝，不知道的还以为他在一场大灾中失去了他在世上的所有亲属,就连隔了两代远的姻亲也失去了。他还是那么胖，脸蛋红红，与他的哀悼一点也不协调。他心里极度悲伤，外表却这样滑稽，真是太残忍了。

他告诉我，他决定出去走走，不过不是像我建议的那样去意大利，而是回荷兰。

“我明天就动身。这可能是我们最后一次见面了。”

我得体地回答了一句，他悲伤地笑了笑。

“我有五年没回过老家了，我想我都忘了那里是什么模样了。我好像离我家祖传的房子太远了，想到要回去，就十分羞愧，可现在，我觉得那里是我唯一的避难所。”

他现在痛不欲生，他的思绪飘回到了母亲温柔的爱里。多年以来他承受的嘲弄此刻似乎将他压垮了，布兰奇的背叛可谓致命一击，让他一蹶不振，他再也不能那么轻松地接受别人的愚弄了，他再也不能和嘲笑他的人一起大笑。他是个遭到遗弃的人。他给我讲了他在那栋整洁的砖房里度过的童年，还说他母亲很爱干净。她的厨房干净明亮，一切总是那么井井有条，不管在什么地方，你都看不到一点尘土。她其实有一点洁癖。我仿佛可以看到一个娇小的老妇，脸颊就像苹果，在漫长的年月里，从早到晚忙个不停，把家里收拾得纤尘不染。他的父亲年事已高，很瘦，他一生辛劳，弄得双手扭曲变形。他不爱说话，为人正直，到了晚上，他会大声朗读报纸，而他的妻子和女儿（她的丈夫是个渔夫，有艘渔船）不愿意浪费一丁点时间，就伏案缝缝补补。文明飞速发展，可那个小镇却过着一成不变的日子，一年又一年，直到死亡如同朋友一样到来，让那些勤勉的人得享安息。

“我的父亲希望我子承父业，也做个木匠。我家五代人都是做这个行当的。或许继承父亲的衣钵，不要左顾右盼，就是生活的智慧。我小时候说要娶隔壁马具匠家的女儿。她那时候是个小女孩，有一对蓝色的眼睛，亚麻色的头发编成辫子。她肯定会把我的家收拾得干干净净。我还会生个儿子，让他继承我的事业。”

施特罗夫叹口气，安静了下来。他的思绪沉浸在他可能过上的另一种生活里，他拒绝的那个安逸人生此刻在他的心里勾起了无限憧憬。

“这个世界太残酷了，太无情了。人活在世上，没人知道是为什么，我们死后，也没人知道我们去了哪里。我们必须卑微地活着，我们必须从安静中找到美。我们必须低调地走完一生，免得命运注意到我们。还有，让我们从简单、无知之人的身上寻找爱情吧，他们的愚昧胜过我们所有的知识。让我们保持沉默，满足于小小角落里的生活，像他们一样谦恭温顺。这就是生活的智慧。”

在我看来，他此刻心灰意冷，才会说出这番消沉的话，我实在不敢苟同他这样自暴自弃的人生观。不过我并没有发表任何意见。

“你为什么想当个画家？”我问。

他耸了耸肩膀。

“我有画画的天赋。上学时我画画得了奖。我那可怜的母亲很为我的天赋骄傲，她给我买了一盒水彩笔当礼物，还把我的画拿给牧师、医生和法官看。他们把我送去了阿姆斯特丹争取奖学金。我做到了。我可怜的母亲，她那么为我骄傲，和我分开，她几乎伤透了心，可她还是笑着，不让我看出她很难过。她儿子将成为一名画家，她很欣慰。他们借债度日，好让我吃饱穿暖，在我的第一幅画送去展览的时候，他们还到阿姆斯特丹参观，我的父母和妹妹都来了，我母亲在看画时哭了。”他那温和的眼睛闪闪发光，“现在，那座老房子的每一面墙上都挂着我的画，那些画镶着美丽的金画框。”

他说得很开心，很骄傲，整个人都在发光。我想到了他画的那些冷色场景，那些栩栩如生的农夫、柏树和橄榄树。那些画镶着俗丽的画框，挂在农舍之中，看起来肯定是怪里怪气。

“我亲爱的妈妈把我培养成一名画家，她肯定觉得这是为我好，可要是我父亲坚持到底，而我老实地当了木匠，对我来说，结果会更好。”

“现在，你知道艺术能带来什么，你还会改变你的生活吗？你会因为错过艺术带给你的乐趣而遗憾吗？”

“艺术是这世上最伟大的东西。”迟疑片刻后，他说道。

他看了我一会儿，若有所思，像是在犹豫，接着，他说：

“你知道吗，我见过斯特里克兰了。”

“真的？”

我太惊讶了。我原以为他会对他不屑一顾。施特罗夫虚弱地笑了。

“你知道的，我连一丁点儿骄傲都没有了。”

“你这话是什么意思？”

他给我讲了一个匪夷所思的故事。

第三十九章

那天，我们埋葬了可怜的布兰奇，我便和施特罗夫分手了。他带着沉重的心情走进房子，似乎有一股力量驱使着他前往画室，那是一种对自我折磨的朦胧欲望，他知道届时他将非常痛苦，所以并不愿意去。他拖着脚步走上楼梯，而他的双脚似乎不愿意迈动。他在画室门外徘徊了很久，努力鼓起勇气走进去。他感觉很不舒服，真想冲下楼梯去追我，求我和他一起进去，他感觉画室里有人。他还记得，每次走到楼梯平台，他经常等一两分钟，把呼吸放缓，可每次他都等不及要见到布兰奇，结果再次上气不接下气。见到她，他是那么幸福，这种幸福永远都不会枯竭。虽然他出去的时间还不到一个钟头，可再见她的兴奋，就好像他们分别了一个月。忽然之间，他不相信她竟然不在了。发生的一切可能只是个梦，一个可怕的噩梦，等他转动钥匙，打开门，就会看到她正微微俯身在桌边收拾，身姿如同夏尔丹的《饭前祈祷》中那个女人一样优美,而他一向都觉得那幅画是一幅旷世巨作。于是，他急忙从衣兜里掏出钥匙，打开门，走了进去。

画室里没有丝毫荒废之态。他妻子爱干净，这是他最欣赏的品质之一。他受到的教养使他觉得爱干净是个好习惯，看到她出自本能地将一切打理得井井有条，他感觉十分温馨。看卧室的样子，仿佛她才离开一会儿工夫：画笔整整齐齐地摆放在梳妆台上，两侧各摆着一把梳子；有人整平了床铺，她就是在这张床上度过了她在画室的最后一晚；她的睡衣放在一个小盒里，小盒摆在枕头上。简直无法相信她再也不会回到这个房间了。

可他感觉很渴，于是走进厨房倒水。厨房同样秩序井然。一个架子上摆着盘子，在与斯特里克兰吵架的那晚，她就是用这些盘子来盛放晚饭的，而且盘子都被精心清洗得干干净。刀叉都放在抽屉里；一个盖子下面扣着一块吃剩的奶酪，一块面包放在锡盒里。她每天都去买食物，而且只买一天所需，这样就不会有剩菜。通过警方的问询笔录，施特罗夫知道，刚吃完晚饭，斯特里克兰就从家里出去了，而一想到布兰奇还如常清洗餐具，他就不禁感到很恐怖。看到她还这样讲求秩序,可知她是打定主意要自杀的。她的泰然自若真可怕。痛苦打磨着他，他的膝盖发软，几乎连站都站不稳。他回到卧室，扑倒在床上，大声呼喊她的名字：“布兰奇。布兰奇。”

他无法想象她承受了怎样的苦痛。忽然之间，他好像看到她站在厨房（那里只有巴掌大）里，清洗盘子和杯子，叉子和勺子，在磨餐刀板上飞快地磨了磨刀子；随后，她把所有东西都拿开，擦洗水槽，将洗碗布挂起来晾干——这会儿，那块灰色破布依旧挂在那儿。干完这些，她环顾四周，确认一切是否干净整洁。他好像能看到她将卷起的袖子放下来，摘掉围裙——现在那件围裙就挂在门后的挂钩上。接下来，她拿起那瓶草酸，走进卧室。

他太痛苦了，于是他下了床，走出卧室。他走进画室。巨大的窗户上挂着窗帘，所以屋内很暗，他飞快地将窗帘拉开。他迅速瞥了一眼这个曾经幸福满屋的地方，不禁哽咽起来。这里的一切依然如故。斯特里克兰对周围的环境漠不关心，他住在别人的画室里，却不会想到要改变任何东西。这个画室里充满了精心创造出来的艺术气息，诠释了施特罗夫心中的理想画家该有的创作环境。墙壁上挂着几块旧织锦，钢琴用一块丝绸盖着，很漂亮，却没有了光泽；一角放着《米洛的维纳斯》的雕塑复制品，而另一个角落里放着《米第奇的维纳斯》的雕塑复制品。到处都摆着意大利橱柜，柜顶上放着代尔夫精陶，浅浮雕随处可见。委拉斯开兹的《教皇英诺森十世》的复制品镶嵌在精致的金框里，这幅画是施特罗夫在罗马画的。此外墙上还挂着好几幅施特罗夫的画，镶着漂亮的相框，纯粹是为了起到装饰作用。施特罗夫一向都很为他的品位自豪。他一向都很欣赏画室的浪漫氛围，虽然他现在看到画室就像用锋利的刀扎他的心，可他还是下意识地微微挪了挪那张路易十五时代的桌子，这张桌子可是他的宝贝。忽然之间，他看到一张画画面朝里靠在墙上。那张画布的尺寸要比他平常使用的大很多，不知道那幅画为什么会在那里。他走到画边，将画向他这边倾斜，好看看里面画了什么。那是一张裸体画。他的心开始狂跳，因为他马上猜到那是斯特里克兰的画。他愤怒地将画靠在墙上——他把画留在这里是什么意思？——可他没想到自己一个不小心，就把画画面朝下弄倒在地。不管是谁的画，他都不能让画留在尘土之中，于是他把画拿起来，接着，好奇心占了上风。他觉得他很想好好看看那幅画，于是他把画放在画架上，他退后一步，欣赏整幅画。

他情不自禁地倒抽一口气。画中的女人躺在一张沙发上，一只手臂放在脑袋下面，另一只手臂搭在身体上；一边膝盖弓起，另一条腿伸展开。这是个经典的姿势。施特罗夫觉得有点头晕，画中的女人是布兰奇。痛苦、嫉妒和怒火同时将他笼罩，他用嘶哑的声音大吼起来。他太激动了，根本说不出话。他攥起拳头，对着一个看不见的敌人充满威胁地扬起来。他声嘶力竭地喊着。他发狂了，他再也受不了了。这一切都超过了他的承受范围。他四下寻找工具，他要把那幅画弄烂，应该叫它立即毁灭。他看不到合适的工具，又去他的绘画工具里翻找，不知怎的，他什么都找不到。他发狂了。最后，他总算找到了一把大刮刀，他得意地吼叫一声，向刮刀扑了过去。他抓住刮刀，活像是在抓一把匕首，然后，他向画冲了过去。

施特罗夫在讲述这件事的时候与当时一样激动，他抓住我们之间那张桌上的一把餐刀，不住地挥舞着。他举起手臂，像是要发动攻击，接着，他松开手，刀子啪嗒一声，落在地上。他看着我，哆哆嗦嗦地笑了，没有说话。

"接着讲呀。"我说。

"我不知道我是怎么了。我就是要把那幅画戳个大洞，我把浑身的力量都积聚在手臂上，准备刺过去，可就在那个时候，我突然看到了它。"

"你看到了什么？"

"那幅画呀。那是一件艺术品。我不能碰它。我害怕。"

施特罗夫再次安静下来，他瞪着我，嘴巴张着，圆圆的蓝眼睛向外凸出。

"那是一幅优秀的画作。我充满了敬畏之情。我差一点就犯了一项重罪。我稍稍动了动，好更清楚地欣赏那幅画，这时，我的脚踢到了刮刀，我浑身一颤。"

我真真切切地体会到了震撼他的那种感情。我产生了一个奇怪的印象，这就好像我突然被送入一个价值观发生了变化的世界。我站在一旁，有些不知所措，活像一个人来到一片陌生的土地上，而那里的人对待熟悉事物的反应与他所熟识的人大相径庭。施特罗夫给我讲述那幅画，可他有点语无伦次，我只能猜测他的意思。斯特里克兰冲破了迄今为止一直束缚着他的枷锁。他没有像俗语所说的那样，找到了他自己，而是找到了一个具有意想不到的巨大能力的新灵魂。那幅画采用了大胆的简化画法，展现出丰富和非凡的性格；那幅画中对肉体的着色充满了热情的性欲，能让人在这样的欲望中看到神奇之处；那幅画的完整性让你可以体会到身体的重量，画中还蕴含着一种灵性，叫人不安，可又是那么新颖，将想象力引上出乎意料的道路，让人想到昏暗空荡的空间，只依靠永恒的星辰投来的星光照亮，而在那里，灵魂赤裸无遮，带着恐惧开始探险，去寻找全新的神秘。

如果上面我说的这番话有点辞藻华丽，那也是因为施特罗夫就是如此描述的——难道有谁不知道吗，人一激动，讲话时自然而然就会咬文嚼字。施特罗夫尝试表达出一种他此前从不知晓的感情，他不知道如何用普普通通的词句将之形容出来。他就像一个神秘主义者，在描述一个不可言喻之物。不过，他倒是向我说明白了一点，人们满不在乎地谈论美，却对遣词造句没有任何感觉，他们只是随意使用美这个字，致使它失去了力量。无数琐碎事物都被冠上了“美”这个字，因此，真正具有“美”的事物便被剥夺了崇高地位。他们把一条裙子、一条狗、一次布道都称为美，而当他们面对真正的美时，却辨认不出来。他们虚假地强调美，用以装饰他们那毫无价值的思想，削弱他们本就脆弱的情感。这就像江湖骗子随意伪造某种器物的神秘力量一样，人们已经失去了他们滥用的鉴赏能力。可施特罗夫这个不可征服的小丑对美有着他自己的爱和理解，这二者是那么真诚，正如他那真诚的灵魂。美之于他，正如上帝之于信徒，当他看到美，才会心生恐惧。

“见到了斯特里克兰，你对他说了什么？”

“我请求他和我一起去荷兰。”

我差点没惊掉下巴，只能傻呆呆地用惊讶的目光看着施特罗夫。

“我们都爱布兰奇。我母亲家有地方给他住。我觉得，和穷苦简单的人在一起，对他的灵魂大有好处。照我看，他或许还能从他们身上学到有益的东西。”

“那他怎么说？”

“他微微一笑。估摸他觉得我是个傻瓜。他说他还要去炸鱼。”

斯特里克兰给的这个拒绝理由真是太烂了。

“他把那幅布兰奇的画送给了我。”

我不知道为什么斯特里克兰要这么做。可我没有发表任何评论，有那么一会儿，我们无言以对。

“你怎么处置你的东西？”我终于问道。

“我找了个犹太人，他给了我一笔可观的钱，收走了我的东西。我会把我的画带回家。此外，我会带走的还有一箱衣服和一些书，这些是我在这世上的全部财产。”

“真高兴看到你回家乡。”我说。

我觉得，这次回老家，他很可能将过去的一切都忘记。我希望，虽然现在他痛不欲生，但随着时间的推移，这份痛苦会减弱。他能忘记不幸，再一次承担起生活的重担。他现在还很年轻，几年以后，他将回顾今天的悲剧，届时他的悲伤中将夹杂着一些愉快。他迟早会在荷兰娶个老实的姑娘，我肯定他会很幸福。我笑眯眯地想到，他在去世前一定会画出无数幅烂画。

第二天，我为他送行。他去了阿姆斯特丹。

第四十章

在接下来的一个月里，我只顾着忙自己的事，没见过一个与那次悲剧有关的人，我也不再想起那件事。可有一天，我步行外出办事，正好与查尔斯·斯特里克兰擦肩而过。一看到他，那些我特别想忘记的凄惨回忆就一股脑都回来了，对于这个罪魁祸首，我突然厌恶到了极点。我冲他一点头——毕竟要是装作看不见就太孩子气了——然后，飞快地走开。可过了一会儿，我感觉到一只手搭在我的肩膀上。

"你真是个大忙人啊。"他真诚地说。

他这人就是这样，但凡遇到不待见他的人，他就会表现出一副亲切的样子，我刚才那么冷淡地与他打招呼，他自然知道我不愿意见到他。

"是呀。"我没好气地回答他。

"那我和你一起走吧。"他说。

“为什么？”我问。

“两个人做伴才有意思。”

我没回答，他默默地走在我身边。我们就这么走了大约四分之一英里，我开始感觉这样很可笑。后来我们经过一家文具店，我突然想到我或许可以买点画纸，兴许可以借此摆脱他。

“我去买东西。”我说，“再见。”

“那我等你。”

我耸了耸肩,便走进文具店。我一向都觉得法国纸不好使，既然计划已成泡影，也就没必要买不需要的东西来徒增负担。于是我问了一两样他们店里肯定不卖的东西，不久便走到街上了。

“买到你需要的东西了吗？”他问。

“没有。”

我们向前走，依旧一声不吭，走着走着，我们来到一个几条街道的交叉口，我在路边停了下来。

“你走哪边？”我问。

“你走哪儿，我就走哪儿。”他笑了。

“我回家。”

“那我和你一起回家，抽抽烟斗。”

“你还真爱不请自来啊。”我冷冷地呛了他一句。

“我正盼着你的邀请呢。”

“你看到你前面那堵墙了吗？”我说着一指。

“看到了。”

“要是你能看到那堵墙，就应该看得出来，我不喜欢你跟着我。”

“我承认，这我倒是隐隐感觉到了。”

我情不自禁地笑了两声。我的性格里有一个弱点，那就是只要一个人能把我逗笑，我就对他讨厌不起来。可我还是绷起脸。

“我觉得你真叫人作呕。你就是那种最招人讨厌的野兽，遇上你，算我倒霉。你为什么非要跟讨厌、鄙视你的人在一起？”

“老兄，你为什么以为我会在乎你对我的看法？”

“见鬼。”我说，这次我的语气更狠了，因为我隐隐明白，我的动机并没有丝毫值得赞赏之处，“我对了解你一点兴趣也没有。”

“你是在害怕我对你产生不好的影响吗？”

他的语气让我感觉自己很可笑。我知道，他正侧着脸看着我，嘴角还挂着一抹冷笑。

“我看你是手头紧了吧。”我毫不客气地说。

“要是我以为能从你那里借到钱，那我可就算是天字第一号大傻瓜了。”

“要是你逼着自己去奉承别人，就说明你已经走投无路了。”

他咧开嘴笑了。

“只要我时不时能讨你喜欢，你就不会真正讨厌我。”

我紧紧咬住嘴唇，这才没笑出来。他说的倒也不假，我还有一个性格弱点，那就是我喜欢某些人的陪伴，这些人虽然坏，却可以和我唇枪舌剑，旗鼓相当。我开始感觉到，只有凭我自己的努力，才能维持我对斯特里克兰的厌恶。我知道我在道德上的弱点，我的非难颇有些装模作样的意味。我明白，如果我都感觉到了这一点，那么观察力更加敏锐的斯特里克兰肯定早就看出来了。他肯定正背地里嘲笑我。我耸耸肩膀，没再说什么。让他偷着笑去吧。

第四十一章

我们来到我住的房子。我才不会邀请他和我一起进去，只是一言不发地走上楼梯。他跟在我后面，走进公寓。他以前没来过这里，却看也不看我的精心布置。桌上有一罐烟叶，他拿出他的烟斗，装满烟叶。他坐在唯一一把没有扶手的椅子上，椅子被他压得一歪，前腿翘起，只靠后腿支撑。

“要是你想有宾至如归的感觉，为什么不挑一张扶手椅坐？”我生气地问。

“我舒不舒服是我自己的事，你为什么这么在乎？”

“我才懒得管你。”我反驳道，“我只关心我自己舒不舒服。看到有人坐在一张不舒服的椅子上，我就不舒服。”

他咯咯笑了两声，但没有动。他默默地抽着烟斗，注意力从我的身上移开，显然是在思考什么。我很想知道他非要跟来有何目的。

在惯性使感觉变迟钝之前，作家本能地会对人类本性中的独特之处产生兴趣。这些特性太吸引人了，以致作家的道德感根本无力反对；直到习惯已成自然，他的感觉变得迟钝以后，这种本能常常使他非常狼狈。作家认为，针对邪恶进行的观察，会使他们在艺术创作上得到满足，而这邪恶会为他们带来震撼；可出于真诚，他们不得不承认，他们对于某些行为的反感，根本及不上他们对促成这些行为的原因的兴趣。恶棍这样的角色若是符合逻辑又十分完美，对其创造者而言就拥有强烈的吸引力，尽管这样的角色并不容于法律和秩序。我认为，莎士比亚在创作伊阿古这个人物时所体会到的热情，是他将月光和想象力编织在一起，创造出苔丝狄蒙娜这个角色时所绝对体会不到的。或许正是通过恶棍的角色，作家才能使深深隐藏在内心中的本能得到满足，因为文明世界里的风俗习惯已将其内心深处的本能逼到了潜意识的深处。赋予角色虚构的血肉，作家便让自我的一部分复活了，除了通过角色，那部分自我根本没有表达的方式。作家的满足实则是一种自由的快感。

作家更关心的是了解人性，而不是判断人性。

在我的灵魂中存在着对斯特里克兰的深刻恐惧，与此同时，我又怀有冷酷的好奇，想要挖掘他行为的动机。他让我迷惑不解，我急于弄明白，他在善待他的人的生活中制造了惨痛的悲剧,他对此怀有怎样的态度。我大胆地拿起了手术刀。

“施特罗夫告诉我，你给他妻子画的那幅画是你最棒的作品。”

斯特里克兰把烟斗从嘴里拿出来，笑意点亮了他的双眼。

“画出那幅画确实很有意思。”

“你为什么要把画送给他？”

“我已经画完了那幅画，留着也没用。”

“你知道施特罗夫差点把那幅画毁了吗？”

“那只能说明它不完全令人满意。”

他沉默片刻，跟着又从嘴里拿出烟斗，咯咯笑了起来。

“你知不知道那个小个子来找过我？”

“你难道就没被他说的话打动吗？”

“没有。我觉得他不光傻，还很感情用事。”

“是你毁掉了他的生活。”我说道。

他若有所思地揉搓着他长满胡须的下巴。

“他是个蹩脚的画家。”

“但他是个大好人。”

“还是个出色的厨子。”斯特里克兰嘲弄地补充道。

他的心肠麻木不仁到没人性的地步，我气坏了，不愿意给他留一点面子。

“纯粹出于好奇，我希望你能告诉我，对于布兰奇的死，你有没有感觉到哪怕是一星半点的懊悔？”

我注视着他的脸，以便确认他的表情是否有变化，可他依旧无动于衷。

“我为什么应该懊悔？”他问。

“那就让我来给你摆摆事实吧。那时候你病得快死了，德克·施特罗夫把你接去他家，他像亲生父母一样照顾你。他牺牲了他的时间，舒适的生活，还为你花了很多钱，是他将你从鬼门关拉了回来。”

斯特里克兰耸耸肩膀。

“那个荒谬的小个子就喜欢帮助别人。那是他的生活。”

“就算你不感激他，那你是不是也不应该拐走他的老婆？在你出现之前，他们很幸福。你为什么就不能别去招惹他们？”

“你凭什么认为他们很幸福？”

“那是明摆着的事儿。”

“你真是个眼光敏锐的家伙。你觉得她会原谅他为她所做的一切？”

“你这话是什么意思？”

“你难道不知道他为什么娶她吗？”

我摇摇头。

“她以前在一个罗马贵族人家做家庭教师，那家的少爷与她有染。她原本以为那个人会娶她，可他们却把她赶了出来。当时，她有了身孕，于是，她想自杀。施特罗夫找到了她，并且娶了她。”

“这很像他的作风。我从不认识哪个人像他这样热心肠。”

我一直都很好奇，这对不般配的人到底是怎么结为夫妻的，可我从未想到过是这个原因。施特罗夫对妻子的爱这么奇怪，八成就是因为这一点。我曾经注意到，在他对她的爱里，有的不只是爱情。我还记得，我一直觉得她的缄默背后必定有着我所不清楚的隐情。不过现在我知道，这个隐情不光是想要掩饰一个并不光彩的秘密。她的镇定宛如刚刚被飓风席卷过的小岛所具有的那种阴沉的平静；她的兴高采烈中夹杂着绝望。斯特里克兰打断了我的思考，他说了一句让我大呼惊讶的挖苦话。

“一个女人可以原谅男人伤害她，”他道，“却永远都不能宽恕他为了她所做出的牺牲。”

“你绝对不会招来你所认识的女人的怨恨，你大可安心。”我回敬他一句。

他的唇边漾起浅浅一笑。

“为了做出机敏的回答，你一向不惜牺牲原则。”他答。

“那个孩子呢？”

“在他们结婚的三四个月后就流产了。”

接着，我问出了最让我迷惑不解的问题。

“你能不能告诉我，你到底为什么会搭上布兰奇？”

良久，他都没有回答我的问题，我甚至都准备好要再问一遍了。

“我怎么知道？”他终于说道，“她甚至连看到我都受不了。我觉得这很有意思。”

“这我看得出来。”

他突然火冒三丈。

“见鬼，我需要她。”

可他的怒火立即就熄灭了，他面带笑容看着我。

“一开始，她吓坏了。”

“你向她示爱了？”

“没那个必要。她知道。我不需要说一个字。她很害怕。最后，她成了我的人。”

我不知道在他的讲述中，是哪个方面充分显示出他那强烈的欲望。那个方面令人不安，十分恐怖。他的生活与物质完全脱离，根本不注意身体的需求，这就好像他的肉体偶尔会向他的灵魂发起可怕的复仇。他内心中的半人半兽的东西突然占了上风，他无力抵抗，只能受控于那种有全部原始自然力量的本性。这是一种完全的禁锢，因此，在他的灵魂里，没有空间留给审慎或感激。

“但你为什么要带她出走？”我问。

“我没有。”他皱着眉头回答，“她说她要跟我一起走，我几乎和施特罗夫一样惊讶。我告诉过她，等我玩够了她，她就必须离开，可她说她愿意冒这个险。”他顿了顿，“她的身体很美，而我希望画一幅裸体画。等我画完了画，就对她没兴趣了。”

“可她却全心地爱着你。”

他猛地站起来，在我的小房间里来回踱步。

“我不需要爱。我没时间去爱。爱很脆弱。我是个男人，有时候我需要女人。当我的热情得到了满足，我就得去做其他事。我克服不了我的欲望，可我憎恨我的欲望，欲望禁锢了我的灵魂。我期待有一天我能摆脱所有欲望，在创作过程中攻克所有障碍。女人就只懂得爱情，她们把爱情看得重于一切。她们想要说服我们相信爱情是生命的全部，可在生命之中，爱情不过是微不足道的一部分。我知道欲望是什么，有欲望很正常，是健康的表现。爱情是一种病。女人就是我取乐的工具，我才不耐烦听她们大谈特谈配偶啊、伴侣啊这些狗屁话。”

这是我头一次听斯特里克兰一口气讲这么多话。他说话时带着一种充满愤慨的激情。可不论是在这里，还是在别的地方，我都不会假装我写的是他的原话。他的词汇量很少，没有组织语言的天赋，所以必须通过他的感叹词、表情、手势和陈词滥调来拼凑出他的意思。

“你应该生活在女人是财产，男人是奴隶主的时代。”我说。

“我只不过是个完全正常的男人而已。”

看他说得这么认真，我不由自主地哈哈大笑起来。可他又说了起来，依旧像只困兽一样来回踱步。他努力表达着他的所思所感，却发现要想条理清楚地将其表达出来，是那么难。

“女人爱上了你，除非拥有你的灵魂，否则她们不会满足。因为她们很软弱，所以妄图成为主宰者，不达目的决不罢休。女人心眼小，憎恨无法掌握的抽象事物。她们满脑子想的都是实实在在的东西，对理想心怀嫉妒。男人的灵魂游荡于宇宙中最广阔、最深远的区域，她们却想把男人的灵魂困在方寸之间。你还记得我妻子吗？我觉得布兰奇一点点地走上了她的老路。她带着无限的耐心，准备诱惑我，将我绑住。她想把我带到与她相同的水平上，她一点也不关心我，只希望让我属于她。她愿意为我做任何事，只除了一件我最希望的事，那就是让我一个人待着，别来打搅我。”

我沉默了片刻。

“你离开了她，你觉得她会做出什么事来？”

“她大可以回到施特罗夫身边去呀。”他生气地说，“他正眼巴巴盼着呢。”

“你真不是人。”我答，“和你谈这些，纯属对牛弹琴。”

他走到我的椅子边停下，低头看着我，我觉得他脸上的表情既充满轻蔑又含有惊奇。

“布兰奇活着还是死了，你真他妈的在乎？”

我考虑着他的这个问题，因为我想实事求是地回答，说出心里话。

“其实她的死对我并没有任何影响，不过这么说确实显得我是个毫无同情心的人。生活给予了她很多，我觉得，以残酷的方式从她那里剥夺掉这一切，是非常可怕的。说来惭愧，其实我并不在乎她的死。”

“你没有勇气坦白心声。生命本无价值。布兰奇自杀，并非因为我把她抛弃了，而是因为她是个愚蠢又疯癫的女人。好啦，我们聊她聊得够久了，她就是个无足轻重的人物。来吧，我给你看看我的画。”

瞧他说话那副口吻，好像我是个需要哄的孩子。我很恼火，可与其说是恼他，倒不如说是恼我自己。我想到施特罗夫夫妇在蒙马特区那个舒适画室里过的快乐生活，施特罗夫和他的妻子是那么简单、善良、好客，但就因为一次无情的意外，这一切都被破坏殆尽，我觉得这真是太残忍了。可最残忍的，莫过于整件事居然毫无影响，如同一粒微尘。这个世界还将继续运转，没人因这个不幸而遭受到哪怕是一星半点的损失。我知道，施特罗夫所表现出的一切不过是情绪反应，可他并不具有深厚的感情，很快他就将忘记这件事。至于布兰奇的生活，天知道她在最初有着怎样美好的希望和美丽的梦想，现在则泯灭了一切可能。这一切都没有价值，空虚至极。

斯特里克兰找到帽子，站在那儿看着我。

“你去不去？”

“你为什么偏偏要和我在一起？”我问他，“你知道，我不仅憎恨你，还很厌弃你。”

他心情愉快地笑了。

“你和我争吵，实际上是因为我对你对我的看法根本不屑一顾。”

我登时怒不可遏，整张脸涨得通红。根本就不可能叫他明白，他那种无情的自私会让人火冒三丈。我真想刺穿他那件完全用冷漠做成的铠甲。可我也知道，他说的话不无道理。或许我们下意识地很重视我们影响别人的能力，这个能力则透过别人对我们的意见尊重与否来体现，我们影响不了谁，便会憎恨谁。我想，这是对人类骄傲而言最惨痛的伤口。可我不会让他看出我生气了。

“一个人可以完全不顾别人吗？”我说，不过与其说是在问他，倒不如说是在问我自己，“你若要存在，就得事事依靠他人。若要尝试只为自己而活，只依靠自己而活，可谓极其荒谬。你迟早会病、会累、会老，届时，你就会需要别人。当你发自内心地渴望安抚和同情，你难道不会心怀羞愧吗？你在进行一次毫无可能的尝试。迟早，你作为人的天性将令你渴望人类的纽带。”

“走吧，去看看我的画。”

“你有没有想过死？”

“为什么要去想？死亡并不重要。”

我瞪着他。他一动不动地站在我面前，眼神中闪烁着嘲讽的笑意。可就在那一刹那间，我仿佛依稀看到一个激昂且备受折磨的灵魂正一心求得一个目标，而只要受到肉体的禁锢，就不可能想象出那个目标到底是什么。我短暂地见证了一次对不可言喻之物的追求。我看着眼前这个衣衫褴褛的男人，他有一个大鼻子，双眸闪闪发亮，留着红色的胡子，头发又脏又乱。我突然产生了一种奇怪的感觉：他的肉体只是一个皮相，我面对的是一个脱离了躯体的灵魂。

“走吧，去看看你的画。”我说。

第四十二章

我不明白为什么斯特里克兰突然提出带我去看他的画。不过，我觉得这是个难得的机会。从一个人的作品中能看出他的本性。在社会交往中，他们只是展示出他们希望被这个世界接受的表象，要想真正了解他们，只能根据他们下意识的小举动和那些稍纵即逝，就连他们自己也没意识到的表情进行推测。有时候人们戴着天衣无缝的面具，以至于他们觉得，到了一定的时候，他们真的变成了那个他们假装的人。可在书或画中，人会毫无防备地呈现出自己真实的一面。虚饰只会暴露他们的空虚。再多的伪装，也掩饰不了本来面目。假装特别，根本无从掩饰平庸的头脑。对敏锐的观察者而言，即便是最随意的作品，也会暴露出作者灵魂最深处的秘密。

我们走上斯特里克兰家那没完没了的楼梯，在这期间，我承认，我有那么一点点兴奋。我感觉自己即将展开一段充满惊奇的探险。我带着好奇，环顾整个房间，它比我印象中更小、更空荡。我有些朋友总是想要大的画室，还发誓说除非所有条件都称心如意，不然就工作不了，真不晓得他们看到这个房间会发表什么评论。

“你最好站到那里去。”他说着朝着一块地方一指，八成是觉得我站在那里能把他给我看的画看得最清楚。

“我看，你是不想让我开口吧。”我说。

“他妈的，我要你闭紧嘴巴。”

他将一幅画放在画架上，让我看一两分钟；接着，他拿下那幅画，放上另一幅。就这样，我估计他给我看了大约三十张画，这些就是他作画六年的成果。他连一幅都没卖。这些画大小不一。较小的是静物画，最大的是风景画，大约有六幅人物肖像。

“没了。”他终于说道。

真希望我能说我一眼就看出了那些画的美和伟大的原创性。现在，我重新看过其中许多幅，其余的光是通过看复制品，我就对它们相当熟悉了。我很惊讶，初见之下，我不由得大失所望，我没有感觉到艺术所能给予的特殊激荡。斯特里克兰的那些画给我的印象便是令人不安，我从没想到要买下他的画，为此，我一直都在自责。我错过了绝佳的机会。后来，其中大多数画都进了博物馆，其他的也成了有钱的业余爱好者的珍宝。我努力为自己的行为找到理由。我觉得我的品位不赖，可我觉得我的品位缺乏独到的见解。我对绘画知之甚少，只懂得人云亦云。那个时候，我最欣赏的是印象派画家。我做梦都想得到西斯莱或德加的作品，我简直把马奈当偶像崇拜。在我看来，他的《奥林比亚》是现代最伟大的作品，《草地上的午餐》深深地打动了我。我觉得这些作品都是旷世杰作。

我就不一一描述斯特里克兰向我展示的那些画了，描述画作这档子事向来都很无聊，更何况，对画画有兴趣的人早就对斯特里克兰的那些画了如指掌。现在，他对现代绘画有着深远的影响，其他人开始了解他作为先锋人物的画派，因此，如果是第一次看他的画，人们早已有心理准备去接受斯特里克兰的画；可有一点必须记住，那就是我是第一次见他那种风格的画。首先叫我惊讶的，就是他那笨拙的技巧。我看惯了从前那些大师的画，认为安格尔是近代画坛巨匠，所以，我觉得斯特里克兰画得很糟糕。我对他推崇的简化画法一无所知。我记得他有一幅静物画，画里的一个盘子上有很多橙子。我很不安，因为那个盘子甚至都不是圆的，橙子则偏向一边。他的肖像画要比真人大一点，看起来非常难看。在我看来，那些人物的脸就跟讽刺漫画一样。这样的绘画技巧对我来说是全新的。他的风景画更叫我迷惑不解。有两三幅画的是枫丹白露的森林，还有几幅画的是巴黎的街道，我的第一感觉是，这些画真像是出自喝醉的马车夫之手。我真是被这些画彻底搞糊涂了。我觉得画中的色彩似乎异常粗糙，我感觉那些画就是一场惊人且难以理解的闹剧。现在回想起来，施特罗夫当时的敏锐真让我刮目相看。他从一开始就知道斯特里克兰的画会在艺术界引发一场革命，他看出他是个天才，后来全世界都同意了他的观点。

不过，就算我迷惑不解，感觉心有不安，他的画同样叫我印象深刻。即便我懵懂无知，我也看得出来，斯特里克兰的画里蕴含着一种真正的力量，想要表达其自身。我很激动，也很感兴趣。我感觉这些画有话对我说，而且它们要说的非常重要，可我不知道它们要说什么。我是觉得它们很丑，可它们却在给我暗示，而不是揭露一个天大的秘密。它们异常诱人，传递给我一种我分析不出的情感。它们在说一些用语言无法表述的东西。我想象着斯特里克兰从物质中隐隐看到了一些精神含义，而这些含义太奇怪了，他只能用不明确的符号来进行暗示。这就好像他在混乱的宇宙中发现了一种全新的图案，并带着痛苦的灵魂，笨手笨脚地尝试将这个图案记录下来。我看到了一个备受折磨的灵魂在奋力表达。

我扭头看着他。

“我很想知道你是不是选错方法了。”我说。

“你想说什么？”

“我觉得你在尝试表达什么，我不太清楚你表达的是什么，不过我很怀疑，绘画对你来说是不是最佳的表达方式。”

我当初还以为看到他的画，就能了解他那怪异的性格，看来我是估计错了。他的画让我更加诧异，我比以前更糊涂了。在我看来，似乎只有一件事清楚明白——兴许就连这一点也是怪诞的——他正满怀热情地试图摆脱禁锢他的力量，获取自由。可那股力量是什么，自由又是什么，却依然晦涩难解。我们每个人在这个世上都是孤身一人。每个人都被封闭在一座铁塔里，只能通过符号与同类进行交流。这些符号没有共同的价值，因此它们的意义十分隐晦和不确定。我们痛苦地向别人传递我们心中的珍宝，可他们没有能力接受这些珍宝，于是我们只能孤独前行，虽然我们和别人并肩而行，却并不能彼此为伴，我们不能了解我们的同伴，他们也不了解我们。我们好像这样一些人，他们住在一个国家里，对当地的语言一窍不通，想描述形形色色美妙和意义深远的事情，却只能局限于一些陈词滥调。各种思想在他们的脑海里沸腾，他们却只能告诉你“一加一等于二”这样的平庸之言。

我的最后印象是斯特里克兰用了巨大的努力去表达灵魂的状态，我觉得，要想寻找他的作品让我如此困惑的原因，也必须从这一角度出发。显而易见，颜色和形状对斯特里克兰来说具有重要意义，而这些色彩和形状对他自己而言也非常特别。他情不自禁地传递着他的感受，而这正是他进行创作的唯一目的。只要他能更加靠近那个他一直在追求的未知，他就会毫不犹豫地进行简化或是扭曲。现实对他来说并不重要，因为，在众多毫无关联的事件之下，他在寻找着对他来说非常重要的东西。这就好像他意识到了宇宙的灵魂，并且不由自主地将之表现出来。

尽管那些画让我迷惑不解，但画中显而易见的情感还是令我感动不已。也不知道为什么，我感觉心中有种与斯特里克兰有关的感情在激荡，而这是我最不愿意体验的感情。我体会到了一种不可抗拒的怜悯。

“我想我现在明白了，为什么你会屈从于你对布兰奇的感情。”我对他说。

“说说看。”

“我想是因为你失去了勇气。你的孱弱肉体自行与你的灵魂沟通。我不知道主宰你的是一种怎样的无限渴望，因此你才会进行危险而孤独的探索，你的目标便是最终可以摆脱折磨你的灵魂。依我看，你是个永恒的朝圣者，而你要去的圣地或许根本就不存在。我不知道你的目标是哪个神秘的天堂。你自己知道吗？或许你寻找的正是真理和自由。一瞬间，你觉得你或许在爱中找到了解脱。我觉得你那疲惫的灵魂可能希望在女人的臂弯中寻找宁静，当你找不到这份安宁，你就会憎恨她们。你对她们毫无怜悯,因为你根本对自己毫无怜悯。你出于恐惧而杀掉了她们，因为你依旧在为刚刚逃离了危险而颤抖不已。”

他冷冷一笑，捋了捋胡子。

“你真是个可怕的感伤主义者，我可怜的朋友。”

一个礼拜后，我无意间听说斯特里克兰去了马赛。从那之后，我再也没有见过他。

第四十三章

回首往事我才意识到，关于查尔斯·斯特里克兰，我所写的内容肯定看来很难令人满意。我是记录下了我所知道的事件，可这些事看起来依旧晦涩难懂，因为我不知道背后的原因。最奇怪的一点就是斯特里克兰为什么会决心成为一个画家，这一点似乎很难让人理解。虽然原因可能存在于他的生活环境里，可我却没能注意到。从他所说的话中，我找不到任何蛛丝马迹。要是我写的是小说，而不是记述一个具有奇怪性格之人的事迹，那我就能虚构一些情节，来说明他为什么会改变。我觉得我会描写他在童年时就向往成为画家，可要么是因为他父亲的逼迫，要么就是迫于生活，他的这个梦想破灭了；我会描写他不甘受到生活的钳制，我会描写他挣扎于他对艺术的热情和责任之间，这样我就能唤起读者对他的同情。我会把他塑造成一个更加令人难忘的角色，或许还有可能在他身上发现普罗米修斯的影子。没准还有机会创造出一个现代英雄，他为了人类的福祉，甘愿独自承受痛苦。这一向都是感人的题材。

在另一方面，我或许还会在婚姻关系的影响下寻找他的动机。如果是这样，我可以找到无数个理由。他的妻子可能认识画家和作家，而结识了这些人，就可能激发斯特里克兰所具有的潜藏的天赋；也有可能是家庭成员的不睦导致他将自己孤立；风流韵事也可能把在他心里闷烧的火苗激发成熊熊烈火。那我觉得我应该将斯特里克兰太太写成另一种样子。我本应该放弃现实，要么将她写成一个唠唠叨叨、令人讨厌的女人，要么写成一个心胸狭窄的人，对于灵魂的要求没有丝毫的同情。我本可以将斯特里克兰的婚姻描写成一段长期折磨人的关系，而逃离是唯一可能的办法。我觉得我应该强调他对这个不相称的伴侣一再容忍，他同情她，所以不愿意摆脱这个压抑他的枷锁。当然，我肯定不会写他们有孩子。

要想写出一个感人的故事，我或许还应该让他和某个老画家建立联系，而可能是因为饥寒交迫，也可能是因为想获得名利，反正这位老画家在年轻时浪费了才华，却在斯特里克兰身上看到了他年轻时的影子，便影响他放弃一切，去追寻神圣的艺术。我觉得，对老画家的描写中可以暗含着讽刺的意味：他富有，功成名就，生活在一个不一样的世界里，而他明知艺术更加神圣，却无力去追寻。

但现实要无趣得多。斯特里克兰从学校毕业后就去了捐客行打工，还干得很开心。在他结婚之前，他一直过着和同事一样的普通生活，做着不大不小的交易，所感兴趣的不过是德比赛马或牛津与剑桥比赛的结果，赌点小钱。我觉得他在业余时间还喜欢打拳击。他在壁炉架上摆着莉莉·兰特里和玛丽·安德森的照片。他看《笨拙周报》，到汉普斯特德跳舞。

就算我很久都没见过他，不过这并不重要。在很多年里，他一直在努力精通一门深奥的艺术，所以日子过得一成不变，他必须赚到足够的钱来养活自己，因此虽然出现了一些变化，但我觉得没什么重要之处。如果要记录这些变化，与记述他所见过的发生在他人身上的变化毫无差别。我觉得这对他自己的性格没有任何影响。他肯定取得了一些经验，而这些经验可谓是现代巴黎流浪汉小说的丰富素材。可他依然很冷漠，通过他的话可知，那些年并没有发生对他产生特别影响的事情。或许在他来到巴黎的时候，他的年纪太大了，根本不可能受到迷人环境的蛊惑。说来也怪，可在我看来，一直以来，他不仅很实际，还是个实事求是的人。我觉得，他在那段时期里的爱情充满了浪漫色彩，可他自然不会感觉到丝毫浪漫之情。或许为了实现浪漫的生活，必须具有一些演戏的天分，而若要跳脱出自身的限制，就必须带着超脱和专注的兴趣，去观察你自己的行为。可没人能像斯特里克兰那样专心致志。在我认识的人里，没有哪个像他那样具有那么强烈的自我意识。可很不幸，我无法讲述他是如何付出努力，一步步在艺术中获得如此大的成就。如果我能够讲述他不畏失败，能够克服绝望，拥有绵绵不绝的勇气，虽然自我怀疑，却依然顽强地坚持下去——自我怀疑是艺术家最强大的敌人——我就能唤起读者对斯特里克兰这个人物的怜悯——但这样一个人物肯定没有丝毫魅力——这一点我很清楚。可我没什么可写的。我从未见过斯特里克兰在工作中是什么状态，我也不知道有谁见过他工作。他一直都是在私下里努力。如果他独自在他的画室里绝望地与耶和华的使者较量，那他决不会允许任何人看穿他的痛苦。

在写到他与布兰奇的关系的时候，我得到的只是一个个碎片，为此我十分苦恼。若要让我的故事连贯一致，我应该逐步描写他们为什么会在一起，直到最后酿成悲剧，可对于他们住在一起的那三个月里发生的事，我根本一无所知。我不知道他们如何相处，也不知道他们会说些什么。毕竟一天有二十四个小时，情感的高峰只会在极少数情况下才会出现，其余的时间是如何度过的，我只能借助自己的想象。只要天还亮着，只要布兰奇还有力气，我觉得斯特里克兰一直都在作画。看到他只顾着工作，她一定很生气。每每在作画的时候，她并不是他的情妇，只能算是一个模特。在很长时间里，他们虽然生活在一起，却相对无言。这样的情况肯定令她感到害怕。斯特里克兰暗示，她臣服于他，有一种对德克·施特罗夫的胜利感，因为他是在她走投无路之下帮了她。就这样，斯特里克兰打开了一扇门，允许别人进行不怀好意的猜测。真希望他说的并非事实。这样的现实对我来说相当恐怖。可谁又能彻底了解难以捉摸的人心呢？那些认为人心只具有高尚情操和正常情绪的人自然做不到。布兰奇发现，除了偶尔的热情，斯特里克兰一直是那么冷漠，她肯定心灰意冷，即便是在那些浓情蜜意的时刻，我猜测，她也意识到，对他而言，她根本算不上一个人，而只是取乐的工具。他一直都是个陌生人，她尝试用各种可怜的手腕将他和她绑在一起。她努力用温馨舒适的生活来诱惑他，却不明白，这对他来说根本一文不值。她用尽心思做出他喜欢吃的东西，却不明白，他对食物从不挑剔。她害怕留下他一个人独处。无论他去哪里，她就跟到哪里，当他的热情处于休眠状态，她就想办法去刺激他，因为每每这时，她就可以假装她拥有他。或许，凭借她的智慧，她肯定知道，她锻造的链子只能唤醒他毁灭的本能，就好像看到玻璃窗，你的手指就会发痒，只想抄起半块砖将它砸碎。可她的心却不听理智的劝告，因此驱使她继续沿着一条她自己也知道终将导致悲剧的路走下去。她肯定一直都不快乐。可爱情是盲目的，因此她认为她想要的东西就是正确的。她的爱是那么强烈，她觉得不可能换不来同等程度的爱。

除了我对很多现实的忽视之外，我对斯特里克兰的性格所做出的研究中还有一个很大的缺点。因为他与女人的关系是那么显而易见，令人印象深刻，所以我将它们一一记录下来，但实际上，男女关系在他的生活中只占很小一部分。讽刺的是，他们的关系都对女方带来了负面的影响。他的真实生活由两个部分组成，一个是梦想，另一个是艰苦的工作。

这就是小说不真实的原因所在。一般来说，在男人心里，爱情只是个小插曲，而每天还会发生很多其他事，但小说会强调爱情，认为爱情至关重要，可现实生活中并非如此。只有很少的男人觉得爱情是这世上最重要的事，而且这些男人都很无趣；即便是女人，虽觉得爱情至上，也会对将爱情视为头等大事的男人不屑一顾。她们欣然接受那些男人的奉承，会因为他们而兴奋，但和他们在一起，她们会十分不安，认为他们是可怜的生物。即便是在他们坠入爱河的短暂期间里，男人也会去做其他事情，来分散他们的注意力。他们谋生的工作吸引了他们的注意力，他们很喜欢运动，还对艺术充满兴趣。在大多数情况下，他们在不同的空间进行不同的活动，在进行一项活动时，可以暂时忘记另一种活动。他们有本事将注意力放在当下吸引他们的活动上，如果一项活动影响了另一项，他们就会十分厌烦。作为情人，男女之间的差距在于，女人可以不停地爱，而男人只会偶尔去爱。

对于斯特里克兰来说，性欲只占很小的一部分。它不光不重要，还很讨厌。他的灵魂在别处。他有着强烈的热情，偶尔欲望会控制他的身体，这样他就会受到无节制的欲望的驱使，可他憎恨那些让他无法自制的本能。依我看，他甚至憎恨那些与他有过性关系的人。等他可以再次控制自己时，一看到供他取乐的女人，他就会颤抖。此时，他的思绪安详地飘浮在苍穹之上，他从她身上体会到的恐惧，就和颜色鲜艳的蝴蝶盘旋在花朵之上，对肮脏的蛹感觉到的恐惧一样。

而蝴蝶正是从那些蛹转化而来。我觉得，艺术是性本能的一种表现形式。这就跟漂亮女人、金色月光下的那不勒斯湾、提香名画《埋葬基督》在人们心里引发的情感一样。斯特里克兰很有可能憎恨通过性来获得解脱这种很普通的方式，因为他或许觉得，相比通过艺术创作获得的满足，这种方式十分野蛮。如果我塑造了一个残忍、自私、冷酷无情、好色的角色，可我偏偏说他是个伟大的理想主义者，这种说法就连我自己都觉得奇怪。可事实正是如此。

他生活贫穷，甚至还比不上一个工匠，却要付出比工匠更多的艰辛。对于大多数人用来将生活变得优雅和美好的东西，他并不在乎。他视钱财如粪土，视名气如无物。你无法赞美他，因为他抵制诱惑，从而不会向我们大多数人都会屈服的世界妥协。他决不会屈从于这些诱惑。他从没想过要妥协。他在巴黎生活得比底比斯的隐士还要孤独。他对他认识的人只有一个要求，那就是请他们离他远远的。他专心致志地追寻目标，为此，他不仅愿意牺牲他自己（很多人都能做到这一点），还会牺牲别人。他有他的理想。

斯特里克兰是个可憎的人，可我一直觉得他这个可憎的人很伟大。

第四十四章

对于画家的作品有何看法，可谓具有一定的重要性，现在我要记录下斯特里克兰对过去那些伟大画家的评价。恐怕值得记录的评价并不多。斯特里克兰并不是个健谈的人，他没有那种用给人印象深刻的词语将他想说的话表述出来，从而让聆听者记住的天分。他不是一个富于智慧的人。要是我能成功地记述他说话的风格，那么就可以看出，他的幽默感颇具讽刺意味。他的回答很粗鲁。有时候，他说了实话，就能引人发笑，可这样的幽默形式不能常用，不然就不好使了——要是经常这样，人们就不觉得有什么好笑的了。

我要说，斯特里克兰并没有高超的智慧，他对画作的评价绝对称不上与众不同。我从未听过他说起过那些作品在一定程度上与他相似的画家，比如塞尚或是梵高，而我怀疑他到底有没有看过他们的画。他对印象派画家并没有多大兴趣。

他们的技巧给他留下了深刻的印象，可我认为，他觉得他们的态度很一般。施特罗夫滔滔不绝地说着马奈是多么多么优秀，他就说："我更欣赏温特哈尔特。"可我敢说，他这么说纯属找碴儿，要是他真是这么打算的，他倒是成功了。

我无法记录他在评价过去那些大师时所说出的放肆言语，对此我大感失望。他的性格太古怪了，我觉得要是他的评价也能够起到惊人的效果，那么我对他的描述就算是完整了。我感觉有必要让他就前辈大师们的作品发表一些奇谈怪论，我承认，他对前辈的评价和其他人的无异，对于这一点，我在一定程度上真是感到失望。我相信他并不知道格列柯是谁。他很钦佩委拉斯开兹，却不耐烦去欣赏。夏尔丹带给他快乐，伦勃朗能让他陶醉不已。对于伦勃朗给他留下的印象，他形容得非常粗俗，我无法在此重复。只有一个画家叫他感兴趣，你绝对想不到这个人是谁，他就是老勃鲁盖尔。当时，我对这位画家知之甚少，斯特里克兰也说不清他的画到底如何。我还记得他对老勃鲁盖尔的评价，因为他的评语实在是词不达意。

"他很好。"斯特里克兰说，"我打赌，他肯定觉得画画是件极其痛苦的事。"

后来，我在维也纳见到了几幅老勃鲁盖尔的画，我想我明白了为什么他能吸引斯特里克兰。他也是从独特的视角看待这个世界。那个时候，我做了很多笔记，打算写一篇关于他的文章，可我把笔记弄丢了，只记得他的画带给我的感觉。

他似乎觉得人很荒诞可笑，因为他们荒诞可笑，他对他们很气愤；生活一团糟，充满了荒谬卑鄙的事件，是个大笑料，可他在笑的时候是那么痛苦。我认为老勃鲁盖尔在努力使用一种方式表达情感，可这种情感用另一种方式表达起来可能会更合适。正是模模糊糊地意识到了这一点，他才唤起了斯特里克兰的同情。或许他们两个人都将更合适用文学来表达的思想注入了绘画之中。

在这个时候，斯特里克兰肯定年近四十七岁了。

第四十五章

我说过，要不是偶然间前往塔希提，那么毫无疑问，我将永远不会写出这本书。查尔斯·斯特里克兰辗转去过很多地方，最后来到了塔希提，正是在那里创作出的画作让他名垂青史。我觉得，没有哪个画家能够彻底诠释出他们心心念念的梦想，至于斯特里克兰，他因为与技巧的斗争而不胜其烦，所以不能像别人那样去表达用心灵之眼看到的事物。可到了塔希提，周围的环境得到了他的青睐，他在周围的环境中发现了很多事，由此获得灵感，能够顺利地进行创作。他的晚期作品至少暗示了他所追寻的目标，那些画表达出了全新和奇异的想象力。这就好像他那没有实体的灵魂一直四处游荡，终于在这个遥远的国度找到了一个住所，终于能够和肉体相容在一起。用句老掉牙的话来说吧，他在这里终于找到了他自己。

乍一看，我一到这个遥远的小岛上，应该立即就对斯特里克兰重燃兴趣，可我从事的工作占去了我的全部精力，我无暇顾及不相干的事。我在岛上住了好几天，才想起他与这里的联系。毕竟我都有十五年没见他了，而且他已经去世九年了。可我觉得，来到塔希提，不管那些事对我来说多么重要都会被赶出我的脑海，然而过了一个礼拜，我发现要想抽出一点时间并不容易。我还记得,在我到达那里的第一个早晨，我很早就醒了。当我来到旅馆的露台，发现别人都还在睡觉。我来到厨房，可门还锁着，有个当地的男孩子在外面的沙滩上睡觉。似乎过一会儿才能吃到早餐，于是，我漫步到海滨。华人已经在他们的店里忙里忙外。此时还是黎明，天空依旧苍白，环礁湖上一片死寂。十英里外的莫里阿岛像是一座圣杯形状的高耸要塞，守卫着它的秘密。

我简直不敢相信我的眼睛。离开惠灵顿后的日子显得那么不可思议，异乎寻常。惠灵顿干净又整洁，充满英伦风情，能让人想起英国南海岸上的海港城镇。出发之后，一连三天大海上都有暴风雨，天空中乌云密布。跟着，风停了，大海一片蔚蓝，平静无波。太平洋要比其他大海更显荒凉。太平洋一望无际，即便是穿越太平洋的最普通的航程，也像是在探险。你呼吸的空气如同万能药，能让你准备好接受意外。在这样的空气下，人们会以为他们是在靠近神奇的黄金地，而不是在接近塔希提。塔希提的姐妹岛屿莫里阿岛进入视线，只见岛上怪石嶙峋，整座岛巍峨耸立，在荒芜的大海上神秘地矗立着，犹如魔棒变出来的一般，缥缈无形。莫里阿岛的轮廓参差不齐，如同太平洋中的蒙特色拉特岛。你或许会想象波利尼西亚武士正在举行奇怪的仪式，来守卫他们的秘密，不让别人知晓。随着距离越来越近，这座岛屿的美逐渐显露出来。你能看到秀美的山峰各有各的形状，可在你从岛边驶过的时候，它却隐藏它的秘密秘而不宣。岛上看起来漆黑一片，布满岩石，阴森可怖，显得难以靠近。就算你靠近，想要寻找暗礁之间的入口，这座岛也会突然从你眼前消失，触目所及只有太平洋蔚蓝孤寂的海水，你不要为此感到惊讶。

塔希提是一个绿意盎然的岛屿，巍峨高耸，深绿色的深深凹地是寂静的山谷。山谷里光线幽暗，神秘莫测，谷中有水流汩汩的清凉溪流，在那里树荫幽幽的地方，你会感觉到，远古时代的生命正以古老的方式存活至今。即便是在这里，你也能体会到一些悲伤和恐怖。可这种印象一闪即逝，只会让人更强烈地体会到当前生活的幸福。这就好像你在小丑的眼中看到了悲伤，可联欢的人却被他逗得哈哈大笑。他的嘴唇上扬，形成笑容；他的笑话逗趣搞怪，看到别人都在笑，他却觉得他自己陷入了难以忍受的孤独之中。塔希提笑脸迎人，十分友好，它就像一个美丽的女人，千娇百媚，倾国倾城。没什么比进入帕皮提港更能抚慰人的事了。停泊在码头的每一艘帆船都干净整洁，海湾小镇一片白色，颇具大都市之风；火红的凤凰木映衬着蓝天，炫耀着它们那炫目的色彩，如同在热情地呐喊。凤凰木带给人们极大的享受，带着不加掩饰的狂热，让你呼吸急促。轮船驶入码头，人们蜂拥走到码头上，看起来快乐轻松。他们大声说着话，做着手势，是那么高兴。触目所及皆是一张张晒得黝黑的脸孔。你会感觉眼前出现的是：在明媚蓝天的映衬下，有一片色彩在移动。卸行李，海关检查，一切的一切都是那么熙来攘往，所有人似乎都在对你微笑。那里非常热，色彩会叫你眼花缭乱。

第四十六章

来到塔希提没几天,我就遇到了尼科尔斯船长。一天早晨,我在旅馆露台上吃早餐,他走进来,做了自我介绍。他听闻我对查尔斯·斯特里克兰很有兴趣,说他来的目的就是为了和我聊一聊他。当地人跟英国小村庄里的人一样喜欢八卦,我只是稍稍问了问斯特里克兰的画,消息便传开了。我问这位陌生人是否用过了早餐。

“是的。我一大早就喝过咖啡了,”他答,“不过我不介意喝点威士忌。”

我叫来了中国服务生。

“你不觉得现在喝酒太早吗?”船长问。

“只要你和你的肝脏能适应就成。”我答道。

“我其实是个禁酒主义者。”他一边说,一边给自己倒了多半杯加拿大俱乐部牌威士忌。

他一笑你就能看到他那口参差不齐的大黄牙。他这人很瘦，中等身高，一头花白头发剪得很短，留着又短又硬的花白络腮胡。他看上去有几天没刮过胡子了。他的脸上有很深的皱纹，因长期暴晒在阳光下，一张脸黑黝黝的；他有一双小小的蓝眼睛，目光游移不定。他的眼珠转来转去，能捕捉到我最细小的动作，让他显得活脱就是一个无赖。可在那一刻，他对我坦诚相待，十分友好。他穿着一身破烂的卡其布衣裳，两只手脏了吧唧。

“我和斯特里克兰很熟。”他一边说，一边坐在椅子上向后一靠，点着了我递给他的雪茄，“没有我，他不可能到岛上来。”

“你是在什么地方与他结识的？”我问。

“马赛。”

“你去那里做什么？”

他对我讨好地一笑。

“我想我那时候正在走背运。”

我这位朋友的打扮表明他现在陷入了同样的困境，我则做好准备，与他交个朋友。流浪汉的确会叫你吃上那么一点点亏，但他们会回报你。他们往往平易近人，能言善辩。他们很少装腔作势，只要给他们一杯酒，就能让他们对你掏心掏肺。你很容易就能和他们混熟，只要你洗耳恭听他们的话，不仅能赢得他们的信任，还能赢得他们的感激。他们认为交谈是生活中最大的乐趣，从而证明他们具有高深的修养。在绝大多数情况下，他们说起话来十分幽默，令人愉快。他们不仅见识广博，还有着丰富的想象力。不能说他们一点也不狡猾，可只要法律具有强大的威慑力，他们就会遵纪守法。与他们玩牌可是件危险的活动，可他们头脑机敏，这就为这世上最好的游戏增添了一份独特的刺激感。在我住在塔希提期间，我和尼科尔斯船长混得很熟，与他在一起，我增长了见闻。我不在乎请他抽雪茄，喝威士忌（他总是不喝鸡尾酒，因为他实际上是个禁酒主义者），也不在乎他找我借的那几个钱（明明是他找我借钱，却表现得好像施恩于我），毕竟他带给我的乐趣要更具价值。他一直没有把钱还给我。我的良心逼迫我不要跑题，所以只能用很短的篇幅来描写他，对此我十分抱歉。

我不知道为什么尼科尔斯船长在一开始会离开英国。每次我问他这个问题，他总会陷入沉默。向他这样的人直接提问也绝称不上谨慎的举动。他暗示他受到了不该承受的不幸，毫无疑问，他将自己视作不公的牺牲品。可我总是情不自禁地想到欺诈和暴力。他还说，在他的祖国，当局做什么都讲法律，我对此深表同意，还很同情他。虽然他在祖国有过不愉快的经历，却丝毫不影响他的爱国热情，在这一点上，他真的很不错。他常对我说，英国是世界上最好的国家，他觉得自己比美国人、殖民者、拉丁人、荷兰人和夏威夷土人强多了。

可我觉得他并不是一个快乐的人。他患有消化不良，我还常看到他吃胃蛋白酶药片。他早晨胃口很差。可只是这样的小小折磨还不足以影响他的精神。他对生活不满，有更大的理由。八年前,他一时鲁莽就结了婚。有些男人注定要单身，可他们中的一些人要么是因为倔强，要么是受不可控的环境影响，便逃避了注定的命运。这种结了婚的单身汉是最值得同情的人。尼科尔斯船长就是这样一个单身汉。我见过他的妻子，我觉得那个女人大概二十八岁，不过你永远也搞不清楚她这种女人的年纪，她在二十岁时也是这个样子，而到了四十岁，也不会显得比现在老。看到她，我就想到一个字——“紧”。她相貌平平，薄薄的嘴唇抿得紧紧的，皮肤绷在骨头上，瘦得没有一点肉；笑容紧绷，头发梳得很紧，衣服紧紧地绷在身上，她穿的白色粗斜纹布就跟黑色邦巴辛斜纹绸一样。我真搞不懂尼科尔斯船长为什么会娶她，在娶了她之后，为什么没有抛弃她。或许他试过要甩掉她，却没有成功，所以才搞得十分郁闷。不管他走多远，躲到哪个秘密的地方藏起来，我肯定，尼科尔斯太太都能找到他，因为她就像命运一样不可阻挡，就像良心一样无法泯灭。他躲不开她，就好像因离不开果。

与艺术家甚至绅士一样，流浪汉不属于任何阶层。过流浪汉般的生活不会让他们感觉尴尬，像王孙贵族一样高雅、彬彬有礼也不会让他们感到束缚。可尼科尔斯太太出身于一个界定明确的阶级，也就是中下阶层，最近，这个阶层才拥有自由发表意见的权利。事实上，她的父亲是个警官。我很肯定，他是个能干的警察。我不知道她为什么紧紧抓住尼科尔斯船长不放，可我觉得一定不是因为爱情。我从没听过她说话，可没准私下里她是个话痨。总之，尼科尔斯船长很害怕她。有时候，他和我一起坐在酒店的露台上，他会突然发现她在外面的路上走来走去。她不喊他，一点也没表现出她看到了他的样子，她只是镇定自若地走过来走过去。接着，船长就会非常奇怪地紧张不安，他会看手表，还会唉声叹气。

“我得走了。”他说。

到了这个时候，不管是智慧，还是威士忌，都留不住他。可他曾面不改色地经历过飓风，而且仅凭一把左轮手枪就敢对付十几个冲上来的黑人。有时候，尼科尔斯太太会派她的女儿到旅馆来。那个小女孩只有七岁，面色苍白，总是愁眉不展的样子。

“妈妈找你。”她用抱怨的口气说。

“知道了，宝贝。”尼科尔斯船长说。

他立马站起来，和女儿一起沿路走远。我觉得尼科尔斯船长是一个精神战胜物质的成功典范，因此我虽然离题了，却还是起到了一定的道德示范作用。

第四十七章

尼科尔斯船长说了很多关于斯特里克兰的事，我尝试将这些事串联在一起，以我所能做到的条理最清楚的顺序写出来。他们相识于我在巴黎最后一次见到斯特里克兰的那年冬末。他在这之间的几个月过着怎样的生活，我不得而知，可他的生活肯定十分拮据，因为尼科尔斯船长第一次遇见他，是在夜间庇护所。当时马赛爆发了大罢工，斯特里克兰身无分文，显然连勉强糊口的一点钱也挣不到了。

夜间庇护所是一栋很大的石头建筑，乞丐和流浪汉可以在那里住上一个礼拜，前提是他们有齐全的身份证明，还能叫管事的修道士相信，他们并非游手好闲之人，十分热爱劳动。当时有很多人在等待夜间庇护所开门，尼科尔斯船长在人群中一眼就注意到了斯特里克兰，因为他体格健美，样貌奇特。他们无精打采地等待着，有人走来走去，有人靠在墙上，其他人坐在路边，双脚踩在排水沟里。后来，他们鱼贯进入办公室，尼科尔斯船长就听到那个检查身份证明的修道士在用英语和斯特里克兰说话。可他没机会和斯特里克兰说上话，因为在他走进公共休息室的时候，一个修道士捧着一本巨大的《圣经》走了进来，走上房间最里面的布道坛，开始布道。这些可怜的流浪汉不听也得听，谁叫他们要在这里住宿呢。他和斯特里克兰被分到了不同的房间。第二天早上五点，一个强壮的修道士就把他们全都叫醒，等到尼科尔斯船长整理好床铺，洗了脸，就看不到斯特里克兰了。尼科尔斯船长在大街上闲逛了一个钟头，被冻得够呛，然后去了常有水手聚集的维克多格鲁广场。他看到有几十个人坐在一座雕像的基座上，而斯特里克兰就在其中。他踢了斯特里克兰一脚，把他叫醒。

“老兄，和我一起去吃早餐吧。”他说。

“去死吧。”斯特里克兰答道。

这一听就是我这位朋友的口吻，因为他的词汇量有限。我开始相信尼科尔斯船长是个值得信任的见证人了。

“你没钱了？”船长问。

“滚开。”斯特里克兰答道。

“跟我走。保准你有早餐吃。”

斯特里克兰犹豫了片刻，但还是站了起来，他们一起去了食物施舍处。饥肠辘辘的人在那里能得到一块面包，但是必须在那里吃完，禁止带走。跟着，他们又去了济粥坊，在一个礼拜的时间内，从上午十一点到下午四点，都能赊到一碗很稀的咸汤。这两个地方距离很远，所以，人只有在饿坏了的时候，才会跑两个地方找吃的。他们吃完了早饭，就这样，查尔斯·斯特里克兰和尼科尔斯船长这两个人混在了一起，成为一对奇怪的组合。

他们一起在马赛待了大约四个月。他们在一起的时候没有做过任何冒险活动（如果你觉得始料不及或刺激的事叫作冒险的话），因为他们只顾着赚钱，好换来晚上的住宿和食物，以免露宿街头或活活饿死。可我希望在这里绘声绘色地描绘一番，因为尼科尔斯船长讲得活灵活现，并且留下了充分的想象空间。他讲了很多在海港小镇下层生活的见闻，绝对可以将其编成一本叫人爱不释手的书。他们遇到了形形色色的人，学者们能从他们的相处中找到素材，编纂一本流浪汉大词典。可在这里，我只能用不多的篇幅来描写。我觉得他们那时的生活非常有趣，粗野，多姿多彩，还很富有生气。我印象中的马赛是个阳光明媚的地方，人们说话时会做手势表达，酒店舒适惬意，餐馆里的客人生活富裕。可从他们那段生活的角度来看，顿觉马赛平淡无味，是个再普通不过的地方。我真羡慕那些亲眼看到尼科尔斯船长形容过的那些景象之人。

等到再也不能寄居在夜间庇护所了，斯特里克兰和尼科尔斯船长就去恶棍比尔那里住。比尔是水手供膳寄宿处的头头儿，是个黑白混血儿，大块头，拳头大如斗，为遇到困境的水手提供食物和住所，直到他们找到新的差事。他们在那儿住了一个月，和十几个瑞典人、黑人、巴西人睡在两间空房的地板上。他们每天都和比尔去维克多格鲁广场，会有船长到那里挑选船员。比尔娶了一个美国女人，她又胖又邋遢，天知道她是怎么沦落到现在这个地步的。每天，寄宿者轮流帮助她打理家务。尼科尔斯船长记得斯特里克兰在这件事上耍了个小聪明，他为恶棍比尔画了一幅肖像画，借此躲过了家务活。恶棍比尔不仅花钱买了画布、颜料、画笔，还给了斯特里克兰一磅走私来的烟草。据我所知，这幅画八成还挂在若利耶特码头附近那栋破烂小房子的客厅里，而且，估摸那幅画能卖一千五百镑。斯特里克兰本想坐船去澳大利亚或新西兰，再转去萨摩亚或塔希提。我不晓得他为什么想到要去南太平洋，不过我记得，他早就对小岛魂牵梦萦，那个岛屿阳光明媚，绿树青翠，四面环海，比北半球所有大海都要碧蓝。我觉得他之所以和尼科尔斯船长混在一起，是因为船长对大海很熟悉，而且，正是尼科尔斯船长说服了他，让他相信去塔希提会更加惬意。

“你知道，塔希提属于法国。”他向我解释，“法国人没那么刻板。”

我想我知道他要说什么。

斯特里克兰没有身份证，但只要恶棍比尔觉得有利可图，这就绝不会构成问题（他会抽取水手头一个月的工资，作为介绍工作的中介费）。一个锅炉工正好死在了他的房子里，他就让斯特里克兰冒用了这个人的身份。可尼科尔斯船长和斯特里克兰要去东边，需要水手的船都是向西而行。斯特里克兰接连两次拒绝到前往美国的货船上当差，其中一条船是前往纽卡斯尔的运煤船。他太固执了，搞得恶棍比尔不耐烦，毕竟这样受损失的人是他。于是，在最后时刻，他将斯特里克兰和尼科尔斯船长赶了出去，以免继续自找麻烦。他们再一次开始了漂泊的生活。

恶棍比尔很少提供美食，在他的餐桌上吃完饭，就跟刚刚坐下来的时候一样饿。可在很多日子里，他们有充分的理由怀念那些饭菜，因为他们尝到了挨饿的滋味。食物施舍处和夜间庇护所再也不会给他们救济，他们只能靠食物施舍处的面包果腹。他们能找到什么地方，就在那里睡觉，有时候在停在车站附近铁路岔道上的空火车车厢里，有时候在仓库后面的马车里。可天寒地冻，每次只能打个盹儿，一两个小时就会被冻醒，然后继续到街上游荡。对他们来说，最痛苦的就是没有烟抽，尼科尔斯船长不抽烟就受不了。于是他就去有“啤酒罐”之称的卡纳比埃尔街，找前一天晚上人们丢掉的烟屁股或是雪茄头来抽。

“我用烟斗抽过最恶心的烟。”他插了一句，一边镇定自若地耸耸肩膀，一边从我递给他的雪茄盒里拿出两根雪茄，把一根放进嘴里，另一根放进衣兜。

他们偶尔也会赚点钱。有时候，会有邮轮开进马赛，尼科尔斯船长和雇工计时员认识，就给他们两个找个装卸工的工作。要是碰到了英国的船，他们就偷偷跑上前甲板，在船员那里蹭一顿丰盛的早餐。不过，他们蹭饭时必须躲开高级船员，要踮起脚尖下舷梯，这样才能走得快点。

“只要能填饱肚子，就算被人踢一下屁股也无所谓。”尼科尔斯船长说，“从我个人来讲，我倒是觉得这没什么。高级船员管纪律，这是应该的。”

我的脑子里浮现出一幅图画：一看到大副抬起脚，尼科尔斯船长就飞快地跑下狭窄的舷梯，并且和真正的英国人一样，为商船的严守纪律开心。

他们还去鱼市做临时工。有一次，他们将许多箱卸到码头上的橙子搬上马车，赚到了一法郎。有一天，他们交上了好运：一个寄宿处的主人得到一份合同，要给一艘轮船上漆。此船绕过好望角，从马达加斯加岛来到马赛，于是，他们就站在悬于船身的木板上，给生锈的船身刷漆，一共干了好几天。对于斯特里克兰那好讽刺的脾气来说，这肯定是个很有吸引力的活计。我就问尼科尔斯船长，那时候日子那么艰苦，斯特里克兰是怎么熬过来的。

“他从没说过一句气话。”船长答道，“他有时候会有点粗暴，可要是我们自打早晨开始连一口吃的都没吃上，而且没钱到中国佬那里睡一宿，他就会跟只蟋蟀似的有精神。”

对此我是一点也不惊讶。斯特里克兰是那种不受环境影响的人，即便是最叫人心灰意懒的情况也是如此。可这是因为镇定的灵魂，还是自相矛盾，就很难说清楚了。

布特里大街上有一家小旅馆，环境脏乱差，流浪汉给那里取了个外号,叫"中国茅房"。那家店的店主是个独眼中国人,只要花六个苏,就能得到一张小床;花三个苏,则可以睡在地板上。在那里,他们结识了一群和他们一样穷困潦倒的人,赶上他们身无分文,晚上又特别冷的时候,他们就会很高兴地去找那些在白天偶然赚了一法郎的人借点钱,好给自己找个能遮风挡雨的地方睡觉。这些流浪汉一点也不吝啬,只要有钱,就会毫不犹豫地与别人分享。他们来自这个世界上的不同国家,可这不会妨碍他们成为好朋友;因为他们觉得他们是一个伟大国家的自由臣民,他们都处在这个国家的疆域范围内,这个国家就是流浪国。

"可我觉得斯特里克兰要是激动起来,绝对是个危险的家伙。"尼科尔斯船长若有所思地说,"有一天,我们在广场碰到了比尔,他就找斯特里克兰要回他给他的身份证明。"

"想要就过来拿。"斯特里克兰这么说。

"要说这个比尔真是个厉害角色,可他看到斯特里克兰竟然这么凶狠,哪还敢过去,只能破口大骂。什么话难听,他就骂什么,比尔的骂人话还真是值得一听。一开始,斯特里克兰只是忍着,任由他骂,可后来他上前一步,说:'滚开,你这个猪猡。'光听这几个字倒是没什么可怕之处,可他的气势太骇人了。比尔吓得连大气都不敢喘。很明显他害怕了,快快地走开,像是猛地想起要去赴约。"

据尼科尔斯船长的描述,斯特里克兰的原话并非如此,可本书只供家庭阅读之用,因此我觉得有必要牺牲真相,换上一些不那么刺耳的字眼儿。

比尔可不是那种在普通水手那儿吃哑巴亏的人，他的厉害之处在于他很有声望。一开始，有一个住在他家的水手告诉他们，比尔要报复斯特里克兰，跟着很多水手都这么说。

一天晚上，尼科尔斯船长和斯特里克兰正坐在布特里大街上的一家酒吧里。布特里大街其实是一条很窄的街道，两边盖着平房，每个平房只有一个房间。这些房子就跟拥挤的市集里的售货亭一样，也很像马戏团的兽笼。每扇门边都有一个女人，有些懒洋洋地靠在门框上，不是哼着小曲儿，就是用粗声粗气的声音招呼过往的行人；有些则无精打采地看着书。她们来自法国、意大利、西班牙、日本，还有混血儿，有些很胖，有些很瘦，个个儿脸上涂着浓妆，眉毛浓浓，嘴巴红红，可即便如此，还是能从她们脸上看到皱纹和放荡生活留下的疤痕。她们有些穿着黑色直筒连衣裙和肉色丝袜，有些留着一头卷发，染成黄色，像小女孩似的穿着棉布连衣裙。透过敞开的门，你能看到屋内的地上铺着红色瓷砖，摆着一张大木床，冷杉木桌上摆着大口水壶和脸盆。在街上闲逛的人鱼龙混杂，有船上的东印度水手，瑞典三桅帆船上金发碧眼的北欧水手，军舰上的日本人，也有英国水手，西班牙人，法国巡航舰上样貌和蔼的士兵，还有美国船只上的黑人。在光天化日之下，这里肮脏污秽，可到了晚上，在仅有的小屋里油灯的照耀下，整条街便产生了一种邪恶之美。空气中弥漫着可怕的欲望，压抑而恐怖，可周围的一切又显得那么神秘，纠缠着你，折磨着你。你会感觉到，那里有一种原始力量，既令你厌恶，又使你沉迷。在那里，文明的礼仪荡然无存，你会感觉到人们要直面残酷的现实。那是一种既强烈又富于悲剧性的氛围。

在斯特里克兰和尼科尔斯船长去的那家酒吧里，一架自动演奏钢琴大声奏出舞曲。人们坐在环绕酒吧的桌边，这边有几个水手喝醉后大声嚷嚷，那边有一帮当兵的；酒吧中间聚着一群人，两两一起跳着舞。大胡子水手面孔黝黑，用两只蒲扇般的大手紧紧搂着舞伴。女人们只穿着连衣裙。时不时有两个水手站起来，一起跳舞。这里太吵了，简直震耳欲聋。人们唱歌，大叫，大笑。一个男人深吻着一个坐在他膝盖上的女孩子，惹得英国水手大吹口哨，这下酒吧里就更吵了。男人们穿着沉重的靴子，一跺脚就弄得尘土飞扬。酒吧里烟雾弥漫，十分闷热。一个女人坐在吧台后面，正给她的孩子喂奶。服务员是个年轻人，身材矮小，样貌平平，还长了一脸粉刺，只见他端着托盘，满场飞地为客人送上装在玻璃杯里的啤酒。

过了一会儿，比尔带着两个身材魁梧的黑人走进酒吧，而且一眼就能看出他喝醉了，明摆着是来找碴儿的。他一歪，撞到一张桌上，还撞翻了一杯啤酒，而那张桌边坐了三个当兵的。这些人立马就火了，和比尔发生了激烈的争执，酒吧老板就走上前去，叫比尔滚出去。酒吧老板体格强壮，一向都不许顾客闹事。比尔有些退缩，他可不敢和酒吧老板起冲突，因为老板和警察的交情不错，他大骂一声，便转身想走。可就在这时候，他突然瞥见了斯特里克兰，便步履蹒跚地向他走了过去，连一句话都没说，就把一口唾沫吐到了斯特里克兰的脸上。斯特里克兰抓起酒杯，朝他扔了过去。这会儿，跳舞的人都停下来，呆呆地看着。四下里突然一片沉寂，紧接着比尔向斯特里克兰扑过去，打斗的欲望操控着他们每一个人，在那一刻，混战开始了。桌子被掀翻了，杯子砸到地上，摔得粉碎，大家吵成了一锅粥。女人要么冲向大门，要么躲到吧台后面。路人从街上拥进来。每个人都骂骂咧咧的，挥动拳头的声音，尖叫声，此起彼伏。在酒吧中央，十几个男人正打作一团。忽然之间，警察冲了进来，能跑的人都跑了，吧台边一下子变得空荡起来。比尔则躺在地上，昏迷不醒，脑袋上有一条很深的伤口。斯特里克兰的胳膊受伤了，血流不止，衣服也被扯破了。尼科尔斯船长拉着他跑到了街上。船长的鼻子挨了一拳，弄得满脸都是血。

“我看，你最好在比尔出院前离开马赛。”他对斯特里克兰说，这时候，他们已经回到“中国茅房”，正在清洗血迹。

“他妈的比斗鸡还精彩。”斯特里克兰说。

我仿佛看到他在说这句话时露出了讽刺的笑容。

尼科尔斯船长很担心。他知道恶棍比尔是个睚眦必报的人。斯特里克兰已经惹过那个黑白混血儿两次了，只要他不喝酒，就是个难对付的人。他会在暗地里伺机而动。他不会急着下手，可在某个晚上，斯特里克兰会背后挨一刀，过一两天，一具无名氏流浪汉的尸体便会从港口的脏水里被捞上来。第二天晚上，尼科尔斯去了恶棍比尔家探听消息。他听说比尔还在住院，他的妻子去医院看过他，她说，比尔信誓旦旦地说，只要能出院，一定要宰了斯特里克兰。

一个礼拜过去了。

“我老说，”尼科尔斯船长沉思道，“要是你要伤害一个人，那就伤得深点。这样才能有时间考虑接下来该怎么办。”

接下来,斯特里克兰总算交了好运。有条船要去澳大利亚，他们以前的司炉工得了震颤性谵妄，跳了海，现在，他们要再找个人干这活儿。

“赶快到港口,老兄,”尼科尔斯船长对斯特里克兰说,“报名上船。反正你也有身份文件。”

斯特里克兰立即就出发了，那是尼科尔斯船长最后一次见到他。那条船只在港口停靠六个钟头，到了晚上，尼科尔斯船长目送船只驶向冬季的大海，向东驶去，烟囱中冒出的烟雾渐渐消失在视线之中。

我尽可能很好地将这段往事描述出来，因为我喜欢将斯特里克兰这段时期的生活与我所见的他在伦敦阿什利花园的生活进行对比。那个时候，他一直在做股票生意。可我也明白，尼科尔斯船长很可恶，是个大骗子，所以也有可能他告诉我的这些事没一句实话。要是他压根儿就没见过斯特里克兰，对马赛的了解只是从杂志上看来的，我也不会感到惊讶。

第四十八章

原本我打算写到这里为止。我的最初想法是，在本书开头讲述斯特里克兰在塔希提最后几年的生活，并描述他的惨死，然后进行倒叙，写出本书开头他那些我亲眼见证的经历。我之所以要这样编排结构，并非有意为之，而是因为我希望让斯特里克兰带着他那孤独灵魂中的想象力（我并不知道他有着怎样的想象）出发，前往可以激发他的想象力的未知岛屿。我很喜欢这样一幅画面：他在四十七岁的时候开始去寻找新世界，而大多数人在这个年纪早已舒舒服服地安定下来，达到了人生巅峰。我仿佛依稀看到，在灰蒙蒙的大海上，狂风席卷着海浪，水沫飞溅，他看着法国的海岸线渐渐消失，注定再也不会回到那里。我觉得这样的他万丈豪情，具有大无畏的灵魂。我希望以此作为结尾，能留下一线希望，而且还能突显人类不可征服的灵魂。可我做不到。不知怎的，我写不出我设想好的故事。在尝试过一两次之后，我只好放弃。于是，我还是按照一般的方式从头写起，我知道，我只能按照我亲眼见到的现实顺序写出斯特里克兰的一生。

而我所写的，便是我所知道的那些片段。我就好像一个生物学家，仅仅凭借一块骨头，不仅要重现一种灭绝动物的样子，还要找出它的习性。对于在塔希提的熟人，斯特里克兰没有给他们留下任何深刻印象。对他们来说，他就是个流浪汉，总是缺钱，唯一的特别之处就是他会画画，而他们觉得那些画十分可笑。在他死后，过了好几年，巴黎和柏林的商人派经纪人来到岛上，寻找他那些依然留在岛上的画。当地人这才知道，一个伟人曾住在他们之间。这个时候，他们才恍然大悟，他们本来可以只花一点点钱买下他的画，那现在就能大赚一笔，可他们白白错过了机会，真是追悔莫及。有个叫科恩的犹太商人用非常特别的方式得到了一幅斯特里克兰的画。他是个上了年纪法国人，个头不高，眼神温柔，笑容和蔼可亲，他既是商人，也是水手。他有一艘快艇，并驾驶这艘快艇在鲍莫图斯岛和玛贵斯岛之间勇敢地来往，将货物运到当地，带回椰子壳、贝壳和珍珠。我去见他，是因为我听说他有一枚硕大的黑珍珠，并想便宜出手，可是我发现我买不起。结果我就和他聊起了斯特里克兰，他对斯特里克兰很了解。

“你知道的，就因为他是个画家，我才对他感兴趣。”他告诉我，“岛上的画家可谓凤毛麟角，我很替他感到可惜，因为他这个画家画得可不怎么样。我给了他工作，这是他来岛上之后的第一份工作。我在半岛上有一片植物园，想请个白人看守植物园。除非找个白人来管着当地人，否则别想让他们干一点活儿。我对他说：'你不光有很多时间画画，还可以赚到钱。'我知道，他根本填不饱肚子，不过我还是给了他很丰厚的薪水。"

"照我看，他这个工头肯定不怎么样。"我笑着说。

"我这人还算宽容。我一向都很同情艺术家。你知道的，我天性如此。可他还是只干了几个月。他赚够了买颜料和画布的钱，就不干了。那个时候，他受够了植物园，希望离开这儿去丛林。可他离开之后，我还是能时不时地见到他。每隔几个月，他就会到帕皮提住几天，从别人那里赚到钱后，就会再次消失。其中一次他来到帕皮提，找我借两百法郎。他看起来好像一个礼拜都没吃饭了，所以我不忍心拒绝他。当然了，我从不盼着他还钱。一年后，他又来找我，还带来了一幅画。他没提到欠我钱的事，可他说：'给你，画的是你的植物园。'我看着那幅画，不知道该说什么，可我自然是感谢了他，等他走了，我就把画拿给我的妻子看。"

"那幅画画得怎么样？"我问。

"别问我，我可说不出个所以然来。我这辈子都没见过那样的画。'要怎么处置这幅画？'我对我妻子说，'绝对不能挂。'她说：'别人会笑话我们的。'就这样，她把画拿到阁楼，和各种杂物放在一起。我妻子就是这么一个人，什么东西都不舍得扔，这是她的癖好。后来，就在战争爆发之前，我哥哥从巴黎写信来，说：‘你认不认识那个住在塔希提的英国画家？他可是个天才，他的画现在值大价钱。你有没有他的画，有的话就寄给我，到时候保准能大赚一笔。’于是，我对我妻子说：‘你把斯特里克兰给我的画放到哪儿去了？是不是还在阁楼里？’‘那还用问，’她答，‘你又不是不知道，我从来不会把任何东西扔掉。这是我的癖好。’我们上了阁楼，那里面堆着我们三十年来住在这所房子里积攒下的杂物，说实话，我也不知道那些东西都是什么，不过，那幅画就在其中。我再次看着那幅画说：‘我给半岛上的植物园请了个工头，还借给他两百法郎，谁能想到啊，他竟然是个天才？你从他的画里看出什么了吗？’‘没有。’她说，‘看不出一点点植物园的样子，我可从没见过蓝色的可可果。可这画在巴黎大受欢迎，兴许你哥哥能把这幅画卖到两百法郎，好抵偿你当初借给他的钱。’就这样，我们把那幅画打包，寄给了我哥哥。后来我们收到了他的一封信。你猜他怎么说？‘我收到了你的画。’他这样写，‘我得承认，一开始我觉得你是在和我开玩笑，才给我寄了这样一幅画。我绝对不会为这样一幅画付邮费。我有点害怕把那幅画拿给和我说起画的那位先生看。可那位先生居然说这幅画是一幅旷世杰作，想想看吧，我有多惊讶，他还出了三万法郎。我敢说，要是我坚持，他还会出更高的价钱。可我太惊讶了，所以忘了讨价还价。我就在脑筋不清楚的时候接受了这个价格。’”

接着，科恩先生说了一番叫人钦佩的话。

“真希望可怜的斯特里克兰还活着。要是我把卖画剩下的两万九千八百法郎找给他，他会对我说些什么？”

第四十九章

我住在鲜花旅馆，老板娘约翰逊太太给我讲了一个凄惨的故事——她如何把大好良机白白错过了。在斯特里克兰去世后，他的一些所有物便被拿到帕皮提的市集里拍卖，她也去了拍卖会。因为交易品中有一个美国产的火炉，她很想要。她花了二十七法郎把炉子买回了家。

“拍卖的还有十几幅画。”她告诉我，“可那些画都没有画框，所以没人愿意买。有几幅卖了十法郎一幅，可大多数只以五六法郎这样低的价钱就卖了。想想看吧，要是我买了那些画，现在我就是个有钱人了。”

可提亚蕾·约翰逊就不是那种能发财的人。她这人存不住钱。她的母亲是当地人，父亲是个英国船长，后来在塔希提定居。我认识她时，她已经五十岁了，十分显老，还很胖。她个子很高，很结实，面容慈祥，为人亲切，若不是这样，你准会以为她是个泼辣户。她的手臂就跟羊腿一样粗，她的乳房好像巨大的卷心菜。再说说她的脸，很大，一脸横肉，像是一堆裸露在外的肥肉，很不雅观。她的下巴有很多层，叫你连数都数不清，下巴上的肉都耷拉到她那硕大的乳房上了。一般情况下，她都穿着粉红色的宽大长罩衣，无时无刻不戴着一顶大草帽。不过她时不时会把头发放下来，因为一头秀发是她的骄傲。每逢此时，你就能看到她那头又长又黑的鬈发。她有着年轻人一般的眼神，活泼，富有生气。她的笑声是我听过的最有吸引力的笑声。一开始，她会从喉咙里发出低沉响亮的隆隆声，跟着，她的笑声越来越大，越来越大，最后，她笑得连整个庞大的身躯都在晃动。她最爱三件事：开玩笑、红酒和英俊的男人。认识她是我的荣幸。

她是岛上最好的厨子，她喜欢美食。从早到晚，你都能看到她坐在厨房里一把低矮的椅子上，一边指挥一个中国厨师和两三个当地女孩干这干那，一边和他们热火朝天地聊天，还不忘试尝那些她发明的美味饭菜。要是赶上款待朋友，她就会亲自下厨。她特别喜欢招待人，岛上的人只要去她的鲜花旅馆，但凡那里有吃的，就一定不会空腹而归。她从来不会因为顾客没钱付账就把他们赶出旅店。她总以为只要他们条件好了，就会把账结清。有一次，有个住店的人手头拮据，她就让那个人在店里白吃白住了好几个月。后来，中国洗衣工说了，不给钱就不给这个人洗衣服，她就把这个人的衣服和她自己的衣服放在一起，送去洗衣店。她说过，她决不会让穷人穿脏衣服，而且，因为那个人是个男人，而男人必须抽烟，所以她就每天给他一法郎买烟抽。她怎么亲切地对待那些每周付一次账的顾客，就怎么对待他。

她上了年纪，又这么胖，所以不会有人喜欢她，可她对年轻人的恋爱很感兴趣。在她看来，男人和女人有情欲很正常，而且总是用她自己的广博见闻对他们进行言传身教。

“那时候我还不到十五岁，我老爸就发现我有了个情人。”她说，“那个人是热带鸟号轮船上的三副，长得帅极了。”

她微微叹了口气。人们说，女人总会对初恋念念不忘，但也许她是个例外。

“我老爸是个很理性的人。”

“他有什么反应？”我问。

“他狠狠打了我一顿，差点没把我打死。后来，他逼我嫁给了约翰逊船长。我倒是无所谓。他比我大，可他也很帅。”

提亚蕾这个名字是她父亲起的，是一种芬芳的白花的名字。岛上的人说，要是你闻过那种花的香气，那么，不管你走多远，到最后你总会回到塔希提。她一直记得斯特里克兰。

“有时候他会来这里，我常看到他在帕皮提溜达。我很替他担心，他简直瘦得皮包骨了，他一向都很缺钱。每次我听说他来了，就会派一个小男孩去找他，请他来和我一起吃饭。我给他找过一两次工作，可他都干不长。过不久，他就想回丛林，于是一天早晨，他就走了。”

在离开马赛大约六个月后，斯特里克兰来到了塔希提。

这一路上，他在一艘从奥克兰到旧金山的帆船上做工。他带着一盒颜料、一个画架和十几张画布来到塔希提，兜里揣着几英镑，是他在悉尼打工赚到的钱。他在镇郊找一户当地人家租了个小房间。照我看,就在他的脚踏上塔希提的那一刹那，他体会到了回家的感觉。提亚蕾告诉我，他曾经对她说过这样的话：

“那个时候，我正在擦洗甲板，突然一个家伙对我说:‘喂，到了。’于是我抬起头，就见岛屿的轮廓出现在我的眼前。我立马就意识到，那里是我毕生都在寻找的地方。后来，我们越驶越近，我感觉自己像是来过这里。有时候，我在岛上徘徊，感觉一切都似曾相识。我可以发誓，我以前绝对在这里待过。”

“有时候，这个地方就是能带给人们这样的感觉。”提亚蕾说，“我认识一些人，他们的船靠港装货，他们原本只能上岸待几个小时，可他们再也不愿意回去了。我还知道，有些人来岛上工作一年，却始终诅咒这个地方，等到他们走了，就发毒誓说打死也不会再回来了。可过了六个月，你就会看到他们又来到了岛上，他们还会告诉你，在这里住惯了，在别的地方就再也住不下去了。”

第五十章

我觉得有些人天生就不属于他们出生的地方。命运将他们送到某种环境之中，可他们却总是渴望着一个就连他们自己也不知道在什么地方的家。在他们的出生地，他们就是陌生人，不管是他们从小就熟悉的落满树叶的小巷，还是经常玩耍的拥挤街道，都只是过渡的地方。他们可能一辈子就这么生活在亲属之间，与他们格格不入，在熟悉的环境中超然离群。或许正是因为无法融入这样的环境，才会让他们到处去寻找一处永恒的寓所，而在那里，他们才能够融入其中。或许是某些根深蒂固的返祖现象，驱策着这些流浪者返回他们的祖先在远古时期居住过的土地。有时候，人们找到一个地方，会莫名其妙地对那里产生归属感。那里就是他们寻找的家园，他们将融入从未见过的环境中，与那些并不相识的人相处，仿佛他从一开始就对那些人、那个地方十分熟悉。

在那里，他们终于找到了慰藉。

我给提亚蕾讲了一个故事，故事的主角是我在圣托马斯医院认识的一个人。那个年轻人是个犹太人，叫亚伯拉罕，金发碧眼，长得很胖。他很腼腆，也很谦逊，可他具有惊人的天赋。他是凭借奖学金才能进医院的，在为期五年的课程中，他得到了所有能得到的奖金。他学过内科和外科。所有人都知道他很优秀。最后，他成了正式员工，可谓前途光明。在正常情况下，他一定会在事业上有所建树，荣誉和金钱就在前面等着他。在正式入职之前，他想去度个假，可他没钱，便跑去一艘驶往勒旺岛的货船上当医生。一般来说，这种船没有医生，可医院里的一位医生前辈认识船务公司的董事，就这样，亚伯拉罕得到了这个优待。

过了几个礼拜，医院的管理者收到了他的辞职信，他辞去了这个令人垂涎欲滴的职务。这可叫人们大吃一惊，于是开始流言四起。只要有人做出了奇怪的举动，人们就会觉得背后的动机很不光彩。可正好有个人来顶替亚伯拉罕的职位，于是，人们就把亚伯拉罕抛到了脑后。此后再也没有听说他的消息，他像是人间蒸发了。

大约十年后，一天早晨，我在驶往亚历山大的船上，并被告知要和其他乘客一起排队，接受医生检查。那个医生是个胖子，穿得破破烂烂，他摘掉帽子，我注意到他是个光头。我觉得这个人很眼熟。忽然之间，我想起来了。

“亚伯拉罕。”我说。

他扭头看着我，显得很糊涂，接着，他认出了我，一把抓住我的手。我们两个都大呼见到彼此很意外。他听说我要在亚历山大过夜，就邀请我和他一起去英国俱乐部吃饭。等我们再见面的时候，我就说真没想到会在那里见到他。他在船上做着非常卑微的工作，一看就知道他生活得很窘迫。后来他给我讲了他的故事。那时候，他去地中海度假，原本打算返回伦敦，到圣托马斯医院上班。可一天早晨，轮船停靠在亚历山大港，他站在甲板上眺望这座城市，阳光下整个城市都是白色的，码头上人来人往。他不光看到了穿着破烂长袍的当地人，来自苏丹的黑人，聒噪的希腊人和意大利人，戴着塔布什帽、表情严肃的土耳其人，还看到了阳光和蓝天。就在这个时候，他忽然意识到了什么。那是一种无法言喻的感觉。他说，那就好像平地里一声惊雷，说完觉得这么形容不太恰当，又说他好像突然得到了神启。他感觉他的心紧紧地揪在一起，突然之间，他的内心充满了狂喜，被一种奇妙的自由感包围了。他感觉回到了家，一瞬间，他就决定余生都将住在亚历山大。他轻而易举便能下船，仅仅二十四个小时后，他就带着他的所有物品上了岸。

“船长一准儿以为你疯了，偏要做个孤独的怪人。”我笑着说。

“别人的想法对我没有任何影响。实际上，做出这个举动的人不是我，而是我内心中一股更强大的力量。我环视四周，心想我可以先住进一家希腊小旅店，我感觉我知道要到哪里去找这样一个小旅店。我就这么直接走过去，一眼就认出了那家旅店。”

“你以前来过亚历山大？”

“没有，那时候我就没离开过英国。”

不久，他就去了一家政府创办的医院，一直工作到现在。

“你有没有后悔过？”

“连一分钟都没有。我赚的钱只够维持生计，但我很满足。我没有过多要求，只希望能够温饱，就这样快乐地过完我的一生。”

第二天，我离开了亚历山大，就把亚伯拉罕的事儿抛到了脑后。在不久之前，我和一个医生老朋友吃饭，这才想起他。我这个朋友名叫亚力克·卡迈克尔，到英国来休短假。我是在街上碰到他的，他因为在战争期间做出了杰出贡献而获得了爵士头衔，我向他道贺。我们约好找个晚上聚聚，一起叙旧，后来我答应和他一起吃饭，他就建议说只有我们两个人才好聊个尽兴。他在安妮女王街有一栋漂亮的老房子，是个很有品位的人，将房子布置得十分雅致。在餐厅中，我看到一幅贝洛托的佳作，还有两三幅佐法尼的画，真叫我艳羡不已。他的妻子身材高挑，面容秀美，穿着一身金色衣服。她起身告辞，这时候我就哈哈笑着说，他现在的条件与我们一同学医时真是差了十万八千里。那时候，去威斯敏斯特桥路上那家破烂的意大利餐馆吃顿饭对我们来说都很奢侈。亚力克·卡迈克尔现在在五六家医院坐诊，估摸一年能赚一万镑，他的爵士头衔只是个开头，今后，他还会获得更多的荣誉。

“我现在的事业发展得不错，”他说，“可说来也怪，我觉得这一切都是从一个机会开始的。”

“这话怎么讲？”

“你还记得亚伯拉罕吗？他才是天之骄子。上学的时候，他一直就比我强。他赢走了所有我想赢得的奖金和奖学金。有他在，我永远都是第二。要是他不走，也没有我现在的成就。那个人天生就是当医生的料，没人能与他比肩。那时候他被聘请为圣托马斯医院的专科住院医生，而我根本就没机会成为医院的正式医生，很可能就要去做个非专业医生。你知道的，非专业医生没有多大出路。可亚伯拉罕不干了，我得到了他的职位，这才有机会成就今天的我。”

“你说得不错。”

“我只是运气好而已。我觉得亚伯拉罕大概是疯了，可怜的人，竟然堕落了。他去了亚历山大，在政府办的医院里找了份薪水微薄的工作，做的是卫生检察员这样的差事。我听说他找了个又丑又老的希腊女人，生了五六个孩子，全都是病秧子。依我看，事实就是，光有聪明的大脑是不够的，最重要的是个性。亚伯拉罕就没个性。”

个性？在我看来，只考虑半个小时，就决定抛弃似锦的前途，只有很有个性的人才干得出来，因为你要能看得出，另一种生活方式是否具有更重要的意义。只有更有个性的人才不会因为突然走这一步而后悔。可我什么都没说，亚力克·卡迈克尔还在若有所思地说着：

“当然了，要是我假装为亚伯拉罕的行为遗憾，那就太虚伪了。毕竟，有了他的放弃，才有了我的机会。”他一口接一口地吸着昂贵的花冠牌长雪茄，“可要是这件事和我的切身利益没关系，我一定会为这样的人才浪费而扼腕叹息。一个人把自己的生活搞得一团糟，真是太惨了。”

我并不认为亚伯拉罕弄糟了他自己的生活。做最想做的事，生活在惬意的环境里，内心祥和，是弄糟了自己的生活？那么，成为优秀的医生，每月赚一万英镑，娶个漂亮妻子，就是成功？我觉得答案如何，取决于每个人对人生的态度，对社会的要求，对个人的要求。可我依旧没有发表任何意见，我有什么资格同一位爵士争辩呢？

第五十一章

我跟提亚蕾讲述这个故事的时候，她称赞了我的审慎态度，在接下来的几分钟，我们默不作声地剥着豌豆。她时时刻刻都在注意着厨房的事务，中国厨师做了一件让她很不满意的事，她破口大骂，但那个中国人也不甘示弱地为自己辩白，两个人很快就吵得不可开交。他们都说着土著话，而我顶多能听懂五六个字，听起来像是马上就要世界末日了。但两个人很快就不吵了，提亚蕾递给厨师一根烟，两人惬意地抽起来。

“知道吗，他老婆还是我帮他找的呢！”提亚蕾突然说，笑容在她那张大脸上绽放开来。

“你是说厨师？”

“不是，斯特里克兰的老婆。”

“他不是有老婆了吗？”

“他也是这么说的，但我告诉他，他的老婆在英国，英国在地球的另一边呢。”

“没错。”我答道。

“每隔两三个月，他需要颜料、烟草或者钱，就会来帕皮提，然后就会像条流浪狗一样到处晃荡。我看他怪可怜的，就给他安排了一个叫艾塔的女孩帮他收拾房间。艾塔算是我的亲戚吧，她爸妈早死了，所以我让她跟我住。斯特里克兰不时来我这儿吃顿饱饭，或是跟某个小伙子下棋。我发现每次斯特里克兰来，她都会看着他。我就问她是不是喜欢他，她说她很喜欢。你也知道这些女孩，巴不得跟白人在一起。”

“她是本地人吗？”我问。

“是的，她身上没有一丁点儿白人的血统。呃，跟她谈过之后，我就差人去把斯特里克兰找来，对他说：‘斯特里克兰，你也得在这里安顿下来了。像你这么大的人不应该在海滨跟女孩子瞎闹了，那些女的都不是什么好人，你跟她们一起胡闹也不会有什么好结果。你又没钱，每次做份工作也就能干一两个月，现在都没人请你做事了。虽然你说你可以跟哪个土著人住在林子里，她们也乐意跟你去，因为你是个白人嘛，但白人可不能干这种不体面的事。现在你好好听我的，斯特里克兰。’”

提亚蕾跟人聊天，一会儿用英语，一会儿说法语，因为她对这两种语言都运用自如，所以，她说话的时候就像在唱歌，听起来挺悦耳。要是一只鸟会说英语，你准会觉得鸟发音的时候就是这种调调。

“‘对了，你把艾塔娶了怎么样？她可是个好姑娘，才十七岁。她不像她们那些女孩子一样乱来，尽管她跟某位船长或者大副要好过，这倒不假，可她从来没被当地人碰过。你知道，她很自重。上次欧胡号到这儿来，船上的事务长告诉我，他从来没见过哪座岛上有这么好的姑娘。她也该安个家了，再说了，那些船长、大副什么的都喜新厌旧。我不会老留着那些跟我干活的女孩。她在塔拉瓦奥有块地，就在靠近半岛的地方，按照现在的行情，卖掉收获的干椰子肉，你都能过上相当舒服的日子了。那里还有幢房子，你有大把时间可以画画。你觉得怎么样？’”

提亚蕾停下来喘了一口气。

“这个时候他告诉我他在英国有老婆了。‘可怜的斯特里克兰，’我对他说，‘他们哪个没有老婆，他们一般还不就是因为这个才到岛上来的。艾塔是个懂事的姑娘，她也不会要求当着市长的面举行什么仪式。对了，她是新教徒，你知道他们不像天主教徒一样看重这些东西。’”

“然后他又说，‘可是艾塔怎么看待这件事情呢？’‘她好像迷上了你。’我说，‘只要你没问题她肯定愿意。要我叫她来吗？’他咯咯地笑了起来，像平常一样干巴巴地笑着，挺逗的，于是我就把艾塔叫来了。她知道我在说什么，这个小骚货，我一直用眼角的余光盯着她看。她当时假装在为我烫一件洗过的上衣，不过我们说的话她一个字都没落下。她过来后，一直在那儿笑，但我看得出来她有点不好意思。斯特里克兰就那么看着她，也没说话。”

“她漂亮吗？”我问。

“还不错。不过你一定见过她的画。斯特里克兰给她画了很多，有时候就围着一条沙滩巾，有时候什么都没穿。是的，她挺漂亮的。而且她会做饭，是我亲手调教的。我见斯特里克兰正在考虑这事，便对他说：‘我之前给她的薪水还不错，她都存了起来，她认识的那些船长和大副有时候也会给她点小恩小惠，七七八八存下来有好几百法郎了。’

“他捻着他那红色的大胡子笑了笑。

“‘好了，艾塔，’他说，‘你喜欢我做你的丈夫吗？’

“她什么都没说，只是咯咯地笑着。

“‘我不是跟你说过了吗，可怜的斯特里克兰，这个女孩迷上你了。’我说。

“‘我会打你的。’他看着她说。

“‘如果你不打我，我怎么知道你爱我呢？’她回答道。”

这时提亚蕾没再说这个故事，而是若有所思地看着我说：

“我的第一任丈夫约翰逊船长以前老打我。要说他还真是个男子汉。六英尺三英寸高，英俊潇洒，他喝醉酒的时候谁也拦不住。每次挨完打，我身上都是青一块紫一块的，几天都不会消失。唉，他去世的时候我哭得好伤心。我以为自己这辈子都没办法恢复过来了。但是直到嫁给乔治·雷尼我才知道自己失去了什么。你要是没跟男人生活过，永远不知道他是个什么样的人。从来没有一个男人像乔治·雷尼这样骗过我。

他长得很帅，身材挺拔，差不多跟约翰逊船长一样高吧，看起来也很强壮。可这一切都是表面现象。他从不喝酒，也没动手打过我，简直像个传教士。每次船靠岸的时候我会跟里面的高级船员搞在一起，可乔治·雷尼什么也瞧不见。最后我实在厌烦他了，就跟他离婚了。这样的丈夫有什么用呢？有时候男人对待女人的方式还真是糟糕。”

我安慰了提亚蕾，还深表同情地对她说，男人向来不可信，然后我叫她继续跟我讲斯特里克兰的故事。

“‘这样吧，’我对他说，‘这事急不得，你慢慢考虑一下。艾塔在附楼有个不错的房间，你可以跟她在那里住上一个月，看看你有多喜欢她。你还可以在这里吃饭，到月末的时候，如果你决定娶她，只管搬去她的那块地上安顿下来。’

“呵呵，他同意了。艾塔继续帮我干家务，我按照之前的约定每天给他饭吃，还教艾塔做了一两个他喜欢的菜。这段时间他也不是经常画画，只会在山间闲逛，在河里洗澡。他喜欢坐在海滨，望着潟湖，日落时分他会下去眺望莫里阿岛。他还常常去礁石上钓鱼，喜欢去码头上闲逛，跟当地人谈天说地。他人很好，不爱说话。每天吃完晚饭后，就会跟艾塔去附楼的房间。我看得出来，他渴望回到丛林里。月末的时候，我问他心里怎么想的，他说如果艾塔愿意走，他就愿意带她去。于是我给他办了一桌喜酒，还是我亲自下的厨。我给他做了豌豆汤，葡萄牙风味的大虾，咖喱饭，椰子肉沙拉——你还没尝过我的椰子肉沙拉吧？你走之前我一定要做给你尝尝。我还做了一道冰淇淋给他们吃。饭后还喝了不少香槟和利口酒。噢，我就是决心要把这顿喜酒办得像模像样。后来，我们还在客厅跳舞，那时候我没有这么胖，就喜欢跳舞。”

鲜花旅馆的客厅很小，摆着一架竖式小钢琴，靠着墙壁整齐地摆放着一套红木家具，上面盖着压花丝绒布。圆桌上放着几个影集，墙上挂着提亚蕾和她的第一任丈夫约翰逊船长的大幅照片。尽管提亚蕾现在已经又老又胖，但是我们还是会偶尔把布鲁塞尔地毯卷起来，再叫来女佣和提亚蕾的一两个朋友一起跳舞。不过那台留声机好像害了气喘病似的。阳台上弥漫着提亚蕾花浓郁的香味，头顶，南十字星座在万里无云的空中闪耀。

提亚蕾忆起许久以前的好时光，脸上洋溢着醉人的微笑。

“那天我们一直玩到凌晨三点，到了睡觉的时候，每个人都喝得酩酊大醉。我早答应过他们，可以坐着我的轻便马车，一直行驶到大路的尽头，不过之后他们得走很长一段路。艾塔的房子在山谷中。他们是在黎明出发的，我派去的小伙子直到第二天才回来。

“没错，这就是斯特里克兰结婚的经过。”

第五十二章

我估摸接下来的三年是斯特里克兰一生中最快乐的时光。艾塔的房子离环岛公路有八公里，去到那里要经过一条被郁郁葱葱的热带树林遮蔽的蜿蜒小径。那是一幢用未上漆的木头建成的小屋，有两个小房间，外面是个小棚屋，用作厨房。除了一些他们当成床的垫子外，屋子里并无家具，阳台上有一把摇椅。香蕉树长到屋子跟前，锯齿般的大树叶活像落魄女王穿的破烂衣服。紧挨着房子的背后有一棵鳄梨树，四周长着能变成钱的椰子树。艾塔的父亲生前在房子周围种了巴豆，茂盛的巴豆长得绚丽多彩，如同火焰一样把椰林围在当中。屋子正面有一棵芒果树，空地边上还有两棵双生的凤凰木，开着猩红色的花，跟金黄色的椰果斗色争妍。

斯特里克兰依靠这片土地生产的作物过活，很少去帕皮提。不远处有条小河，他常在那里洗澡。河里偶尔会有成群的鱼游过，土著人会带着鱼叉从四面八方走来，他们会扯着嗓子大声嚷嚷，用鱼叉将受到惊吓、正匆匆游往大海的鱼叉住。有时候斯特里克兰也会到下面的礁石上去，抓回一篮五彩斑斓的小鱼。艾塔会用椰子油把鱼煎好，有时还配上一只大龙虾；另外她还经常给他做一盘味道鲜美的螃蟹，这种陆地蟹在脚下爬来爬去，一伸手就捉得住。山上有橘树，艾塔和村子里的两三个女人偶尔还会上山，带着甘甜可口的绿橘子满载而归。等到椰果成熟可以采摘的时候，艾塔的表亲、堂亲（跟所有的土著人一样，艾塔也有很多亲戚）都会蜂拥而至，纷纷爬到树上，把熟了的大椰子扔下来。他们会把椰子劈开，放在太阳底下晒，然后再把椰子肉取出来，放进布袋里。女人会拿着椰肉到潟湖附近的村里卖给商贩，换来大米、肥皂、罐头肉和一点点钱。有时候邻近的村子会举办筵席，会杀猪。这时所有人都会聚集到一起，在那里大快朵颐，非吃到吐不可。他们会载歌载舞，高唱赞美诗。

但他们的房子离村子很远，塔希提人又懒得走动。他们喜欢旅行、喜欢东家长西家短地闲聊，就是不喜欢走路。有时候斯特里克兰和艾塔会接连好几个礼拜独自待在家里。他会画画、读书，天黑的时候，他们就会坐在自家的阳台上，一边抽烟一边望着浓浓的夜色。后来艾塔给他生了个孩子，生孩子的时候前来帮忙的一个老婆婆也留下了。不久，老婆婆的孙女也来了。后来又来了一个年轻人，谁也不清楚这几个人是打哪儿来的，也没人晓得他们的底细。斯特里克兰倒是乐得逍遥，跟这些人在那里安了家，一大家子住在一起。

第五十三章

“瞧啊，布鲁诺船长来了。”一天，我在梳理提亚蕾跟我说的斯特里克兰的故事时，她对我说，“他和斯特里克兰很熟，还去过斯特里克兰住的地方呢。”

我看到一个已过中年的法国人，留着有些斑白的黑色大胡子，脸晒得黝黑，有一双闪亮的大眼睛。他穿着一套整齐的帆布衣服。我是在吃午饭的时候注意到他的，一个叫阿林的中国小伙子告诉我，他是乘船从波莫图斯来这儿的，船是当天到的。提亚蕾把我介绍给他，他递给我一张很大的名片，名片正中印着雷内·布鲁诺，底下印着“远程号船长”。我们坐在厨房外面的小阳台上，提亚蕾正在为一个在旅馆里做工的女孩剪裁衣服，布鲁诺船长坐在我们当中。

“是的，我跟斯特里克兰熟得很，”他说，“我很喜欢下棋，他也喜欢。我每年因为生意上的事要往塔希提跑三四趟，如果他也在帕皮提,就会来这儿找我杀几盘。后来他结婚了……”布鲁诺船长笑了笑，耸耸肩膀，“总之，他同提亚蕾介绍给他的姑娘住在一起后，还邀请我去过他那儿。我还参加了他的婚宴呢。”他看着提亚蕾，两人相视而笑，“自那以后，他就没怎么来帕皮提了。大约一年后，我因为凑巧要去那座岛上，要处理什么生意我倒忘了，事情办完后，我对自己说:‘哎呀，为什么不去看看那可怜的斯特里克兰呢?’我还向一两个当地人打听，看他们知不知道这么个人，结果发现他住的地方离我当时所在的地方不到五公里。于是我就去了。我一辈子都不会忘记那里给我的印象。当时我住在一个环礁上，所谓的环礁就是环抱潟湖、地势低平的小岛。要说那里可真美，碧海蓝天，有五彩缤纷的潟湖，摇曳多姿的椰树。但斯特里克兰住的地方如同伊甸园一样美。哎呀，我真希望你能亲眼领略那个地方的魅力。那里是一个与世隔绝的幽僻之所，头顶是碧蓝的天空，周围是郁郁葱葱的树木，真是一场视觉的盛宴。那是一个芬芳馥郁、清爽宜人的世界，这样的人间天堂是无法用语言描述的。他就住在那里，从不过问世间之事，也不会被俗事烦扰。我想在欧洲人的眼里，那个地方想来肮脏得很。他们的房子破旧不堪，远称不上干净。三四个土著人躺在阳台上。你知道那些土著人总喜欢凑在一块。有个年轻人四仰八叉地躺在那里，抽着烟，身上除了一条沙滩巾外什么也没穿。”

所谓的沙滩巾，就是一条红色或蓝色的长棉麻布，上面印着白色的图案，围在腰间，垂至膝盖。

“一个约莫十五岁的女孩正在用露兜树叶编织帽子，一个老妇人蹲在地上抽烟斗。然后我就看见了艾塔。她正给刚出生的小孩喂奶，还有一个赤身裸体的孩子在她脚边玩耍。她看见我后立即叫来了斯特里克兰，他走到门口，身上同样只系着一条沙滩巾。他留着大胡子，头发乱蓬蓬的，胸口上长了很多毛，样子特别古怪。他的脚上长着厚厚的茧，还有不少伤疤，一看就知道经常打赤脚。他已经成为一个彻头彻尾的土著人。他看到我好像挺高兴的，叫艾塔杀了一只鸡招待我。他把我领进屋里，给我看了他正在画的一幅画。床放在角落里，当中摆着带有画布的画架。因为当时我挺同情他的，便花了一点小钱买了他的几幅画。后来我把其中一些寄给了法国的朋友。虽然我当时只是出于同情才买他的画，但久而久之，我还真喜欢上了那些画。我发现他的画有一种奇特的美。当时所有人都觉得我疯了，可结果证明我没有看错。可以说我是岛上第一个欣赏他作品的人。”

他幸灾乐祸地冲提亚蕾笑了笑，接着，提亚蕾又万分懊悔地跟我们讲了那个老生常谈的故事：在斯特里克兰的遗物拍卖会上，她压根儿就没留意他的画，只是花了二十七法郎买了一个美国产的炉子。

“这些画你还留着吗？”我问。

“是的，我准备等到女儿出嫁的时候再卖。到时候给她当嫁妆。”他继续讲述上次造访斯特里克兰的故事。

“我永远也忘不了跟他一起度过的晚上。我原本打算顶多待一个钟头，但他一再留我过夜。我有些犹豫不决，说实话，我真不喜欢他给我准备的睡觉的草垫。不过最后我还是耸耸肩，答应了。我在波莫图斯盖房子的时候，在比草垫硬得多的床上睡了好几个礼拜，那时除了一些灌木之外连个遮蔽物都没有。至于害虫之类的东西，我皮糙肉厚，早就百毒不侵了。

“艾塔准备晚餐的时候，我们去河里洗了澡。吃完饭后我们坐在阳台上，一边抽烟一边聊天。那个年轻人有个六角手风琴，演奏着一些十几年前在音乐厅流行的曲子。在这样的一个夜晚，在远离文明数千里的热带丛林里，这样的声音听起来有着别样的风味。我问斯特里克兰他跟形形色色的人混居在一起会不会感到厌烦。不会的，他如是说。因为这样他的模特可以随叫随到。没过多久，几个当地人就都睡着了，只剩下我和斯特里克兰。我没办法向你描述那样的夜晚是多么寂静。在波莫图斯的岛上，夜晚从来不会像这般静谧。沙滩上数不清的动物发出窸窸窣窣的声响，各色各样的贝类小动物永不停歇地爬行着；还有匆匆爬过的陆地蟹，它们会发出一串嘈杂的声音。有时，你还能听到潟湖里鱼儿“扑通”跳出水面的声响；有时，一条灰真鲨会惊得别的鱼儿四散逃命，留下一片噼里啪啦的溅水声。但盖过所有声响的还是碎浪拍打礁石的轰鸣声，这个声响如同时间一样无休无止。但这里却没有半点声音，白花在晚间绽放，空气中暗香浮动。夜晚是那样的美，仿佛你的灵魂都无法忍受身体的束缚，感觉它随时都会在缥缈的天空中游荡而去，死神的面容如同挚友一样熟悉。”

提亚蕾叹了口气。

“唉，我真希望我还能回到十五岁。”

这时，她瞥见一只猫正在厨房里偷吃一盘对虾，麻利地将手中的书一扔，伴随着一阵连珠炮似的骂声，那书不偏不倚地打在仓皇逃窜的猫尾巴上。

“我问他跟艾塔生活是否快乐。

“‘她不会打扰我，’斯特里克兰说，‘她会给我做饭，照顾孩子。我说什么她就会做什么。她满足了我对女人的一切需要。’

“‘你离开欧洲从不后悔吗？你难道就没留恋过巴黎或者伦敦璀璨的灯光吗？难道就不怀念朋友、同僚和其他事情吗，比如剧院，报纸，鹅卵石路面上公共汽车的隆隆声？

“他良久没有说话，最后开口道：‘我愿意终老于此。’

“‘可是你难道永远不会厌烦或者孤独吗？’我问。

“他咯咯地笑了笑。

“‘我可怜的朋友，’他说，‘你显然不懂艺术家是怎么一回事。’”

布鲁诺船长转过头来对我轻轻一笑，和蔼的双眸里闪着奇妙的光辉。

“他这样说可真是冤枉我了，因为我也懂得什么叫心怀梦想。我也憧憬过，从某种程度上而言，我自己也是个艺术家。”

我们良久没有说话，提亚蕾从宽大的口袋里摸出一把烟，给我们每人递了一根，我们三个开始抽起烟来。最后她说：

“既然这位先生对斯特里克兰感兴趣，你何不带他去见见库特拉斯医生？他能跟先生说说斯特里克兰是怎么生病的，怎么死的。”

“乐意之至。”船长看着我说。

我向他道了谢，他看了看手表。

“已经六点多了，如果你现在想去，我们可以去他家找他。”

我二话没说就站了起来。我们沿着马路往医生的家里走去。他并不住在镇子里，鲜花旅馆正好在镇子的边上。我们很快便到了郊外，宽阔的路上胡椒树茂密成荫，两旁是椰子树和香子兰种植园。军舰鸟在棕榈树的叶子里放肆尖叫。我们来到一座立于浅河的石桥上，在上面驻足了几分钟，看当地的小男孩在河里洗澡。他们尖叫着、欢笑着互相追逐，褐色的身体湿漉漉的，在阳光下闪闪发亮。

第五十四章

我到这里后听说了许多有关斯特里克兰的事，一路上我不由得想到这里的环境。这是一座偏僻的小岛，跟欧洲并不相同，他似乎并没有引起这里人的任何反感，反而引发了人们的同情心，他的一些奇行怪癖在这里也能得到包容。无论是在当地人还是在欧洲人的眼里，他当然是个怪人，但这里的人早就习惯了他的怪异。这个世界上本来就有很多怪人，做着一些稀奇古怪的事，也许这里的人清楚一般人都不能成为自己期盼的那种人，而只能成为他们不得不成为的那种人。无论在英国也好，法国也罢，他好比是方枘圆凿，十分别扭，而在这里却有各种各样的孔，无论什么样的榫子都能适应。我不觉得他的脾性在这里变得温柔了，变得没那么自私、没那么粗鲁了，而是这里的环境更适合他。如果他这辈子都在这样的环境下生活，人们可能就不会注意到他的斑斑劣迹。

他在这里获得的同情是他在同胞身上从未奢望过，也从未要求过的。

想到这些，我心里略有些惊奇，便想同布鲁诺船长聊聊，但他没有立即答复我。

“不管怎样，我对他表示同情也并不奇怪，”他最后说，“因为，或许我们两个谁也不知道，但我们追求的东西是一样的。”

“你跟斯特里克兰是完全不同的两个人，你们共同追求的东西会是什么呢？”我笑着问道。

“美。”

“追求这玩意儿可不容易。”我喃喃道。

“你知道吗，人要是被爱情冲昏了头，可能对周遭的一切充耳不闻，视而不见。他们就好比锁在船上划桨的奴隶，很少能主宰自己的一举一动。将斯特里克兰束缚住的那股狂热就跟爱情一样蛮不讲理。”

“真是奇怪，你怎么也会这么说！”我回答道，“因为很久以前我也觉得他是鬼上身了。”

“俘获斯特里克兰的狂热是一种对美的创作激情，让他片刻不得安宁，驱策着他东奔西走。他就像一个不知疲倦的朝圣者，会永远向着让他魂牵梦绕的圣地前进，附在他身上的魔鬼却毫无怜悯之心。有些人追求真理的愿望非常强烈，为了达到目的，就算把他的生活彻底颠覆也在所不惜。斯特里克兰就是这样的人，只不过他追求的是美，而不是真理，我打心眼里同情他。”

“这事也挺怪的，以前有个被他伤得很深的人也跟我说特别同情他。”我沉默了一会儿，“我一直猜不透他的性格，说不定你已经找到了答案。你到底是怎么发现的？”

他转头望着我笑了笑。

“我不是告诉过你吗，从某种程度上来说我也是个艺术家，我发现我身上也有那种激励着他的欲望。只不过他创作的媒介是颜料，而我的却是生活。”

接下来布鲁诺船长给我讲了一个故事，我必须在这里转述一下，因为哪怕只是对比，这个故事也能让我对斯特里克兰的了解更加深入。而且我觉得这个故事本身就很美。

布鲁诺船长是布列塔尼人，曾在法国海军服役过，结婚后便退役了，在坎佩尔附近一个小庄园里安了家，准备安安稳稳地过完余生。但因为给他打理财务的律师的失职，他一夜之间变得一无所有。因为他们在当地本来挺受人敬重的，所以他和他妻子都不愿待在原来的地方过穷日子。当年航海的时候他去过南太平洋，便决定去那里闯荡一番。他在帕皮提待了几个月，在那里为未来拟订计划，积累经验。后来，他从法国的一个朋友那里借了点钱，在波莫图斯买了一座岛。那是一座环形小岛，围绕着一个很深的潟湖。岛上无人居住，只有灌木和野石榴。他只带着他那天不怕地不怕的妻子和几个当地人登上了小岛，开始着手建造房子，把灌木挖掉，种上椰子树。这是二十年前的事了，当年的荒岛如今变成了一座花园。

“起初特别难，要操心的事情很多。我们两个没日没夜地干活。每天天刚一亮就起床了，清理灌木，种树，盖房子。晚上，我一倒在床上就呼呼大睡。我妻子干起活来跟我一样卖力。后来我们的孩子出生了，先是一个男孩，接下来又生了一个女孩。我和我妻子把我们所知道的东西都教给了他们。我们还从法国运来一架钢琴，她教孩子们弹钢琴，说英语；我就教他们拉丁语和数学；我们还一起读历史。后来他们学会了驾船，游泳的本领也跟当地人一样厉害。他们对岛上的大小事务都非常熟悉。我们的椰子树长势喜人，礁石上还能捡到贝壳。我现在到塔希提是想买艘双桅帆船，到时打捞到的贝类肯定能把买船的钱赚回来。谁知道呢？说不定还能找到珍珠呢。我在那里做的事情就是白手起家，也等于是创造了美。哈，看着那些高大挺拔的树，我心里甭提有多自豪了，那里的每一棵树都是我亲手种的。”

“我问你一个问题，这个问题我以前也问过斯特里克兰。你把法国、把远在布列塔尼的老家抛在身后，从来都没后悔过吗？”

“等将来有一天我女儿嫁人，儿子娶上妻子，他们可以继承我在岛上的事业后，我就回到我出生时住的老房子，在那里过完余生。”

“到时候你回首过去，肯定会觉得这辈子过得挺幸福的。”我说。

“当然啦，其实我在岛上的日子过得挺平淡，我们跟文明世界隔着十万八千里，就算是去塔希提也要走上四天。但我们在那里很快乐。其实很少有人能达成理想。我们的生活简朴、单纯，也没什么很大的抱负，如果说我们有什么值得自豪的地方，那就是我们渴望用双手创造财富。我们不会怨恨、嫉妒别人。啊，亲爱的先生，有人说‘能劳动就是福气’是句空话，但对我来说这句话却有着重要的意义。我很幸福。”

“我相信你完全有资格这样说。”我笑着说。

“我也希望能这样想。我的妻子不仅是我的挚友，也是我的好帮手，还是一位贤妻良母，我不知道自己何德何能可以娶到这么好的女人。”

我细细想了想船长描绘的这种生活。

“你能过上这样的生活，还取得了这么大的成就，肯定与你坚强的意志、果敢的性格密不可分。”

“也许吧，但如果没有另外一个因素，我们可能什么事都做不成。”

“你指的是什么？”

他停了下来，动作有些夸张地伸直了胳膊。

“对上帝的信仰，要是没有信仰我们早就迷失了。”

说话间，我们已经到了库特拉斯医生的门口。

第五十五章

库特拉斯医生是一个上了年纪的法国人，又高又胖，身形活像一只大鸭蛋。他长着一双炯炯有神的蓝眼睛，看起来很和善，还不时得意地瞅瞅自己的大肚子。他气色很好，头发已经花白，一眼就能让人心生好感。他接待我们的房间像极了法国乡下的宅子，房间里一两件波利尼西亚古董看起来有些突兀。他用两只巨大的手握着我的手，亲切地看着我，不过他的眼神看起来非常精明。他跟布鲁诺船长握手的时候，礼貌地问候了他的夫人和孩子。他们寒暄了几句，还随便闲聊了一会儿岛上的消息，以及干椰子肉的行情和香子兰的收成。接着我们便谈到了我此行的目的。

我没办法把库特拉斯医生的原话复述出来，只能用我自己的语言描述，如此一来，他原本绘声绘色的讲述在我笔下要逊色不少。他声音低沉、洪亮，跟他魁梧的身材倒是十分相配。他说话时如同在台上表演，有句话怎么说来着，听他讲话就像在看一出好戏，而且比大部分戏剧都还来得精彩。

事情的经过大概是这样的：一天，库特拉斯医生去塔拉瓦奥给一位生病的女酋长治病——他生动地描绘了那位身体肥胖的老妇人躺在大床上抽烟的样子，她又胖又蠢，周围是一群皮肤黝黑的随从。他给女酋长瞧过病后，被领进了另外一个房间吃饭，吃的是生鱼、炸香蕉和鸡肉什么的，反正是当地人常见的饭菜。他在吃饭的时候，看到一个哭哭啼啼的小姑娘被人从门口赶走了。当时他什么也没想，但是等他上了马车准备回家的时候，又看见那个姑娘站在离他不远的地方。小姑娘愁眉苦脸地看着他，眼泪顺着她的面颊簌簌而下。他就问其他人这个姑娘怎么啦，那人告诉他，姑娘下山是想请他为一位生病的白人瞧病。当时他们叫她不要打扰医生。于是他把姑娘叫了过来，亲自问她有什么事。姑娘告诉他是艾塔差她来的，说什么艾塔过去在鲜花旅馆待过，说是“红毛”病了。然后姑娘塞给他一张皱巴巴的报纸，他打开一看，发现里面有一张一百法郎的纸币。

“红毛是谁？”他问站在旁边的一个人。

那人说他是一个英国画家，跟艾塔住在离这儿七公里远的山谷里。根据他们的描述，他知道那人就是斯特里克兰。但去往那里必须走路，他们知道他没办法去，所以才把女孩打发走了。“我承认，”医生转头对我说，“当时我也犹豫了，我可不喜欢走上十四公里的崎岖小路，当晚也肯定没办法回到帕皮提了。而且，我对斯特里克兰没什么好感。他就是个游手好闲的无赖，宁愿跟一个土著女人生活，也不像我们这些人一样努力赚钱。天哪，我怎么知道将来有一天他会成为举世公认的天才？我问那个姑娘他是不是病得不能下山来见我了，还问姑娘她觉得他得了什么病。但是她没有回答。我一再逼问，态度可能是凶了点，结果她低下头盯着地面，开始哭起来。我只能无奈地耸耸肩，毕竟看病救人是医生的职责，于是我没好气地叫她在前面带路。”

到了那里后，库特拉斯医生的心情还是没有好转，他累得满头大汗，渴得要命。当时艾塔正在焦急地等着他，还走了一段路，到小路上来接他。

“在我给人瞧病前先让我喝点东西，要不我准会渴死。”他大声说，“看在上帝的分儿上，快给我一个椰子。”

艾塔喊了一声，一个男孩跑了过来，爬上一棵树，不一会儿就扔下一个熟椰子。艾塔开了个洞，医生美美地喝了一大口。然后他给自己卷了根纸烟，心情终于好起来了。

“好了，‘红毛’在哪儿呢？”他问。

“他在屋子里画画。我没有告诉他你要来，你进去看看他吧。”

“他到底有什么不舒服的？如果他还能画画，那一定可以到塔拉瓦奥来，我也不用一路走得这么辛苦了，看来我的时间不如他的宝贵吧。”

艾塔没有说话，而是同那个男孩一起，跟医生进到屋里。

先前来叫他的女孩则坐在露台上，那里还躺了一个老太婆，她正背对墙壁抽着一种当地的烟。艾塔指了指门。医生觉得这些人的行为都怪怪的，便气呼呼地进了门，发现斯特里克兰正在里面清洗调色板。画架上摆着一幅画。斯特里克兰只系着一条沙滩巾，背对着门站着，听到脚步声后他转过头来，愠怒地看着医生。他有些吃惊，被人无端打扰让他有些恼怒。但医生倒抽了一口气，双脚钉在地板上，像是生了根，眼睛直勾勾地盯着他。这一幕是他完全没有预料到的，他整个人都被吓傻了。

“你怎么可以闯进来？一点礼貌都没有。”斯特里克兰说，“有什么事吗？”

医生总算定了定神，但费了好大劲儿才说出话来。之前的怒气已经一扫而空，他感到——噢，好吧，我也没办法否认——一股怜悯之情油然而生。

“我是库特拉斯医生，先前在塔拉瓦奥给酋长看病，是艾塔请我来给你瞧病的。”

“她就是个蠢货。最近我身上是有点疼，还发烧，但没什么大不了的，过段时间就好了。下次有人去帕皮提，给我捎点金鸡纳霜回来就行了。”

“你自己照镜子看看。”

斯特里克兰瞥了他一眼，笑了笑，走到墙上挂着的一面小镜子前面——那是一面镶在小木框里的廉价镜子。

“怎么啦？”

“你难道没看到你的脸上有什么奇怪的变化吗？你就没发现你的五官都变肥大了吗？要我怎么描述呢？已经变成书上说的那种‘狮子脸’了。我可怜的朋友，你难道非得要我明说你得了一种可怕的病吗？”

“你是说我？”

“你照照镜子就知道了，你的脸相就是麻风病人的典型特征。”

“你在开玩笑吧。”斯特里克兰说。

“我真希望是在开玩笑。”

“你是想告诉我，我得了麻风病？”

“很不幸，毫无疑问就是这病。”

库特拉斯医生曾经宣判过许多病人的死刑，他一直没办法克服内心的恐惧。他总觉得被宣判死刑的病人会拿自己跟医生比较，看到医生这么健康，拥有宝贵的生命，他们肯定对他恨之入骨。斯特里克兰一言不发地看着他，那张被恶疾折磨得扭曲变形的脸没有将他的任何情绪表露出来。

“他们知道吗？”良久，他指着露台上的人问道。这些人都坐在露台上，安静得出奇。

“这些本地人对这样的症状非常清楚。”医生说，“他们只是不敢告诉你而已。”

斯特里克兰走到门边，往外望了望。他的脸一定非常难看，因为他们突然放声恸哭起来。他们的声音越来越大，眼泪簌簌地往下掉。斯特里克兰没有说话，静静地看了他们一会儿。

重新回到房间后，他问我：“你觉得我还能活多久？”

“谁知道？这种病有时候能拖上二十年，有时候早点结束也是一种解脱。”

斯特里克兰走到画架旁边，若有所思地看着上面的画。

“你走了这么远的路来这里，而且带来了重要消息，理应获得奖赏。把这张画拿去吧。这张画现在对你没什么意义，但将来有一天你会为拥有它而感到高兴。”

库特拉斯医生坚持说来这里瞧病不需要报酬，他已经把那一百法郎还给了艾塔。但斯特里克兰坚持要他收下那幅画。然后他们一起走到外面的露台上。几个当地人仍然哭得很厉害。“别哭了，女人。把眼泪擦干了。”斯特里克兰对艾塔说，“没什么大不了的。我马上就要离开你了。”

“他们不是要把你带走吧？”她哭着说。

当时岛上并没有实行严格的隔离制度，如果愿意的话，麻风病人可以自由走动。

“我到山上去。”斯特里克兰说。

这时艾塔站起来看着他说：“别人想走就走，但我不会离开你。你是我的男人，我是你的女人。如果你要离开我，我就在屋子后面的树上吊死，我对天发誓。”

她说这话的时候态度非常坚决，不再是那个温顺、柔弱的土著女孩，而是一个意志坚定的女人。她像是突然换了个人。

“你为什么一定要跟我一起呢？你可以回帕皮提，很快又能在那里找个白人。这个老太婆还会帮你们照顾孩子。你回去为提亚蕾干活，她也会很高兴的。”

“你是我的男人，我是你的女人。你去哪儿我就去哪儿。”

有那么一瞬间，斯特里克兰坚决的态度似乎有些动摇，两行热泪顺着他的面颊滚落下来。然后他脸上又浮现出往常那种嘲讽的笑。

“女人真是一种奇怪的小动物，”他对库特拉斯医生说，“你可以像狗一样对待她们，可以揍她们到手酸为止，但她们还是会爱你。”他说着耸了耸肩膀，“当然，基督教说女人也有灵魂，真是滑天下之大稽。”

“你在跟医生说什么？”艾塔一脸狐疑地问道，“你不走了吧？”

“如果你愿意我留下，我就不走，可怜的孩子。”

艾塔一下跪倒在他面前，双臂紧紧抱住他的腿亲吻着。斯特里克兰的脸上带着一丝浅浅的笑，看着库特拉斯医生。

“最后她们还是会把你抓住，落在她们手上你再怎么抗争也没用。不管是白人也好，棕色皮肤的人也好，都一样。”

库特拉斯医生觉得，面对这种可怕的疾病，若说些安慰的话倒显得荒唐了，他决定先离开。斯特里克兰让那个叫塔尼的男孩领着他到村子里去。库特拉斯医生顿了顿，然后对我说：

“其实我不喜欢他，我之前就说过我对他没好感，但是当我慢慢走回塔拉瓦奥的时候，敬佩之情油然而生。他用无比坚韧的勇气对抗着也许是人类最可怕的疾病。塔尼离开我的时候，我告诉他我会送些药来，那些药或许能派上用场。我知道斯特里克兰多半是不肯服的，但是即便他服了药，我也不敢奢望会对他的病有多大用处。我还叫那个男孩为艾塔捎去话，告诉她什么时候派人来找我，我都会过去。生命艰难，造物主有时竟然会以折磨自己的子女为乐。我驾驶马车回到帕皮提舒适的家中，心情格外沉重。”

我们良久没有说话。

“但是艾塔并没有差人来叫我。”医生继续说道，“那段时间我碰巧很长时间没有去那个地区，也没有收到斯特里克兰的消息，只是有一两次听说艾塔到帕皮提买绘画材料，但我并没有见到她。两年后我才又回到了塔拉瓦奥，再次去看了那个老酋长。我问他们有没有听说过斯特里克兰的事。当时他得麻风病的消息已经传得沸沸扬扬了。那个叫塔尼的小伙子先离开了那里，不久，老太婆也带着她的孙女走了。斯特里克兰和艾塔还有他们的孩子独自留在了那里。没人靠近那个种植园，因为你也知道，那些土著人对这种病怕得要命。过去，如果谁被发现得了麻风病，就会被活活打死。但是，村子里偶尔也有男孩子到山上去玩，他们可能会看到一个留着大红胡子的白人在山里游荡，吓得他们四散逃窜。有时候，到了晚上，艾塔会叫醒村里的小贩，他可能会卖一些她需要的东西给她。她知道当地人对她既害怕又厌恶，就像他们看待斯特里克兰一样。她会尽可能躲着他们。有一次，有几个女人壮着胆子走到种植园附近，看到她正在小溪里洗衣服，她们还用石头扔她。后来，村民叫那个小贩转告她，如果她还敢用小溪里的水，人们就会把她的房子烧掉。”

“畜生。”我骂道。

“别这样说，亲爱的先生。人都这样，恐惧会让他们变得残酷无情……我决定去看看斯特里克兰。给女酋长看完病后，我叫一个男孩给我带路，但谁也不肯陪我去，我只得一个人找到了那里。”

库特拉斯医生快到种植园的时候，生出了一种忐忑不安的感觉。尽管一路走来很热，但他竟然打起了寒战。空气中弥漫着一种让他望而却步的敌意，他感觉到有一种无形的力量挡住了他的去路。一双看不见的手正拽着他往后退。也没人再来这里摘椰子，椰子全都掉到地上腐烂了。到处都是一片荒凉，种植园里爬满了灌木，看起来就像是辛辛苦苦开垦出来的地很快就要被原始森林夺回去了。他感觉这里就是痛苦的聚集地。他朝房子走去，一种人世间未曾有过的死寂扑面而来。他本以为房子里面没有人了，然后便看到了艾塔。她蹲在那间当厨房的小棚屋里，看着锅里煮着的一团东西。她旁边有个小男孩一声不吭地在泥地上玩耍。看到他时，艾塔并没有笑。

“我是来看斯特里克兰的。”他说。

“我去告诉他。”

她朝房子走去，登上几级通往露台的台阶，进了屋。库特拉斯医生跟在她后面，但走到门口，他依照她的手势在外面站着。艾塔打开门，他立即闻到一股令人作呕的甜腻味，麻风病人居住的地方通常都会有这样的气味。他听见艾塔在说话，而后听见斯特里克兰回答了两句，但他已经认不出那个声音了，他的嗓音变得沙哑、含糊。库特拉斯医生扬了扬眉毛。他判断疾病已经侵蚀斯特里克兰的声带了。这时，艾塔再次走了出来。

“他不会见你。你走吧。”

库特拉斯医生坚持要看到病人，但她就是不让他过去。库特拉斯医生只得无奈地耸耸肩，过了一会儿，他转身离去，艾塔跟在他旁边。医生感觉她也希望自己早点离开。

“有没有我能帮得上忙的地方？”他问。

“你可以送他一些颜料，”她说，“别的就不需要了。”

“他还能画画吗？”

“他正在墙上画画。”

“你们的生活可真不容易，可怜的孩子。”

最后她终于笑了，眼里洋溢着一种超凡脱俗的爱。库特拉斯医生见状吃了一惊，感觉特别神奇，甚至对她肃然起敬。他不知道该说什么。

“他是我的男人。”她说。

“另外那个孩子呢？”他问，“我上次来这儿的时候你有两个孩子。”

“是的，那个已经死了。我们把他埋在了芒果树下。”

艾塔陪着医生走了一小段路后，对他说她得回去了。库特拉斯医生猜想她可能害怕再往前走会遇见村里人。医生再次告诉她，如果她需要，只要捎话给他，他就会立马赶过来。

第五十六章

转眼又过了两年，也许过了三年，因为在塔希提，时间总会在不知不觉中流逝，很难用心去计算。库特拉斯医生终于接到了斯特里克兰快要死了的消息。艾塔在路上拦了一辆前往帕皮提送邮件的马车，恳求赶马车的人立即去找医生。可是消息捎来的时候医生出门了。他到那天傍晚才收到消息，因为太晚，也没办法出门了。第二天，天刚刚放亮他就出发了。他先是去了塔拉瓦奥，这也是他最后一次从那里出发走七公里的小路前往艾塔家。小路上灌木丛生，看来已经很多年没有人走过了。找到那条路并不容易。有时候，他必须沿着干涸的河床蹒跚前行，有时候他必须从长满荆棘的浓密灌木中间挤过去，为了躲避挂在头顶树枝上的大黄蜂窝，他不得不爬上岩石。四周万籁俱寂。

等他终于看到那幢没有用油漆粉刷过的小屋时，不由得长吁一口气。现在那间木屋已经破败不堪，脏乱得不成样子，这里仍是一片死寂。他朝上面走去，那个本来在阳光下漫不经心玩耍的小男孩见到他走近，便一溜烟跑了。在他眼里，陌生人都是不怀好意的敌人。库特拉斯医生感觉那个小孩肯定躲在树后偷偷摸摸地看着他。大门敞开着，他喊了一声，但没人应答。他走进去，敲了敲门，仍旧没人回答。他转动门把，走进屋子里，一股恶臭味让他作呕。他用手绢捂住鼻子，硬着头皮走了进去。里面的光线很暗，从炫目的太阳底下进入屋子后什么也看不见。他吓了一跳,不知道自己在哪儿。他像是突然进入了一个魔法世界。朦胧中，他仿佛进入了一片广袤的原始森林，有人赤身裸体地在树下走动。这个时候，他看见墙上的画了。

“天哪，我不是被太阳晒昏了头吧。”他喃喃道。

这时，什么东西晃了一下，吸引了他的注意力，他看到艾塔躺在地上轻轻地啜泣。

“艾塔，”他喊道，“艾塔。”

她没有理会。屋子里的恶臭味差点没再次把他熏晕。这时，他点了一支方头雪茄，眼睛也逐渐适应了房子里的黑暗。他盯着墙上的画，一种无法抗拒的情感在他内心滋长。他对画并不在行，但墙上的那些画却有一种让他大为感动的东西。从地面到天花板，一幅精心绘制的奇妙图画呈现开来，是那样美妙、神秘。他一时都忘记了呼吸。他内心涌起一种既无法理解又无法分析的感情。那种敬畏和喜悦之情只有在亲眼目睹开天辟地的人身上才会出现。墙上的画气势恢宏，充满肉欲和激情，然而也蕴含着一种可怕的元素，让他心生惧意。创作这幅画的人进入了大自然隐藏至深的地方，探索到了当中既美丽又令人恐惧的秘密。这幅画的作者知晓了一般人不知道的邪恶事物。那是一种原始、可怕、不存于人世的东西。医生的脑海里隐约地想起了黑魔法，美和淫秽兼而有之。

“上帝啊，他真是个天才。”

这句话从他嘴里脱口而出，他自己竟然浑然不觉。

接着，他的目光落在角落的一张席子上。他走过去，看到一个肢体残缺、惨不忍睹的东西，那正是斯特里克兰。他已经死了。库特拉斯医生靠着极强的意志力才敢俯身看尸体的惨状。这时他吓了一跳，差点没把胆吓破，他感觉身后有人。原来是艾塔，也不知道她是什么时候起身的。她就站在他旁边，跟他一起看着地上的死尸。

“天哪，我的神经都快绷断了，”他说，“你差点没把我吓死。”

那原本是一个活生生的人，现在却成了一具可怜的尸体，他又看了一眼，心中一凛。

“他瞎了。”

“是的，他瞎了快一年了。”

第五十七章

这时，先前在外面探望朋友的库特拉斯太太回来了，她打断了我们的谈话。她姿态威严，进门的时候就像一艘张满帆的小船。她身材高大挺拔，一对大胸脯非常丰满，却穿着勒得很紧的束胸。她长着一只鹰钩鼻，耷拉着三层下巴，腰杆却挺得笔直。热带气候总是带给人一种慵懒的气质，但对她却丝毫没有影响，她反而比别人多了一份活力、一份世故，也更加具有决断力。在这样一个温热的气候下，谁也不会想到她竟会有这样的精力。而且她显然还很健谈。她开始滔滔不绝地说着一些奇闻逸事，对一些事物品头论足。这番言辞让我们刚才的谈话显得十分遥远，很不真实。

过了一会儿，库特拉斯医生对我说："斯特里克兰给我的画还放在我的办公桌里，你要去看看吗？"

"乐意之至。"

我们起身，他领我走到环绕着这栋房子的露台上。我们在这里驻足欣赏了他家花园里争奇斗艳的鲜花。

“曾经，有好长一段时间，我都不能忘记斯特里克兰在墙上画的那些奇妙的画。”他沉思道。

其实我也一直想着这件事。在我看来，斯特里克兰终于把内心世界全部表达出来了。他一直在默默地画着，知道这是他最后的机会。我想斯特里克兰可能在那幅画里把他所理解的生活，他所领悟的世界全都展现了出来。我想他在那幅画里终于找到了心里的那片宁静。他终于将附在他身上的恶灵祛除，他穷其一生只不过是在为这幅壁画做准备，那幅画完成后，他远离尘世、饱受折磨的灵魂终于得到安息。他死亦甘心，因为他的人生使命已经完成。

“那幅画的主题是什么？”我问。

“我也说不上来。他的画古怪而奇异，呈现的是混沌初开时的景象。像是亚当和夏娃的伊甸园，我也不知道，是对男女形体之美的赞歌，是对大自然的赞美，既崇高又冷漠，既可爱又残忍，让你能够深刻理解空间的无限和时间的永恒。因为他画的树是我每天都能见到的，什么椰子树、菩提树、凤凰木、鳄梨树，但是被他画过后，我再见它们时便不一样了，像是它们都有了灵魂，都有了秘密，像是这两样东西眼看就要被我抓到手上了，却又被它们逃掉，再也抓不到。他在画中用到的颜色都是我熟悉的，却又有所不同，它们都有各自的深意。那些裸体的男男女女，他们既在尘世之中，又在尘世之外；他们既有造物主创造他们的泥土气息，又有神的特质。人类最原始的本能赤裸裸地呈现在你面前，你感到害怕，因为你看到的正是自己。”

库特拉斯医生耸耸肩，笑了笑。

“你肯定会笑我。我是个唯物主义者，只是个五大三粗的胖子，是不是有点像福斯塔夫[①]啊？我也没什么诗情画意，可能只会让自己成为别人的笑柄。但真的没有哪幅画给我留下这么深刻的印象。对了，我去罗马西斯廷教堂时，那个在天花板上绘画的人也很伟大，让我对他肃然起敬。真是太有才华了，那幅作品真的很了不起，令人无法抗拒。我感觉自己是那样的渺小和微不足道。不过人们对米开朗基罗的伟大还是有所准备的，但是，在那样一个土著人居住的木屋里，在远离文明的世界，在塔拉瓦奥的山谷里，那样的作品真是惊世骇俗。米开朗基罗神志正常，身体健康，他的那些伟大的作品崇高中透着宁静。但在这里，虽然那幅画也很美，却让人心神不宁。我不知道那是什么，却叫我难以平静，让我觉得我就坐在一间屋子的隔壁。我知道那是一间空荡荡的屋子，但不知为何，总觉得屋子里有一个人，让人惊恐莫名。你会责骂自己，你知道这只是因为你神经过敏……然而……然而……过了一小会儿，你完全没办法抵制让你无处可逃的恐惧，你被一种无形的恐惧拽在手掌心里，无力抗争。没错，

---

① 莎士比亚作品《亨利四世》中的角色。——译者注

当我听到那些奇异的杰作被毁掉了，我并不觉得特别遗憾。”

“被毁掉了？”我脱口而出。

“是啊，你不知道吗？”

“我怎么知道？我都没听说过那幅作品，但我以为会落到哪个私人收藏家的手里。即使到了现在，斯特里克兰的作品都没有一个确切的清单。”

“从他的眼睛渐渐看不见的时候，他就终日坐在那两间画有壁画的房间里，用那双失明的眼睛看着自己的作品，或许他看到的要比他一生中看到的东西还多。艾塔告诉我，他从没抱怨过自己的命运，也未曾失去勇气。直到生命最后一刻，他的内心仍是那样的平静，没有受到外界的干扰。但是他让艾塔答应他，在她将他埋葬后——对了，我有没有跟你说过，他的墓穴是我亲手挖的，因为没有一个土著人敢靠近那个被污染的房子，我和艾塔把他葬在那棵芒果树下，他的尸体是用三块缝在一起的沙滩巾包裹的——一把火把房子烧了，而且，除非房子烧成了灰烬，每一块木头都化为了乌有，否则决不能离开。”

我良久没有说话，因为我陷入了沉思中，最后我说道：“看来他到死都没变。”

“你知道吗？我必须告诉你，我觉得我有责任劝她不要做那件事。”

“即便你有刚才那样的想法。”

“是的，因为我知道这是天才的杰作，而且我觉得我们没有权利让这个世界失去它。但是艾塔没有听我的，她遵守了承诺。我不愿留在那里亲眼目睹那种野蛮的行径，所以我也只是在过后才听说的。她在干燥的地板和露兜树做成的垫子上倒了煤油，点燃，没过多久屋子就烧得只剩下灰烬了。那幅旷世之作彻底消失了。”

“我想斯特里克兰也知道那是一幅杰作。他的心愿达成了，也算是死而无憾。他创造了一个世界，亲眼见证了它的美妙。然后又在骄傲和轻蔑中把它毁掉。”

“但我一定得把我的画给你看看。”库特拉斯医生一边说一边往前走。

“艾塔和那个孩子怎么样了？”

“他们去了马克萨斯群岛，她在那里有亲戚。我听说男孩在喀麦隆的双桅帆船上当了水手。有人说他长得很像他的父亲。”

来到露台和诊室相连的门口时，他停下来笑了笑。

“那是一幅水果静物画。你可能会觉得这样一幅画挂在医生的诊所里并不合适，但我的妻子却死活不让我挂到客厅里，说是太猥琐了。”

“水果画居然也会猥琐！”我惊呼道。

我们一进入房间，我的目光便落在了那幅画上。我久久地盯着它。

画中只不过是一堆芒果、香蕉、橘子和一些我叫不出名字的水果，乍看一眼，这幅画并没有什么奇特的地方。如果摆在后印象派的画展中，某个粗心大意的观众可能会觉得这是一幅不错的画，但并不是这一流派中出类拔萃的代表作。不过之后他可能总会想起这幅画，连他自己也说不上原因，而且可能永远也无法将其忘记。

这幅画的色彩非常奇怪，让人心神不宁，却很难道出个所以然。阴沉的蓝色宛若用天青石精心雕刻的钵盘一般晦暗，却又摇曳着闪亮的光泽，叫人想起神秘生活的悸动。紫色调如同腐烂的生肉般令人厌恶，却又焕发着炙热、肉欲般的激情，叫人依稀想起埃拉伽巴路斯统治下的罗马帝国。红色调如冬青浆果一般艳丽刺眼，叫人想起英国圣诞节的皑皑白雪、欢声笑语、兴高采烈的孩童。但画家又像施了魔法一样，使这种光柔和下来，让它宛如鸽子娇嫩的胸脯，叫人心驰神往。在异样的激情控制下，深黄色的色调骤然化成绿色，如春天般芬芳，如溅起泡沫的山间溪水一般纯净。谁能告诉我是何种痛苦的想象才能画出这样的水果？该不是属于赫斯珀里得斯三姐妹波利尼西花园中的果实吧。令人称奇的是，这些果实如此鲜活，仿佛是在混沌初开、各种事物尚未成型的时候创造出来的。它们是那样的奢靡放纵，带着浓郁的热带气息。它们似乎带着一种独特的激情。这些施展魔法的果子只要尝上一口，便能通往灵魂讳莫如深的秘密入口，以及想象力驰骋的神秘宫殿。它们蕴含着始料未及的危险，尝上一口就能把人变成野兽或者神灵。所有健康、自然的东西，所有平凡人家拥有的那种美好的情谊、简单的快乐都唯恐避之而不及。

然而它们又拥有一种让人惧怕的吸引力，就像能分辨善恶的智慧果一样，因为未知而让人恐惧。

最后，我别过头去。我感觉斯特里克兰把他的秘密带进了坟墓里。

“喂，雷内，亲爱的。”外面传来了库特拉斯太太快活的声音，“这么半天你都在干什么？开胃菜上来了。问问这位先生愿不愿意喝一小杯奎宁杜本内酒。”

“乐意之至，夫人。”我一边说一边走到阳台上。

魔咒就这样被打破了。

第五十八章

我终于要离开塔希提了。依照岛上好客的习俗，凡是同我有过一面之缘的人都给我送来了礼物：用椰子树叶编制的篮子，露兜树叶编织的席子，还有扇子。提亚蕾送我的是三颗小珍珠和三坛用她那胖嘟嘟的手给我做成的潘石榴果酱。从惠灵顿开往旧金山的邮船在这儿停了二十四个小时后，汽笛一声长鸣，通知乘客上船，提亚蕾把我揽在她那丰满的胸脯里，我仿佛沉入了波涛汹涌的大海中。她将红唇贴在我的嘴上，眼里闪着泪光。邮船缓缓驶出潟湖，小心翼翼地从礁石中的一条通道中驶过，来到开阔的海面上。这时，一种悲戚之情袭上心头，空气中仍然弥漫着从陆地飘荡而至的宜人香味。塔希提已经离我非常遥远，我知道我再也看不到它了。我生命中的这一篇章已经终结，同那无可避免的死亡又近了一步。

三十来天后，我已身在伦敦。将几件亟待处理的事情打点好后，想到斯特里克兰太太或许想了解丈夫最后几年的光景，于是我写信给她。自打战争开始后，我许久都没见她了，必须在电话簿里翻找她的地址。跟她约了个时间，我便去了她现在在坎普登山居住的那栋整洁的小屋。她快六十岁了，但并不显老，谁都不会觉得她是年近六十岁的人。她的脸十分清瘦，并没有多少皱纹，是那种年岁只会留下优雅的面孔，所以，你会认为她年轻时肯定是个比她实际相貌要漂亮得多的美人。她的头发也不是特别花白，梳理得非常得体，身上那件黑色长袍非常时兴。我记得曾听说她姐姐麦克安德鲁太太在她丈夫去世几年后也过世了，给她留了一笔钱，从房子的外观和开门女佣利落的穿着判断，这笔钱应该足够这位遗孀衣食无虞了。

我被领进客厅后发现斯特里克兰太太还有一位客人，待我发现这位客人的身份后，猜到她约我这个时间前来这里怕是还有别的用意。这位来访者是范·布希·泰勒先生，是个美国人，斯特里克兰太太一边带着迷人的微笑向他赔罪，一边向我解释。

“你也知道，我们英国人向来见识浅薄得很。如果有必要解释一番，一定要请你原谅。”然后她又转头对我说：“泰勒先生是美国著名的评论家，如果你还没读过他的书，那你可真是孤陋寡闻了，一定要恶补一下才行。泰勒先生正在写文章，是关于亲爱的查理的，他来问我能否帮他一个忙。”

范·布希·泰勒先生身形消瘦，却长着一个光秃秃的大脑袋，头骨嶙峋，头皮闪闪发亮，大脑袋下有张满是皱纹、颜色蜡黄的脸，显得十分瘦小。他举止文静，极有礼貌，讲话时带着新英格兰口音。这个人非常呆板，冷漠得很，我也不知道他为什么不辞辛劳地研究查尔斯·斯特里克兰。斯特里克兰太太提到死去的丈夫时的温柔语调让我暗自发笑，就在他们说话的时候，我打量了一下我们落座的房间。斯特里克兰太太真是个与时俱进的人。她在阿什利花园的那些旧装饰都已不见，墙上不再是莫里斯墙纸，朴素的印花棉布以及墙上的阿伦德尔版画也没了踪影。房间里闪耀着奇异怪诞的色彩，我在想她是否知道自己选的这些变化各异的色调源自南太平洋一位可怜画家的梦想。然后她自己说出了答案。

“这些垫子真不错。”泰勒先生说。

“你喜欢吗？”她笑着说，“是巴克斯特设计的。”

但是墙上还挂着几幅斯特里克兰代表作的彩色复制品，这得归功于柏林一位聪明的出版商。

“你在看我的画，”她顺着我的目光说，“当然，他的原画我是没办法弄到手了，但能够拥有这些也算是慰藉了。这是出版商送给我的，对我来说真是莫大的安慰。”

“每天能看到这些肯定很开心。”泰勒先生说。

“是的，这些画是极好的装饰品。”

“本人深以为然，”泰勒先生说，“伟大的艺术品都是极好的装饰品。”

两人的目光落在一个给孩子喂奶的裸体女人身上，一个女孩跪在他们旁边，将一朵花递给那个完全不谙世事的孩子。一个满脸皱纹、枯瘦如柴的老妇人正看着他们。这是斯特里克兰对神圣家庭的诠释。我怀疑画中的人物都是和他在塔拉瓦奥山坳上共同生活的人，女人和孩子分别指艾塔和他的第一个儿子。我很想知道斯特里克兰太太是否对这些事情了解一二。

谈话仍在继续，泰勒先生的老练让我佩服不已，哪怕一点点让人尴尬的话题，他都会主动回避。我也非常佩服斯特里克兰太太的圆滑，尽管她没说一句假话，却能巧妙地暗示她跟丈夫的关系十分融洽。最后，泰勒先生终于起身告辞。他握着女主人的手，说了一大通彬彬有礼却显得过于矫揉造作的感谢辞令，然后便离开了。

“我希望他没有让你感到厌烦。”泰勒关上大门后，斯特里克兰太太说，“当然，有时候确实讨厌，不过我觉得既然有人想了解查理的情况，我就应该告诉他们。作为一位伟大天才的遗孀，我觉得这是我应尽的义务。”

她用和蔼可亲的眼神看着我，目光如同二十年前一样真挚、亲切。我总怀疑她是不是在戏弄我。

“想必你那打字的生意早就不做了吧？”我问。

“噢，是的。”她轻巧地说，“当时也只是因为爱好，没有别的原因，我的两个孩子都劝我把它卖了，他们觉得那太让我操心了。”

看来斯特里克兰太太已经忘记那段自食其力的不光彩日子，她从骨子里相信只有依靠别人养活才是正派女人。

“他们都在家，”她说，“我想他们肯定很乐意听你谈论他们父亲的事。你还记得罗伯特吧？他被推荐授予军功十字勋章了，我挺开心的。”

她走到门口去叫他们。一个穿卡其布衣服的高个子男人走进来，脖子上系着牧师戴的领子。他的身材略微有些魁梧，长相英俊，眼睛如同我记忆中的那个少年一样率真。他妹妹跟在后面。她的年纪与当年她母亲与我初识时的年纪差不多，她的样子也像极了母亲，给人的印象也是年轻时可能比实际更漂亮。

“我想你肯定不记得他们了吧，”斯特里克兰太太笑着说，神情有几分自豪，“我女儿现在已经成了罗纳德森太太，她的丈夫是炮兵少校。”

“他是从士兵一直升上去的，”罗纳德森太太快活地说，“所以现在才是少校。”

我记得很久以前我就预言她会嫁给军人，看来有些事情早已注定。她的气质也像极了军人的妻子，彬彬有礼，和蔼可亲。但她却丝毫不能掩饰内心的信条——她天生就是个与众不同的人。罗伯特看起来心情很愉快。

“运气不错，你这次正好赶上我在伦敦，”他说，“我只有三天假。”

“他巴不得马上回去呢。”他母亲说。

“呃，我也不怕承认，我在前线过得太开心了，交了很多好朋友，那里的生活真是太棒了。战争当然是残酷的，就不必说了，但也会把人最优秀的品质逼出来，这点谁也不能否认。”

我把我在塔希提听说过的关于查尔斯·斯特里克兰的事都跟他们说了。我觉得没有必要跟他们说艾塔和她那个孩子的事，但我照实说了其余的事情。在我描述完他惨死的情况后，我停了下来。我们全都沉默了一两分钟。然后罗伯特·斯特里克兰划了根火柴，点燃一支烟。

“上帝的磨盘转得很慢，却也磨得很细。”他说，颇有些感慨的意味。

斯特里克兰太太和罗纳德森太太有些虔诚地低下头，我感觉可能是因为她们以为罗伯特是从《圣经》里引用了这句话的缘故吧，我甚至怀疑罗伯特·斯特里克兰本人也有这样的错觉。不知道为什么我突然想起斯特里克兰跟艾塔生的儿子，听人说他是一个无忧无虑的小伙子。我仿佛看见他只穿着一条吊带裤，赤裸着上身在双桅帆船上干活。晚上，微风徐徐，船儿轻快地在海面航行，水手们都聚集在上甲板，船长和押运员坐在帆布躺椅上，悠然自得地抽着烟斗。我仿佛看见他正跟另一个少年在六角手风琴沙哑的伴奏声中疯狂地跳着舞。头顶是蔚蓝的天空，满天星辰，周围是浩瀚无垠的太平洋。

我想起了《圣经》里的另一句话，但话到嘴边我还是忍住了。因为我知道牧师会觉得凡夫俗子侵犯他们的领地是亵渎神灵之举。我那个在惠特斯特布尔做了二十七年教区牧师的亨利叔叔，碰上这种情况一准会说：“魔鬼为达到目的总是会引用《圣经》。”他一直忘不了当年花一先令买十三个大牡蛎的日子。

图书在版编目（CIP）数据

月亮与六便士 /（英）毛姆著；刘勇军译. -- 海口：南海出版公司，2016.4（2025.7 重印）
ISBN 978-7-5442-8208-6

Ⅰ. ①月… Ⅱ. ①毛… ②刘… Ⅲ. ①长篇小说－英国－现代 Ⅳ. ①I561.45

中国版本图书馆 CIP 数据核字（2016）第 037115 号

月亮与六便士
〔英〕毛姆 著
刘勇军 译

出　　版　南海出版公司　（0898）66568511
　　　　　海口市海秀中路 51 号星华大厦五楼　邮编 570206
发　　行　新经典发行有限公司
　　　　　电话（010）68423599
经　　销　新华书店

责任编辑　刘竹君
策划出品　好读文化
装帧设计　伦洋工作室
内文制作　伦洋工作室

印　　刷　山东京沪印刷科技有限公司
开　　本　850 毫米 ×1168 毫米　1/32
印　　张　9.75
字　　数　220 千
版　　次　2016 年 4 月第 1 版
印　　次　2025 年 7 月第 53 次印刷
书　　号　ISBN 978-7-5442-8208-6
定　　价　35.00 元